Sylvia Klinzmann

Parted Hearts

MAXIMUM

Meine italienische Familie

Nach dem Tod ihres geliebten Vaters, der sie allein großgezogen hat, findet Stella einen von ihm an sie gerichteten Brief. Sie erfährt, dass ihre Mutter nicht, wie ihr immer gesagt wurde, bei ihrer Geburt gestorben ist, sondern in Wahrheit in Italien lebt. Warum hat ihr Vater dies all die Jahre verschwiegen?

Stella, die eigentlich in ihrem Büchercafé in Köln dringend gebraucht wird, bricht überstürzt nach Ligurien auf und kann nicht ahnen, dass diese Reise ihr ganzes Leben auf den Kopf stellen wird. Ganz zu schweigen von ihrem Verlobten Jonas, der kein Verständnis für Stellas Verhalten und deren Suche nach ihren Wurzeln hat.

Verzaubert von der schönen Küstenregion stößt Stella bei den Recherchen in Ligurien schnell an ihre Grenzen. Ihre einzigen Hinweise sind ein altes Bild ihrer Eltern und eine Halskette mit einem halben Herz, die sie zu ihrer Geburt bekommen hat.

Unverhofft erhält sie Hilfe von dem charmanten Italiener Matteo, für den sie schnell mehr empfindet als nur Freundschaft. Aber ist Matteo wirklich der Richtige?

Stella steht vor einer schweren Entscheidung: Soll sie in ihr altes Leben in Köln zurückkehren und Jonas heiraten oder ihrem Herzen folgen, ihrer rätselhaften Familiengeschichte auf der Spur und dem heißblütigen Matteo näher kommen?

Ein Roman über die Suche nach den Wurzeln, das wunderbar italienische Lebensgefühl und das Glück, seinen Weg, die große Liebe und ein Zuhause zu finden.

SYLVIA KLINZMANN

Parted HEARTS

ROMAN

MAXIMUM

Hauptstraße 33
27299 Langwedel
www.maximum-verlag.de

1. Auflage 2021

Lektorat: Dr. Rainer Schöttle
Korrektorat: Angelika Wiedmaier
Satz/Layout: Alin Mattfeldt
Covergestaltung: Alin Mattfeldt
E-Book: Mirjam Hecht

Druck: Booksfactory
Made in Germany
ISBN 978-3-948346-29-4

Für Mama,
die immer an mich glaubt!

Zur Erklärung italienischer Begriffe findet sich am Ende des Buches ein Glossar.

Prolog

Alassio, Ligurien 1987

Vincenzo Moroni eilte die Via XX Settembre hinunter. Jetzt, zur Mittagszeit, da die Läden geschlossen hatten, waren nur wenige Menschen im *budello* unterwegs, einer parallel zum Meer verlaufenden Gasse zwischen mittelalterlichen Häusern, wo sich Geschäfte aller Art, Cafés und Restaurants aneinanderreihten. Bevor er um vier Uhr sein Juweliergeschäft öffnen würde, wollte er noch die Auftragsarbeit einer Kundin fertigstellen. Sie würde wie vereinbart am Nachmittag vorbeikommen, um das Schmuckstück abzuholen.

Als Vincenzo bei dem zweistöckigen gelben Haus ankam, in dem sich sein Juwelierladen befand, schloss er das Scherengitter und die Eingangstür auf und entschärfte danach die Alarmanlage. Rasch stieg er die Treppen in den ersten Stock hinauf, wo sich die Werkstatt befand. Von hier oben konnte man hinter dem Weg, der zur Strandpromenade führte, das Meer sehen.

Er öffnete das Fenster und atmete tief ein, roch die salzige Luft und die Pizza ‚*alla nonna*', die Giovanni nebenan frisch vom Blech verkaufte. Eine Rezeptur, die sich all die Jahre nicht verändert hatte. Und wie Giovannis kleines Unternehmen befand sich auch Vincenzos Laden seit mehreren Generationen im Familienbesitz. Beide hatten das Handwerk von ihren Vätern erlernt und diese wiederum von ihren.

Nachdem er die Zahlenkombination eingegeben hatte,

entnahm Vincenzo dem Safe ein zusammengebundenes weiches Tuch und legte es auf seinen Werktisch. Er faltete den Stoff auseinander und begann mit der Arbeit. Es waren nur noch einige wenige Gravuren zu verrichten, dann war das Schmuckstück fertig. Er hatte es genau nach den Wünschen der Kundin entworfen und dafür extra eine Gießform anfertigen müssen.

Pünktlich um vier Uhr betrat seine Kundin den Laden. „Ist meine Bestellung fertig?", fragte sie.

Vincenzo nickte, griff unter den Verkaufstresen und holte die Schatulle mit dem gravierten Schmuckstück hervor, klappte den Deckel auf und schob die Schachtel zu ihr hinüber. Als sie das goldene Herz erblickte, erhellte ein Strahlen das Gesicht der Frau, und ihre Augen begannen vor Freude zu funkeln. Vorsichtig fuhr sie mit dem Zeigefinger über die kaum erkennbare Zickzacklinie, die mitten durch das Herz verlief. Sie nahm es aus der Schachtel und zog es vorsichtig auseinander, bis sie zwei Anhänger in Form eines halben Herzens in den Händen hielt.

„Genau so habe ich es mir vorgestellt", freute sie sich. „Das ist Ihnen perfekt gelungen."

Sie bezahlte den vereinbarten Preis, steckte die Schmuckschatulle in ihre Tasche und verließ das Geschäft.

Kapitel 1

Köln, Sommer 2020

Die Glocken von Sankt Severin, die zur vollen Stunde läuteten, weckten Stella um neun Uhr an diesem Sonntagmorgen. Sofort überkam sie wieder dieses mulmige Gefühl, das sie bereits am Abend zuvor bei dem Gedanken verspürt hatte, nachher die Wohnung ihres Vaters betreten zu müssen. Als würde etwas ihren Brustkorb zusammendrücken und ihr die Luft zum Atmen abschnüren.

Erneut bahnten sich Tränen einen Weg durch ihre dichten Wimpern und liefen an ihren Wangen hinab. Es war so unvorstellbar, so ungerecht, dass ihr Vater sie niemals mehr in die Arme nehmen und sie „mein Püppchen" nennen würde, dass sie ihn nie wieder um Rat fragen konnte.

Wer würde sie nun bei ihrer Hochzeit zum Altar führen? Wer ihren zukünftigen Kindern Gutenachtgeschichten vorlesen?

Seit seinem Tod vor drei Wochen hatte es nicht eine Nacht gegeben, in der sie nicht geträumt hatte, wie sie in sein Wohnzimmer gekommen war und ihn leblos in seinem Sessel vorgefunden hatte.

Tod durch Hinterwandinfarkt hatte die Diagnose gelautet. Dabei hatte ihr Vater so friedlich ausgesehen, so, als ob er nur für einen Moment vor dem Fernseher eingenickt wäre. Doch bei dem Gedanken daran, wie kühl und wächsern die Haut seiner Wangen gewesen war, als sie sein Gesicht gestreichelt hatte, bekam sie jetzt noch eine Gänsehaut.

Nun war sie ganz allein auf dieser Welt, ohne Vater. Und ohne Mutter, die vor dreiunddreißig Jahren bei Stellas Geburt gestorben war. Stella wusste nicht viel über Giuliana, nur, dass sie Italienerin gewesen war und ihr die dunklen Locken und die smaragdgrünen Augen vererbt hatte. Ihr Vater hatte sich jedes Mal geweigert, wenn Stella ihn gebeten hatte, von ihr zu erzählen. Die Erinnerung an sie würde ihn zu sehr schmerzen. So war das Thema all die Jahre lang totgeschwiegen worden, und Stella hatte sich damit abgefunden, dass es auf ihre Fragen keine Antworten geben würde.

Sie wischte sich die Tränen ab und schlug die Bettdecke zurück. Um zehn Uhr hatte sie sich mit Francesca vor der Wohnung ihres Vaters verabredet. Francesca Ricci, eine italienische Witwe, die seit mehr als zwanzig Jahren in Deutschland lebte und von der Stella italienisch gelernt hatte, war Stammkundin in Stellas Café und im Laufe der Zeit von einer Lehrerin zu einer mütterlichen Freundin geworden. Stella war froh, dass Francesca sofort angeboten hatte, sie in die Wohnung ihres Vaters zu begleiten.

Das Klingeln ihres Handys riss Stella aus ihren Gedanken. Es war Jonas, wie ihr ein rascher Blick auf das Display zeigte.

„Guten Morgen, mein Schatz. Ich hoffe, ich habe dich nicht geweckt“, erklang die Stimme ihres Verlobten am anderen Ende der Leitung.

„Nein. Ich bin schon wach. Du weißt doch, dass ich gleich in Papas Wohnung anfangen will, seine Sachen auszusortieren.“

„Stella, Schatz, es tut mir leid, dass ich dir nicht helfen kann. Aber ich konnte die Tagung nicht absagen. Warte doch einfach, bis ich wieder zurück bin.“

„Nein. Ich will es endlich hinter mich bringen.“ Stella ließ sich wieder zurück aufs Bett fallen. „Außerdem ist sonntags der einzige Tag, an dem ich Zeit habe. Unter der Woche bin ich im Café.“

„Ich habe dir schon oft gesagt, dass ich dich gern auch schon vor unserer Hochzeit finanziell unterstützen würde und du das Café jederzeit schließen kannst. Ich verdiene mit der Unternehmensberatung mehr als genug für uns beide. Abgesehen davon, wenn du das Café aufgeben würdest, hättest du genügend Zeit, unsere Hochzeit zu planen.“

Stella verdrehte die Augen. Warum forderte Jonas ständig von ihr, das Café aufzugeben? Nachdem sie vor drei Jahren ihren Job als Fremdsprachenkorrespondentin verloren hatte, hatte Stella das Café in der Kölner Altstadt eröffnet und mit bequemen Sitzecken und vielen Bücherregalen eine gemütliche Wohnzimmeratmosphäre geschaffen. Mittlerweile war das Schmökercafé zu einer Art Literaturtreff geworden, wo Stella regelmäßig Autorenlesungen veranstaltete.

Aber nein, wenn es nach Jonas ginge, sollte sie zu Hause sitzen, die brave Hausfrau spielen und ihre zukünftigen Kinder versorgen. Die hätte Jonas lieber heute als morgen. Sicher, sie wünschte sich auch irgendwann Kinder, wollte sich damit aber noch ein wenig Zeit lassen.

„Wer liest denn im Zeitalter von Social Media und E-Books noch Bücher?“, fuhr Jonas fort.

„Und wieso ist es dann jeden Tag so voll?“, verteidigte sich Stella.

„Nur weil du einmal am Tag alle Tische besetzt hast, heißt das noch nicht, dass dein Café rentabel ist. Leute in unserem Alter bevorzugen die modernen Läden. Früher oder später werden dir deine Gäste sowieso wegsterben.“ Er lachte über seinen Witz.

„Manchmal bist du echt ein Idiot!“ Stella stand wieder auf und ging zum Fenster. „Hör mal, ich habe jetzt keine Zeit mehr, mit dir über mein Café zu diskutieren“, versuchte sie, das Thema zu beenden. „Ich muss mich duschen und anziehen. Melde dich, wenn du wieder zurück bist.“

„Okay, Schatz. Ich rufe dich später noch mal an. Dann erzählst du mir, wie es heute war. Ich liebe dich.“

„Ich dich auch.“ Stella warf das Handy auf die Bettdecke und ging ins Bad.

Eine Dreiviertelstunde später schloss Stella mit klopfendem Herzen die Wohnungstür in der Goethestraße auf. Sie war seit der Beerdigung ihres Vaters nicht mehr dort gewesen.

Der vertraute Geruch, der ihr entgegenschlug, als sie die Tür öffnete und in den kleinen Flur trat, trieb ihr Tränen in die Augen. Francesca, die hinter ihr stand, schien es zu spüren und legte ihren Arm um Stella.

„Das ist nicht einfach, *cara mia.* Aber da müssen wir jetzt durch.“

„Ich weiß. Aber es tut so weh. Jetzt bin ich ganz allein. Er war doch erst sechzig. Das ist doch noch kein Alter zum Sterben.“

„Du bist nicht allein. Du hast mich und deinen Jonas.“ Francesca umarmte Stella, betrat dann das Wohnzimmer und öffnete die Fenster.

Stella folgte ihr. Unwillkürlich wanderte ihr Blick zu dem Sessel, in dem sie ihren Vater gefunden hatte. *Reiß dich jetzt zusammen, Stella!*, befahl sie sich in Gedanken.

„Wie wollen wir vorgehen?“, fragte Francesca.

„Könntest du im Wohnzimmer die Bücher in Kartons packen? Die nehmen wir mit ins Café. Ich gehe ins

Schlafzimmer und fange mit der Kleidung an." Stella flüchtete aus dem Wohnzimmer zurück ins Treppenhaus, um die Umzugskartons zu holen.

Das Schlafzimmer sah aus wie immer, das Bett war akkurat gemacht und auf dem Nachttisch lag noch das Buch, das ihr Vater zuletzt gelesen hatte. Er hatte die Wohnung gekauft, als Stella in die Schule gekommen war. Nachdem er sich von Gundula getrennt hatte, hatte er allein gelebt. Gundula war Lehrerin am gleichen Gymnasium wie ihr Vater, und die beiden waren drei Jahre lang ein Paar gewesen. Länger als drei oder vier Jahre hatte es Robert Lehmann nie mit ein und derselben Frau ausgehalten. Sehr zu Stellas Leidwesen, denn sobald sie Vertrauen zu einer neuen Partnerin ihres Vaters gefasst und in dieser so etwas wie einen Muttersatz gesehen hatte, war sie auch schon wieder aus ihrem Leben verschwunden.

Mit einem tiefen Seufzer öffnete Stella den Kleiderschrank. Wieder überkam sie eine Welle der Trauer, als ihr der herbe Aftershave-Geruch ihres Vaters, der noch an den Kleidungsstücken haftete, in die Nase stieg. Sie presste die Lippen zusammen und begann, die Sachen von den Bügeln zu nehmen, zu falten und in die Kartons zu legen. Ein hellblaues Poloshirt, das ihr Vater besonders gern getragen hatte, legte sie beiseite. Das wollte sie als Erinnerung behalten.

Als sie nach den Hemden auf dem obersten Regalbrett griff, stießen ihre Finger gegen einen harten Gegenstand. Sie stieg auf einen Stuhl und entdeckte eine mit Intarsien verzierte Holzkiste. Was hatte ihr Vater denn hier aufbewahrt? Neugierig setzte sich Stella aufs Bett und öffnete den Deckel. Als Erstes fiel ihr Blick auf ein Foto. Es zeigte einen blonden Mann in Badeshorts, der den Arm um ein dunkel gelocktes Mädchen in einem gelben Bikini gelegt hatte. Das Paar lehnte an einem Tretboot. Seitlich daneben waren blau-gelb gestreifte Sonnenschirme und Liegen zu sehen, im Hintergrund eine lang gezogene Bucht. Stella schaute sich den jungen Mann genauer an und erkannte in ihm ihren Vater.

Ihr Herz begann schneller zu schlagen. Konnte die junge Frau neben ihm etwa ihre Mutter sein? Eine gewisse Ähnlichkeit mit ihr war vorhanden. Sie drehte das Foto um. Irgendjemand hatte *Giuliana e Robbi – nell'estate del 1986* auf die Rückseite geschrieben: Giuliana und Robbi – im Sommer 1986.

Giuliana – der Name ihrer Mutter. Sie spürte, wie sich die kleinen Härchen in ihrem Nacken aufrichteten. Zärtlich fuhr sie mit dem Zeigefinger über das Gesicht der jungen Frau. Das Foto hatte im Laufe der Jahre etwas an Farbe verloren. Beim genauen Hinschauen erkannte Stella Lippenabdrücke, als hätte jemand immer wieder Giulianas Gesicht geküsst. In Gedanken sah sie ihren Vater vor sich, wie er seine Lippen auf das Bild drückte. Er musste Giuliana sehr geliebt haben.

Stella begann hemmungslos zu weinen. Die Trauer um ihren Vater und die aufgestaute Sehnsucht der vergangenen Jahre nach ihrer Mutter brachen aus ihr heraus.

„*Tesoro,* was ist passiert?“ Francesca kam ins Schlafzimmer, setzte sich neben Stella auf das Bett und nahm sie in die Arme. „Scht, ich weiß, das alles ist nicht einfach für dich.“ Beruhigend strich sie ihr über die dunklen Locken und wiegte sie wie ein kleines Kind.

Als sich Stella etwas gefangen hatte, reichte sie Francesca das Foto. „Die junge Frau ist meine Mutter. Es war hier in der Kiste. Ich verstehe nicht, warum mein Vater mir das Bild nie gezeigt hat. Ich habe ihn so oft gefragt, wie sie ausgesehen hat.“

„Da waren sie aber noch sehr jung. Wahrscheinlich hatten sie sich gerade erst kennengelernt. Du hast die gleichen Locken wie sie", stellte Francesca lächelnd fest. „Ich verstehe auch nicht, warum er dir das Foto nicht gezeigt hat. Hat er denn nie irgendwas von ihr erzählt?"

Stella schüttelte den Kopf. „Er wollte nicht über sie reden. Er ist sogar richtig sauer geworden, wenn ich davon angefangen habe. ‚Deine Mutter ist nicht mehr bei uns. Du musst dich damit abfinden, Stella', war das Einzige, was er zu diesem Thema gesagt hat."

„Und deine Großeltern? Haben sie nicht mal irgendetwas erwähnt, als sie noch lebten?", fragte Francesca.

„Nein. Sie meinten nur, dass meinen Vater das Ganze sehr mitgenommen hätte und dass ich besser nicht ständig davon anfangen solle." Stella zog ein Taschentuch aus ihrer Jeans und putzte sich die Nase.

„Dann weißt du auch nicht, ob deine Mutter noch Familie hatte? Vielleicht hast du ja irgendwo noch Verwandte", mutmaßte Francesca.

„Einmal hat meine Großmutter die Bemerkung fallen lassen, meine Mutter hätte sich damals mit ihrer Familie überworfen. Aber mehr konnte ich nicht aus ihr herausbekommen. Alles, was Giuliana betraf, war in unserem Haus ein Tabuthema."

„Du, schau mal, da sind noch mehr Sachen in der Schachtel." Francesca deutete auf die neben Stella stehende Kiste. „Vielleicht findest du ja noch irgendeinen anderen Hinweis."

Stella griff in die Holzkiste und holte eine kleine Schmuckdose und einen Brief heraus, auf dem ihr Name stand. Vorsichtig öffnete sie den Deckel der Schatulle.

„Oh mein Gott. Guck mal, wie schön!“ Stella blickte ehrfürchtig auf den auf blauem Samt gebetteten Anhänger, der die Form eines halbierten Herzens hatte. Er war an einem Goldkettchen befestigt. Sie nahm das Schmuckstück in die Hand und betrachtete es von allen Seiten. Auf der Vorderseite war der Buchstabe *S* eingraviert und auf der Rückseite stand: *Mamma ti voglia bene.*

„Ein *S* für *Stella*“, flüsterte sie. „Mama hat dich lieb. Das hat bestimmt sie für mich machen lassen.“ Mit einem Mal verdrängte ein Gefühl der Wut die Trauer um ihren Vater. „Warum hat er mir die Kette nicht gegeben? Ich hätte so gern irgendetwas von ihr gehabt. Ich verstehe das nicht.“ Stellas Augen füllten sich erneut mit Tränen.

Francesca zuckte ratlos mit den Achseln. „Das ist alles sehr merkwürdig. Lies doch mal, was in dem Brief steht. Vielleicht findest du dort eine Erklärung.“

Stella legte die Kette mit dem Anhänger zurück in die Schatulle und griff nach dem Brief. „Das ist die Schrift meines Vaters.“ Sie deutete auf den per Hand geschriebenen Namen auf dem Umschlag. Rasch öffnete sie ihn, zog einen Papierbogen heraus und begann mit klopfendem Herzen laut vorzulesen.

Kapitel 2

Alassio, Sommer 1986

Mit geschlossenen Augen lag Giuliana auf der Liege und lauschte dem gleichmäßigen Rauschen der Wellen und dem Stimmenwirrwarr der Badegäste. Wie an jedem Nachmittag verbrachte sie die freien Stunden, die sie nicht im Hotel ihrer Eltern arbeiten musste, am Strand. Nachdem sie noch eine Weile die warmen Sonnenstrahlen genossen hatte, blickte sie auf ihre Armbanduhr. Halb sechs, also blieb ihr noch eine halbe Stunde, bis sie im Hotel sein musste. Ihr Vater mochte es überhaupt nicht, wenn sie zu spät zu ihrer Schicht kam. Als Tochter des Besitzers hatte sie seiner Meinung nach ein Vorbild für die anderen Angestellten zu sein. Fabio Colombo wollte, dass seine Tochter, bevor sie einmal selbst die Leitung des Hotels übernähme, alle Bereiche von der Pike auf kennengelernt hätte. In der Rezeption und in der Küche hatte sie bereits gearbeitet, diesen Sommer war sie als Servicekraft für den Speisesaal eingeteilt.

Giuliana stand auf, zupfte ihren gelben Bikini zurecht und nahm ihr Handtuch von der Liege, die, wie alle anderen und wie auch die Sonnenschirme, gelb-blau gestreift war. Da sie, um zum Hotel zu gelangen, lediglich die Strandpromenade überqueren musste, beschloss Giuliana, an der Strandbar noch einen Kaffee zu trinken.

Sie zog ihr Kleid über und ging an die Theke, wo sie bei Laura einen *caffè doppio* bestellte – einen doppelten Espresso –, von dem sie sich erhoffte, dass er ihre Lebensgeister wecken würde. Während sie trank, blickte sie über das Meer. Am Horizont flog ein Flugzeug, das ein Werbebanner hinter sich herzog. *Pasta di Barilla – la più fresca del mondo,* konnte sie entziffern. Als sie sich wieder zur Theke drehte, um die leere Kaffeetasse abzustellen, stand dort ein junger Mann neben ihr, der versuchte, sich bei Laura mit Händen und Füßen verständlich zu machen. Er trug ausgefranste kurze Jeansshorts und ein weißes T-Shirt. Die blonden, von der Sonne ausgeblichenen Locken fielen ihm bis auf die Schultern, und seine Augen hatten die gleiche Farbe wie das Meer.

„Giuliana, ich verstehe nicht, was er will", jammerte Laura. „Frag du ihn mal! Du kannst doch deutsch."

„Ich? Aber ich …" Giuliana riss die Augen auf.

Der junge Mann lächelte sie an, und dabei bildeten sich zwei Grübchen auf seinen Wangen.

„Eh, kann ich dir helfen?", brachte sie schließlich hervor.

„Ah, du sprichst deutsch. Das ist ja wunderbar", freute er sich. „Ich wollte fragen, ob ihr mir einen Campingplatz empfehlen könnt, für mich und meinen Bulli." Der Blick aus seinen stahlblauen Augen traf Giuliana wie ein kleiner Stromschlag.

„Wer ist denn Bulli? Dein Hund?"

„Du bist ja süß." Ihr Gegenüber brach in Gelächter aus. „Bulli nennt man bei uns einen VW-Bus", klärte er Giuliana auf. „Meinen habe ich so umgebaut, dass ich drin schlafen kann."

„Ach so." Giulianas Wangen färbten sich rot vor Verlegenheit. „Das Wort kannte ich nicht. Es gibt einige Campingplätze hier in der Gegend. Der schönste heißt Pinomar und liegt direkt am Meer."

„Das hört sich gut an. Wie komme ich am besten dahin?"

„Versuch es doch mal mit deinem Bulli!", scherzte sie.

Der Deutsche grinste und hielt den Daumen hoch. „Gute Idee."

„Fahr einfach auf der Hauptstraße bis zum Ortsausgang, in Richtung Albenga. Dann geht es irgendwo rechts ab zum Meer. Du musst nur auf die Hinweisschilder achten."

„Okay, danke. Ich heiße übrigens Robert", stellte er sich vor. „Und du?"

„Giuliana."

„Hübscher Name. Machst du in Alassio Urlaub?"

„Schön wär's." Giuliana lachte und entblößte eine Reihe makelloser weißer Zähne. „Leider nicht. Ich wohne hier und muss in fünf Minuten bei der Arbeit sein." Sie pustete eine widerspenstige Locke aus der Stirn.

„Kann ich dich auf eine Pizza einladen, wenn du Feierabend hast, als Dankeschön fürs Übersetzen?" Robert sah sie bittend an.

„Okay, warum nicht. Ich habe aber erst gegen zehn Uhr Schluss."

„Auf dich würde ich auch bis zwölf Uhr warten." Er zwinkerte ihr lächelnd zu.

„Gut zu wissen." Sie grinste zurück. „Also, dann treffen wir uns um kurz nach zehn hier an der Strandbar. Ich freue mich." Sie legte eine Münze für den Kaffee auf den Tresen, warf Laura noch ein „*Ciao, a domani*" zu und lief die Stufen zur Strandpromenade hoch.

Zwei Minuten später betrat sie die Eingangshalle des Hotels. Ihr Vater saß an der Rezeption und blickte sie über den Rand seiner Lesebrille an. Seine grau-schwarz melierten Locken hatte er wie immer mit Pomade gebändigt, sodass sie ihm nicht in die Stirn fielen.

„*Avanti ragazza,* es ist schon sechs." Er zeigte demonstrativ auf seine Armbanduhr. „*Per l'amor di Dio,* Giuliana, musst du immer auf den letzten Drücker kommen?"

„*Scusa, papà*! Ich habe für Laura übersetzt. Da war ein Deutscher, der einen Campingplatz gesucht hat, und sie hat ihn nicht verstanden."

„*Va bene, bambolina.* Dann beeil dich und zieh dich um!"

Giuliana gab ihrem Vater rasch einen Kuss und ging in Richtung Speisesaal.

„Giuli, am Sonntag kommen die Rossis aus Arnasco", rief ihr Vater ihr nach. „Ihr Sohn Filippo wird auch dabei sein. Sie werden hier mit uns zusammen essen. Ich hoffe, du freust dich."

„*Si papà.* Ich muss mich jetzt wirklich beeilen." Ohne sich noch mal umzudrehen, lief Giuliana weiter.

Filippo Rossi. Der hatte ihr gerade noch gefehlt. Er war der Sohn eines Jugendfreundes ihres Vaters. Die Familie betrieb eine Olivenplantage und ein Landhotel im Hinterland von Albenga, und ihr Vater hatte ihr schon mehr als einmal zu verstehen gegeben, dass er sich jemanden wie Filippo sehr gut als Schwiegersohn vorstellen könnte. Dabei war Filippo überhaupt nicht ihr Typ und außerdem um einiges älter als sie selbst.

Während sie sich in dem Raum neben dem Speisesaal das dunkelblaue Arbeitskleid anzog und die weiße Schürze umband, musste sie an Robert denken. Schon lange hatte ihr keiner mehr so gut gefallen wie der junge Deutsche mit seinen stahlblauen Augen und den Grübchen, die sich auf seinen Wangen bildeten, wenn er lachte. Giuliana stellte sich vor, wie es sein würde, seine blonden Locken zu berühren und ihn dabei zu küssen. Er hatte einen sinnlichen Mund mit vollen Lippen. Das war ihr sofort aufgefallen. Und sie meinte, sogar einige Sommersprossen auf seiner Nase gesehen zu haben.

Beim Gedanken daran, ihn in ein paar Stunden wiederzusehen, beschleunigte sich ihr Herzschlag.

Sie steckte sich die dunklen Locken am Hinterkopf zusammen und betrat den Speisesaal, wo ihre beiden Kollegen bereits damit beschäftigt waren, die letzten Vorbereitungen für das Abendessen der Hotelgäste zu treffen.

Vier Stunden später war Giulianas Schicht beendet. Rasch fuhr sie mit dem Fahrstuhl ins Dachgeschoss des Hotels, wo sich die Wohnung der Familie befand. Es war niemand da. Giuliana atmete erleichtert auf. So brauchte sie wenigstens keine Fragen zu beantworten, wo sie hinginge und wann sie nach Hause käme. Obwohl sie im nächsten Jahr volljährig sein würde, behandelten sie ihre Eltern zuweilen noch wie eine Zehnjährige.

Nachdem sie schnell unter die Dusche gesprungen war, zog sie sich ein luftiges weißes Sommerkleid mit Spaghettiträgern an, das ihren gebräunten Teint gut zur Geltung brachte. Eine schimmernde Körperlotion, der korallenrote Lippenstift, den ihr ihre Freundin Fiorangela geschenkt hatte, und ein wenig Gel für ihre feuchten Locken sorgten dafür, das Giuliana mit ihrem Spiegelbild zufrieden war.

Robert stand schon am Eingang der Strandbar, als sie kurz darauf dort ankam. Er trug eine Karottenjeans, darüber ein buntes Hemd und fuhr sich mit einer lässigen Bewegung durch die Haare.

„*Ciao,* Robert.“ Giuliana begrüßte ihn mit zwei Küssen

rechts und links auf die Wangen. „Sorry, es ist ein bisschen später geworden. Ich musste noch duschen."

„Kein Problem. Ich habe es nicht eilig. Du siehst toll aus. Ich meine … du gefielst mir heute Nachmittag schon. Aber jetzt, wow!"

Sein intensiver Blick jagte Giuliana einen Schauer nach dem anderen durch den Körper. Sie fühlte sich wie eine Vierzehnjährige, der es gelungen war, ein Date mit dem Klassenschwarm zu ergattern.

„Wenn du mir weiter solche Komplimente machst, werde ich rot. Lass uns gehen! Es ist schon gleich halb elf. Hast du einen Stellplatz auf dem Campingplatz bekommen?", fragte Giuliana.

„Ja. Danke noch mal für den Tipp. Es ist schön schattig zwischen den Pinien und man kann das Meer sehen."

Nach einem fünfminütigen Fußweg erreichten sie Giovannis Lokal, das in einer vom *budello* abzweigenden Seitengasse lag. Wie selbstverständlich hatte Robert den ganzen Weg über ihre Hand gehalten und auch jetzt, wo sie vor dem Lokal standen, ließ er sie nicht los. Die Trattoria befand sich in einem Haus mit pastellfarbenem Anstrich. An der Fassade rankte ein Jasmin empor, der einen süßlichen Duft verströmte.

„Pizza oder Pasta?", fragte Giuliana, als sie sich an den letzten freien Tisch gesetzt hatten und der Kellner die Speisekarte vor sie hinlegte. „Ist beides sehr gut hier."

„Such du aus!", bat Robert sie.

„Okay. Dann nehmen wir Giovannis *Penne al modo mio*", entschied Giuliana. „Das ist die beste Pastasoße, die ich kenne. Frische und getrocknete Tomaten, Schinken, Pilze, Sahne und geröstete Pinienkerne."

„Das hört sich lecker an! Ich sterbe vor Hunger.“ Robert öffnete ein Tütchen mit Grissini und zog eine der dünnen Brotstangen heraus. „Erzähl doch mal ein bisschen von dir!“, forderte er Giuliana auf, während er in die Grissinistange biss. „Wo arbeitest du?“

„Meinen Eltern gehört ein Hotel unten an der Strandpromenade, da arbeite ich im Sommer. Im Winter gehe ich auf eine Hotelfachschule in Savona.“ Sie trank einen Schluck aus dem Colaglas, das der Kellner gerade gebracht hatte. „Das Hotel hat schon meinen Großeltern gehört. Jetzt führt es mein Vater, und da ich keine Geschwister habe, bin ich irgendwann dran.“ Sie zuckte mit den Schultern. „Meine Eltern sind sehr traditionell und konservativ.“

„Das hört sich aber nicht so an, als ob du besonders viel Lust dazu hättest.“ Robert schob seine Hände über den Tisch, legte sie über Giulianas und strich mit den Daumen über ihre Handrücken. Dort, wo er ihre Haut berührte, kribbelte es, als ob Hunderte Ameisen darüber liefen.

„Nein. Eigentlich würde ich viel lieber etwas mit Tieren machen.“ Sie lächelte. „Aber das kann ich vergessen. Meine Zukunft ist genau geplant. Ich übernehme irgendwann das Hotel und heirate jemanden aus der Branche, der dann mit mir zusammen das Hotel leitet. So stellt es sich mein Vater vor.“ Sie zog die rechte Augenbraue hoch. „Was meinst du, wie oft ich mir schon einen älteren Bruder gewünscht habe oder von mir aus auch einen jüngeren. Dann sähe die Sache natürlich ganz anders aus.“ Sie seufzte. „Weiß auch nicht, warum meine Eltern keine Kinder mehr bekommen haben.“

Bevor Robert sich dazu äußern konnte, brachte der Kellner zwei Teller und eine schmiedeeiserne Pfanne mit den dampfenden Nudeln an den Tisch.

„*Buon appetito*“, wünschte er und stellte noch eine kleine Glasschüssel mit geriebenem Parmesan dazu.

Giuliana füllte zunächst Roberts Teller und dann ihren eigenen mit den köstlich duftenden *penne*.

„Jetzt haben wir aber genug über mich geredet“, sagte sie und streute Käse über die Nudeln. „Du bist an der Reihe! Woher kommst du? Was machst du? Wie lange bleibst du?“ Die letzte Frage interessierte sie besonders.

„Mm, ist das lecker“, schwärmte Robert, nachdem er sich einen ersten Bissen in den Mund gesteckt hatte. „Gute Empfehlung.“

Während sie aßen, erzählte er, dass er sechsundzwanzig Jahre alt war, ein Lehramtsstudium in Sport und Englisch sowie eine zweijährige Referendarzeit abgeschlossen hatte und nun den Sommer genießen wolle, bevor er im Herbst in Köln eine Stelle als Lehrer antreten würde.

„Ich habe eigentlich vor, noch bis runter nach Spanien zu fahren. Aber es gefällt mir hier so gut, dass ich vielleicht länger bleibe.“ Er legte den Kopf schief und blickte sie an.

Giulianas Wangen begannen bei seinen Worten zu leuchten. Wollte er damit sagen, dass er ihretwegen länger bleiben wollte?

„Du solltest auf jeden Fall noch nicht fahren“, riet sie ihm. „Morgen beginnt das Fest zu Ehren unserer Schutzheiligen Santa Anna. Da gibt es Prozessionen, Live-Musik und am Samstag das große Feuerwerk. Wir machen jedes Jahr ein Barbecue bei meiner Freundin Fiorangela und ihrer Mutter. Sie haben ein Haus ganz oben am Berg mit einem super Blick auf die Bucht. Wenn du Lust hast, kannst du auch kommen.“

„Aber sie kennen mich doch gar nicht“, gab Robert zu bedenken.

„Das macht nichts. Jeder kann Freunde mitbringen. Die Kosten werden durch alle geteilt."

„Okay. Super, dann übernehme ich deinen Teil und komme mit."

Nachdem sie jeder noch ein Tiramisu gegessen und einen *caffè* getrunken hatten, schlenderten sie auf der Strandpromenade zurück zum Hotel. Wie selbstverständlich legte Robert seinen Arm um Giulianas Schultern.

„Sag mal, warum lässt dich deine Freundin eigentlich diese Tour allein machen?", fragte sie. „Wenn du mein Freund wärst, würde ich dich keine Sekunde aus den Augen lassen."

Robert schaute sie von der Seite an und grinste. „Also, wenn du mit dieser Bemerkung herausfinden willst, ob ich eine Freundin habe: Nein, ich habe keine. Wir haben uns vor einem Jahr getrennt, und seitdem bin ich Single. Bis jetzt ist mir die Richtige noch nicht über den Weg gelaufen." Er räusperte sich. „Aber das kann ja schneller gehen, als man denkt."

Giuliana lächelte und strich sich verlegen eine Locke aus dem Gesicht. Sie waren mittlerweile vor dem Hotel angekommen.

„Und du? Hast du einen Freund?" Robert lehnte sich gegen die Balustrade, die die Promenade vom Sandstrand trennte.

Giuliana schüttelte den Kopf. „Sonst würde ich jetzt nicht hier mit dir stehen."

Für einen Moment schwiegen sie und schauten über das Meer, wo der Mond silberne Streifen auf das Wasser zauberte.

„Ich fand es sehr schön mit dir heute Abend", sagte Robert schließlich und nahm Giulianas Hand.

„Ja, ich auch." Ein angenehmer Schauer durchrieselte sie.

Sie schauten sich eine Weile tief in die Augen, dann näherte sich Robert ihrem Gesicht und küsste sie. Giulianas Herz hämmerte so fest, als hätte sie soeben einen Hundert-Meter-Lauf absolviert. Sie schlang die Arme um Robert und fuhr ihm mit der rechten Hand durch die Locken, wie sie es sich in Gedanken bereits mehr als einmal vorgestellt hatte. Seine Haare fühlten sich so weich wie Watte an.

„Sehen wir uns morgen?", fragte er, als sie vor dem Hoteleingang standen.

Giuliana nickte. „Um drei Uhr am Strand. Ich habe bis sechs Pause."

„Okay. Ich werde da sein."

Sie küssten sich erneut.

„Giuliana! *Per l'amor di dio!* Was machst du da? Komm sofort rein!"

Fabio Colombos schneidende Stimme ließ die beiden auseinanderfahren.

„Wir sprechen uns noch, *signorina!*" Giulianas Vater trat aus dem Hotel auf die Promenade. „Hast du mal auf die Uhr geschaut?" Demonstrativ tippte er mit dem Zeigefinger auf das Ziffernblatt seiner Breitling. „Du musst morgen um halb acht arbeiten und knutschst mitten in der Nacht mit irgendeinem Kerl auf der Straße herum. *Che vergogna!* Was für eine Schande! Los, geh auf dein Zimmer!" Er ging einen Schritt auf Robert zu. „Und du lass die Finger von meiner Tochter! Verschwinde!"

Robert machte eine hilflose Geste in Giulianas Richtung. „Wer ist der Typ? Was will er?" Er schien kein Wort verstanden zu haben.

„Das ist mein Vater. Geh jetzt lieber, Robert!", bat Giuliana ihn.

„Was hat er für ein Problem? Wir waren doch nur essen. Bitte erklär ihm das."

„Das hat jetzt keinen Sinn. Geh bitte! Wir reden morgen!"

„Bist du sicher? Soll ich nicht lieber bleiben?"

Giuliana verneinte.

„Okay. Dann bis morgen. *Buonanotte.*" Er hob die Hand zum Gruß und ging, wobei er sich noch einige Male umdrehte.

„Was soll das, *papà?*", Giulianas grüne Augen funkelten vor Wut. „Ich bin doch kein kleines Kind mehr. Nächstes Jahr werde ich achtzehn. Und außerdem ist Robert nicht irgendein Kerl!"

„So? Was ist er dann? *Un tedesco*, der noch nicht mal italienisch spricht." Giulianas Vater schnaubte Luft durch die Nase. Seine Gesichtshaut hatte eine ungesunde rote Farbe angenommen. „Für so einen ist meine Tochter viel zu schade. Du wirst dich nicht mehr mit ihm treffen! *Capisci?* Hast du verstanden?"

Giuliana nickte, denn sie wusste aus Erfahrung, dass es keinen Zweck hatte, ihrem Vater zu widersprechen, wenn er so aufgebracht war. Sie wusste aber auch, dass nichts und niemand sie davon abhalten würde, sich weiterhin mit Robert zu treffen.

Ohne ihren Vater eines weiteren Blickes zu würdigen, ging sie an ihm vorbei ins Hotel.

Kapitel 3

Köln, 2020

Mein liebes Püppchen,

wenn du diesen Brief liest, bin ich leider nicht mehr bei dir. Ich hoffe von ganzem Herzen, dass du mir irgendwann verzeihen kannst und verstehen wirst, was ich dir hier schreibe.

Du hast mich oft nach deiner Mutter gefragt, und ich habe dir erzählt, dass sie bei deiner Geburt gestorben wäre. Doch das entspricht nicht der Wahrheit. Du bist in Italien geboren. Deine Mutter wohnte damals in Alassio, als ich sie kennenlernte. Und vielleicht lebt sie auch heute noch dort.

Du musst mir glauben, ich habe sie sehr geliebt. Jedoch haben gewisse Umstände dazu geführt, dass es für uns keine gemeinsame Zukunft gegeben hätte. Ich weiß, es war ein Fehler, dich all die Jahre in dem Glauben zu lassen, deine Mutter wäre tot. Aber ich hielt es für besser so.

Falls du ihr jemals begegnen solltest, bitte sie in meinem Namen um Verzeihung für das, was ich ihr angetan habe.

Leb wohl, mein Püppchen. Ich warte auf dich da oben, bis wir uns irgendwann wiedersehen. Und vergiss nie, ich habe dich lieb von hier bis zum Mond und wieder zurück.

Dein Papa

Stella ließ den Briefbogen auf ihren Schoß sinken und sah Francesca ungläubig an.

„Bin ich jetzt im falschen Film oder wie? Kneif mich doch bitte mal, damit ich weiß, dass ich wirklich hier sitze und gerade erfahren habe, dass meine Mutter nicht vor dreiunddreißig Jahren gestorben ist.“

„Also, ich weiß auch nicht, was ich dazu sagen soll.“ Francesca blickte ebenso verwirrt drein wie Stella.

„Alassio. Liegt das nicht an der italienischen Riviera?“, überlegte Stella.

„Ja. In Ligurien. Als Luigi noch lebte, haben wir oft unseren Urlaub dort verbracht. Eine schöne Gegend.“

„*Gewisse Umstände haben dazu geführt, dass es für uns keine gemeinsame Zukunft gegeben hätte*“, wiederholte Stella den Satz aus dem Brief. „Was für Umstände? Was meint er damit? Welche Umstände können eine Mutter dazu bringen, ihr Kind zu verlassen und sich nie wieder nach ihm zu erkundigen?“ Sie zog verzweifelt die Schultern hoch, um sie gleich darauf wieder fallen zu lassen. „Oh Gott, von was für schrecklichen Menschen stamme ich ab? Von einem Vater, der seine Tochter dreiunddreißig Jahre lang anlügt, und einer Mutter, die ihr Kind nicht liebt und einfach weggibt.“

Tränen der Wut und der Enttäuschung vereinten sich auf ihren Wangen und tropften auf ihr T-Shirt.

„Verurteile deine Mutter nicht, solange du nicht weißt, was sich damals abgespielt hat!“, mahnte Francesca, die ihre eigene Tochter bei einem Verkehrsunfall verloren hatte, als diese zwanzig Jahre alt gewesen war. „Ich kann mir nicht vorstellen, dass sie dich nicht geliebt hat und dich weggegeben hat, weil sie dich nicht haben wollte. Da müsste sie ein Herz aus Stein haben.“

„Und warum bin ich bei meinem Vater aufgewachsen, und sie hat sich nicht einmal bei mir gemeldet? Selbst, wenn irgendwelche widrigen Umstände sie damals dazu gezwungen hätten, sie hatte dreiunddreißig Jahre Zeit, um mich zu suchen.“

„Das ist alles schon sehr kurios. Was willst du jetzt machen?“ Francesca blickte Stella fragend an.

Diese zog die Stirn in Falten und wischte sich die Tränen aus dem Gesicht. „Ich weiß es nicht. Ich muss in Ruhe über alles nachdenken, irgendwo, wo ich allein bin. Sei mir nicht böse, Francesca, aber ich kann hier im Moment nicht weitermachen.“ Stella legte den Brief zu dem Foto und der Schmuckschatulle in die Kiste und stand auf.

„Ich bin dir doch nicht böse, *tesoro.* Du musst das Ganze erst einmal verarbeiten.“ Francesca erhob sich ebenfalls. „Wenn du mich brauchst, kannst du mich jederzeit anrufen. Ansonsten sehen wir uns morgen im Café.“ Sie zog Stella in ihre Arme. „Lass dich noch einmal drücken, *cara mia!* Das wird schon alles wieder.“ Beruhigend strich sie ihr über den Rücken, gab ihr zwei Küsse auf die Wangen und verließ das Schlafzimmer.

Stella nahm die Kiste, griff nach ihrer Handtasche und folgte Francesca nach draußen.

Eine Viertelstunde später parkte sie unten am Rhein und ging vor bis zum Ufer. Jetzt zur Mittagszeit waren nicht so viele Spaziergänger unterwegs, sie saßen vermutlich in den Straßencafés in der Altstadt oder machten ein Picknick im Rheinpark. Eine Weile beobachtete sie einen jungen Mann, der mit einem dunkelbraunen Labrador Ball spielte. Unermüdlich hechtete der Hund dem gelben Tennisball hinterher und legte ihn immer wieder vor die Füße seines Herrchens.

Stella ließ sich in einiger Entfernung im Gras nieder und schlug die Beine übereinander. Sie trug eine kurze Jeansshorts und ein Trägertop und merkte schon bald, wie die Sonne auf ihrer Haut brannte. Der Rhein floss an dieser

Stelle gemächlich dahin. Nur ab und zu bildeten sich kleine Wellen, wenn der Wind sacht über die Oberfläche strich. Am gegenüberliegenden Ufer standen die drei Kranhäuser, moderne architektonische Kunstwerke, die die Form eines Hafenkrans hatten und in denen Büros und teure Eigentumswohnungen untergebracht waren. Rechts davon im Hintergrund waren die Zwillingstürme des Doms zu sehen. Stella liebte ihre Heimatstadt und besonders den Karneval. Und obwohl sie schon seit jeher gewusst hatte, dass sie in Italien geboren war, hatte sie sich immer als waschechte Kölnerin gefühlt.

Was sollte sie nun machen? Es war, als ob ihr jemand den Boden unter den Füßen weggezogen hätte. Ihr Leben bestand nur noch aus einer einzigen großen Lüge und einer Flut von unbeantworteten Fragen. Warum hatten sich ihre Eltern damals getrennt? Was war passiert, dass Stella nicht bei ihrer Mutter geblieben, sondern in Deutschland bei ihrem Vater aufgewachsen war? Warum hatte Giuliana nie den Kontakt zu ihr gesucht? Wie oft hatte sich Stella danach gesehnt, eine Mutter zu haben. Ihre Großmutter väterlicherseits hatte zwar bis zu ihrem Tod vor zwei Jahren versucht, diesen Platz so gut es ging auszufüllen, doch es war nicht das Gleiche gewesen. Gerade im Teenageralter hatte Stella die Leere besonders gespürt. Als sie zum ersten Mal ihre Regel bekommen und sich geniert hatte, ihre Großmutter um Rat zu fragen. Oder, wie sie ihre Freundinnen beneidet hatte, wenn sie das Make-up und die Klamotten ihrer Mütter benutzten.

Stella riss ein paar Grashalme aus und ließ sie über ihre nackten Beine rieseln. Wie anders wäre wohl ihr Leben verlaufen, wenn sie nicht in Köln bei ihrem Vater, sondern in

Italien bei ihrer Mutter aufgewachsen wäre? Sie blickte über den Fluss, wo gerade ein Frachtschiff vorbeifuhr.

Eines wusste sie ganz sicher. Bevor sie nicht das Geheimnis ihrer Abstammung enträtselt hätte, wollte sie auf keinen Fall Jonas heiraten. Sie würde ihre Mutter suchen und sie auffordern, ihr ins Gesicht zu sagen, warum sie ihre Tochter damals nicht gewollt hatte. Erst dann würde sie ihre innere Ruhe wiederfinden und bereit sein, ihr eigenes Leben weiterzuleben, sei es mit oder ohne ihre Mutter. Sie hoffte, dass Jonas dies verstehen würde.

Als sich ein Mückenschwarm näherte und sie umsurrte, stand Stella auf. Sie beschloss, nach Hause in ihre Wohnung zu fahren und sich einen Film anzuschauen, der sie von dem ganzen Desaster ablenken würde. Sicherlich würde auch Jonas später noch anrufen.

Am nächsten Morgen betrat Stella wie gewohnt um acht Uhr das Schmökercafé, das nur zwei Straßen von ihrer Wohnung in der Kölner Altstadt entfernt lag. Sie hatte am Abend noch lange mit Jonas telefoniert. Doch mit seinem Vorschlag, die Vergangenheit ruhen zu lassen und sich lieber auf die Gründung ihrer eigenen Familie zu konzentrieren, erreichte er eher das Gegenteil. Wieder einmal drängte er sie, so bald wie möglich mit den Hochzeitsvorbereitungen zu beginnen und das Haus einzurichten, das er gerade am Stadtrand für sie beide bauen ließ. Das würde sie sicherlich von allem ablenken. Doch Stella brauchte keine Ablenkung, um die Vergangenheit zu verdrängen, sondern eine Lösung, wie sie jetzt weiter vorgehen sollte. Als Erstes musste sie herausfinden, was damals in Italien zwischen ihren Eltern vorgefallen war.

Sie fühlte sich um Jahre gealtert, hatte kaum geschlafen in der Nacht, weil sie die ganze Zeit über den Brief nachgedacht hatte. Sie hatte ihn so oft gelesen, dass sie seinen Inhalt mittlerweile auswendig konnte. Schließlich war sie irgendwann in den frühen Morgenstunden in einen unruhigen Schlaf gefallen.

Stella ging in den kleinen Abstellraum, hängte ihre Tasche an den Haken hinter der Tür und band sich die bodenlange schwarze Kellnerschürze um. Luna, ihre Angestellte, war bereits da und machte sich in der Küche zu schaffen. Ein verführerischer Duft nach gebackenen Croissants und frisch gemahlenen Kaffeebohnen durchzog das Café. Stella bereitete sich wie jeden Morgen als Erstes einen Cappuccino zu.

„Luna, möchtest du auch einen Kaffee?“, rief sie, während sie Milch aufschäumte.

„Ja bitte“, erklang es aus der Küche.

Luna studierte Pädagogik und arbeitete nebenbei seit einem Jahr im Schmökercafé, da Stella den wachsenden Gästezuwachs nicht mehr allein hatte bewältigen können. Sie hatten sich im Laufe der Zeit angefreundet, und Stella war zu einer Art Lebensberaterin für Luna geworden, die ständig Probleme mit ihrem Freund hatte.

„Oh Mann, Stella, du siehst aber aus, als ob du nicht viel geschlafen hättest. Mit deinen Augenringen wärst du das perfekte Model für den neuen Abdeckstift von L“, gab sie in ihrer direkten Art zum Besten, als sie mit einem Teller frischer Rosinenschnecken aus der Küche kam. Wie Stella trug auch sie eine schwarze Schürze. Ihre blonden kurzen Haare hatte sie unter einem Bandana versteckt.

„Danke. Ich hab dich auch lieb.“ Stella knuffte Luna in die Seite. „Aber du hast recht. Ich habe wirklich kein Auge zugetan heute Nacht. Und wenn ich dir sage warum, dann fällst du vom Glauben ab."

„Jetzt machst du mich aber neugierig." Luna stellte die Schnecken in die Vitrine neben die Nussteilchen.

Rasch erzählte Stella ihr von dem Brief ihres Vaters.

„Das gibt es ja nicht!" Luna riss ihre blauen Augen weit auf. „So etwas passiert doch sonst immer nur im Film. Was hast du nun vor? Nach Italien fahren und Nachforschungen anstellen? Um das Café brauchst du dir keine Sorgen zu machen."

„Genau. Darum kümmern wir uns", ertönte Francescas Stimme, die gerade hereingekommen war und Lunas letzten Satz gehört hatte.

„*Buongiorno.* Du siehst blass aus, *tesoro mio.*" Sie umarmte Stella und bestellte bei Luna einen Latte macchiato.

„Lass uns später reden." Stella kniff sich in die Wangen, um ihnen etwas mehr Farbe zu verleihen, und begann, die Bestellungen der Gäste aufzunehmen, die mittlerweile die Sitzecken und Bistrotische besetzt hatten.

Erst zwei Stunden später, nachdem der Frühstücksansturm vorüber war, fanden die drei Frauen Gelegenheit, bei einem Kaffee über die Ereignisse des vergangenen Tages zu sprechen.

„Was hat denn Jonas dazu gesagt?", wollte Luna wissen.

„Ihr kennt doch Jonas. Er ist der Meinung, ich soll die Vergangenheit abhaken und mich auf die Gegenwart konzentrieren, sprich auf unsere Hochzeit und das Haus." Stella öffnete ein Zuckertütchen und ließ den Inhalt in den Milchschaum ihres Cappuccinos rieseln. „Er hat gut reden. Seine Eltern waren immer für ihn da. ‚Meine Mutter hilft dir bei den Vorbereitungen für die Hochzeit. Sie freut sich schon, das Kleid mit dir auszusuchen'", ahmte sie ihren Verlobten nach.

„Das heißt wohl eher, sie bestimmt und du hast Ja und Amen zu sagen", bemerkte Francesca ironisch. Sie hatte Jonas' Eltern bereits einige Male getroffen.

„So ähnlich." Stella musste grinsen, da Francesca ihre zukünftige Schwiegermutter richtig eingeschätzt hatte. „Ich will auf keinen Fall heiraten, bevor ich nicht weiß, was damals passiert ist. Vielleicht war meine Mutter ja eine Geistesgestörte und sitzt irgendwo in einer Nervenheilanstalt." Stella zuckte mit den Achseln.

„Oder sie hat jemanden ermordet und musste ins Gefängnis. Da konnte sie dich natürlich nicht mitnehmen", unkte Luna.

„Redet doch nicht so einen Blödsinn, ihr beiden!", Francesca schüttelte missbilligend den Kopf. „Es gibt nur eine Möglichkeit, um dir Klarheit zu verschaffen, Stella: Du musst nach Alassio fahren und nach deiner Mutter suchen. Wie gesagt, um das Café brauchst du dir keine Sorgen zu machen. Ich werde Luna helfen, solange du weg bist."

„Wahrscheinlich wird mir nichts anderes übrig bleiben." Stella tat einen tiefen Seufzer.

„Morgen die Damen. Einschreiben mit Rückschein für Sie, Frau Lehmann." Der Postbote, der soeben das Café betreten hatte, legte einen Brief auf den Tisch. „Ich brauche bitte eine Unterschrift." Er riss die angehängte Karte ab und zeigte Stella, wo sie unterschreiben musste. „Vielen Dank und einen schönen Tag noch." Er steckte die Karte in seine Tasche, hob die Hand zum Gruß und ging.

Stella nahm den Brief und schaute auf den Absender.

„Klaus Bender. Das ist doch der Vermieter vom Café. Warum schickt der mir ein Einschreiben? Ich hab doch immer alles pünktlich bezahlt.“

Sie öffnete den Umschlag und zog das Schreiben heraus. Während sie zu lesen begann, wurde sie blass und ließ schließlich den Papierbogen auf ihren Schoß sinken.

„Was ist los? Du hast ja keine Farbe mehr im Gesicht.“ Francesca blickte Stella erschrocken an.

„Der Vermieter hat mir gekündigt.“

„Wie bitte? Warum das denn?“ Auch Luna schüttelte fassungslos den Kopf.

„Hier, lest selbst. Er meldet Eigenbedarf an.“ Stella hielt den beiden Frauen das Schreiben entgegen.

Luna überflog es und gab es an Francesca weiter.

„Wenn ich es richtig verstanden habe, musst du bis Oktober raus sein“, sagte Luna. „Das ist nicht mehr lange.“

Stella runzelte die Stirn. „Ich weiß. Und das, wo das Café gerade anfängt, so gut zu laufen, und wir uns einen Namen gemacht haben. Ich könnte heulen. Hier ist alles perfekt, die Lage ist top, die Miete ist erschwinglich und die Größe stimmt.“

Sie schlug mit der Hand auf den Tisch. „Mann, warum fällt dem blöden Vermieter auch ausgerechnet jetzt ein, dass er das Ladenlokal selbst braucht?“

„Versuch doch, mit ihm zu reden! Vielleicht kannst du ihn umstimmen“, schlug Luna vor.

„Alles im Leben hat einen Sinn, *cara mia*.“ Francesca tätschelte Stellas Hand. „Die Leute kommen hauptsächlich deinetwegen. Du suchst dir einfach ein anderes Ladenlokal. Es gibt ja nicht nur das eine hier. Dann machst du in der Anfangszeit ein bisschen mehr Werbung und schwubs werden all deine Stammkunden wieder da sein und noch neue dazu.“

Ihre braunen Augen leuchteten.

„Bei dir hört sich das so einfach an, Francesca."

„Das ist es auch. Klar, ein Umzug bedeutet Arbeit und sicher musst du auch den einen oder anderen Euro in den neuen Laden stecken, aber du bekommst doch bald das Erbe deines Vaters ausbezahlt. Also wirst du schon mal keine finanziellen Probleme haben."

Stella stand auf und umarmte die alte Dame. Schade, dass sie nicht selbst so optimistisch war. Ihr Leben war innerhalb von zwei Tagen komplett aus den Fugen geraten. Jetzt stand sogar noch ihre berufliche Existenz auf dem Spiel. Es musste ihr irgendwie gelingen, alles wieder in den Griff zu bekommen. Als Erstes würde sie das Rätsel um ihre Herkunft lösen und nach Italien fahren, und wenn sie das erledigt hätte, würde sie sich ein neues Ladenlokal für das Schmökercafé suchen. Sie würde sich auf keinen Fall unterkriegen lassen!

Kapitel 4

Alassio 1986

„Was sollte das gestern Nacht, Giuliana? Du hast dich wie ein billiges Mädchen aufgeführt." Fabio Colombo blickte seine Tochter streng an. Er hatte Giuliana nach ihrer Morgenschicht ins heimische Wohnzimmer zitiert, wo er ihr nun die Leviten lesen wollte. „Du hast anscheinend vergessen, dass du eine Colombo bist. Rosanna, sag doch auch mal was!", forderte er seine Frau auf.

Rosanna Farnese, die einen Kopf kleiner war als Fabio, dafür aber um einiges schlanker, hatte neben ihrer Tochter am Esstisch Platz genommen. Ihre dunkelbraunen Augen blickten ebenso vorwurfsvoll auf Giuliana.

„Du hast uns enttäuscht, Giuli. Stell dir vor, irgendjemand, den wir kennen, hat dich gesehen. Was das für ein Gerede gibt. Dann heißt es nachher, die Tochter der Colombo knutscht nachts auf der Straße herum, die ist für jeden zu haben."

„Ach, *mamma*, das glaubst du doch selbst nicht", versuchte Giuliana sich zu verteidigen. „Erstens war es nur ein harmloser Kuss und zweitens war kein Mensch vor dem Hotel, also kann uns auch keiner gesehen haben."

„Das weißt du doch gar nicht. Du warst viel zu beschäftigt", warf Fabio ein. „Du wirst dich auf keinen Fall mehr mit diesem Deutschen treffen. Hast du mich verstanden?"

„Aber *papà*, Robert ist wirklich nett. Er ist Lehrer in Deutschland, in *Colonia*."

„Das ist ja alles gut und schön. Dann soll er sich ein deutsches Mädchen suchen und die Finger von meiner Tochter lassen."

„Ich will doch nur ab und zu mit ihm ausgehen, solange er hier ist." Giuliana zog die Stirn in Falten. „Am Ende des Sommers muss er eh zurück nach Deutschland."

„Das ist mir egal. Du wirst ihn nicht wiedersehen und damit basta!" Fabio nahm seine Brille von der Nase und wischte sich über die Augen. „Noch bist du nicht volljährig und hast zu tun, was ich dir sage." Er setzte die Brille wieder auf. „Wenn du dich nicht daran hältst, gehst du eben in diesem Sommer gar nicht mehr weg."

„Das kannst du nicht machen, *papà!*" Giuliana sprang aufgebracht vom Stuhl auf. „Ich bin kein kleines Kind mehr."

Rosanna ergriff Giulianas Arm. „Hör auf deinen Vater! Er weiß schon, was das Beste für dich ist", versuchte sie ihre Tochter zu beschwichtigen.

„Genau. Lass die Finger von dem Deutschen *e tutto va bene.*"

Giuliana wusste, wann sie die Schlacht verloren hatte. Wenn sie jetzt noch weiter diskutierte, würde ihr Vater womöglich seine Drohung wahr machen und sie für den Rest des Sommers nach der Arbeit auf ihrem Zimmer einsperren. Das wollte sie auf keinen Fall riskieren.

„Na gut. Ich werde mich nicht mehr mit ihm treffen", lenkte sie ein. „Das heißt, einmal muss ich es noch tun, um ihm zu sagen, dass wir uns nicht mehr sehen können. Das musst du mir erlauben, *papà!* Er kommt nachher um drei zum Strand."

Giuliana sah, wie ihr Vater kurz zu ihrer Mutter hinüberblickte und diese ihm zunickte.

„Also gut. Aber nur dieses eine Mal", gab er sich versöhnlich.

„Danke, *papà*." Giuliana fiel ihrem Vater um den Hals. „Danach werde ich ihn nicht wiedersehen. Du kannst dich auf mich verlassen."

Wie gut, dass Fabio Colombo nicht sah, wie Giuliana hinter seinem Rücken die Finger kreuzte.

Giuliana konnte es kaum abwarten, bis sie ihre Mittagsschicht beendet hatte. Endlich waren auch die letzten Gäste gegangen und die Tische für das Abendessen neu eingedeckt. Rasch zog sie sich im Personalraum ihren Bikini an, band sich ein Tuch um die Hüften und lief hinüber zum Strand. Robert saß bereits an einem der Tische an der Bar und hatte eine Peroni-Bierflasche vor sich stehen. Er trug eine kurze, dunkelblaue Schwimmshorts und hatte seine Locken mit einer schwarzen Ray-Ban-Sonnenbrille aus der Stirn geschoben. Giuliana begrüßte ihn mit zwei Wangenküssen.

„Ich hole mir schnell einen Kaffee", sagte sie und ging zur Theke. „Und, was hast du heute gemacht?", fragte sie kurz darauf, als sie mit einem Espresso zurück zum Tisch kam.

„Ich war erst schwimmen und danach noch surfen."

„Ach, du surfst? Hast du dein eigenes Brett dabei?"

Robert nickte. „Aber jetzt erzähl du mal! Hast du gestern noch Ärger mit deinem Vater bekommen?"

„Die Standpauke habe ich heute Morgen gekriegt. Sie haben mir verboten, mich weiter mit dir zu treffen." Giuliana verrührte den Zucker in ihrem Espresso.

„Aber warum? Sie kennen mich doch gar nicht." Robert hob die Hände in einer hilflosen Geste.

„Meine Eltern sind eben furchtbar konservativ."

„Und jetzt? Heißt das, wir werden uns nicht mehr sehen?", Robert blickte sie enttäuscht an.

„Nein, das heißt es nicht." Giuliana grinste verschmitzt. „Weil ich nämlich nicht immer das tue, was meine Eltern mir vorschreiben. Klar werden wir uns weiter treffen. Wir müssen nur vorsichtig sein. Du darfst mich nicht mehr vom Hotel abholen oder nach Hause bringen. Ich werde sagen, dass ich bei meiner Freundin Fiorangela bin, wenn wir zusammen sind. Sie musste schon öfter als mein Alibi herhalten."

„Mm." Robert runzelte die Stirn. „Wenn es nicht anders geht." Er griff nach Giulianas Hand. „Trotzdem finde ich das nicht korrekt von deinen Eltern. Du bist doch kein kleines Kind mehr."

„Wem sagst du das. Vielleicht wird es anders, wenn ich volljährig bin." Giuliana seufzte und blickte nachdenklich übers Meer, auf dem der Wind weiße Schaumkronen tanzen ließ.

Am Horizont fuhr ein großes Containerschiff in Richtung Genua.

„*Ciao,* Giuli, kommst du auch am Samstagabend zu Fiorangela?" Ein braun gebrannter junger Mann in roter Badeshorts blieb an ihrem Tisch stehen.

„*Ciao,* Stefano. Ja, klar. Das ist Robert." Sie zeigte auf den Deutschen. „Er kommt auch mit. Robert, das ist Stefano, der Bademeister von unserem Strandabschnitt. Wir kennen uns schon seit dem Kindergarten."

Die beiden jungen Männer begrüßten sich.

„Robert kommt aus Deutschland. Er versteht kein Italienisch", erklärte Giuliana, als sie Stefanos fragenden Blick bemerkte. „Du kannst englisch mit ihm reden."

„Ah okay. Kann es sein, dass ich dich heute Morgen auf dem Surfbrett gesehen habe?", fragte er Robert auf Englisch.

„Ja." Robert lächelte.

„Du surfst sehr gut."

„Danke", freute sich Robert über das Kompliment. „Surfst du auch?"

„Ja. Aber meistens nur im Winter, weil ich im Sommer bis abends spät am Strand arbeite", erklärte Stefano. „Dann sehen wir uns also Samstagabend bei Fiorangela. Macht's gut! Ich muss wieder auf meinen Hochsitz." Er ging hinunter zum Ufer, wo der Beobachtungshochstuhl stand.

„Ich komme gleich wieder." Giuliana stand auf und lief Stefano hinterher.

Kurz bevor dieser die ersten Stufen der Holzleiter erklomm, hatte sie ihn eingeholt.

„Stefano, warte kurz!", rief sie, woraufhin er sich umdrehte. „Kannst du mir einen Gefallen tun?"

„Dir doch immer!" Stefano grinste sie an und fuhr sich lässig durch seine dunkelblonden Haare.

„Also, ich würde mich gern öfter mit Robert treffen. Aber du kennst ja meine Eltern. Sie haben es mir verboten."

„Was für dich natürlich kein Hinderungsgrund ist." Er zwinkerte ihr zu.

„Nein." Sie grinste frech zurück. „Könntest du Robert am Samstag mit hoch zu Fiorangela nehmen? Dann kann ich mit ruhigem Gewissen sagen, dass er nicht mit mir gekommen ist, falls es irgendwie rauskommt, dass er auch dagewesen ist." Sie blickte ihn bittend an.

„Klar, mach ich. Sag ihm, er soll gegen zehn hier an der Strandbar sein."

„Danke. *Sei un tesoro!*" Sie drückte ihm rasch einen Kuss auf die Wange und lief zurück zu Robert. Der hatte die ganze Szene mit gemischten Gefühlen beobachtet.

„Ihr scheint euch aber sehr gut zu verstehen", bemerkte er und konnte den eifersüchtigen Unterton in seiner Stimme nicht verbergen.

„Ja. Er ist mein bester Freund. Aber nur ein Freund. Nicht so, wie du anscheinend denkst." Sie blickte ihn schmunzelnd von der Seite an. „Ich hab dir doch gestern Abend schon gesagt, dass ich zurzeit keinen Freund habe. Ich habe Stefano nur gefragt, ob er dich am Samstagabend zum Haus meiner Freundin mitnimmt. Dann kann ich bei meinen Eltern jederzeit sagen, du wärst mit ihm gekommen, falls sie erfahren sollten, dass du auch auf dem BBQ warst."

„Schlaues Mädchen." Er macht das Daumen-hoch-Zeichen. „Man merkt, dass du Übung darin hast, deine Eltern an der Nase herumzuführen."

„Sie wollen es ja nicht anders." Sie zuckte mit den Schultern. „Stefano wartet ab zehn Uhr hier an der Strandbar auf dich. Wollen wir noch mal schwimmen gehen, bevor ich wieder ins Hotel muss?"

„Okay", stimmte Robert zu. „Aber zuerst möchte ich ein Foto von uns beiden haben. Meinst du, du kannst deinen Freund fragen, ob er uns fotografiert?"

„Klar. Am besten unten an den Tretbooten. Da haben wir das Meer im Hintergrund", schlug Giuliana vor.

Sie stellten die leere Bierflasche und die Espressotasse auf der Theke ab und gingen hinunter zu Stefano. Giuliana reichte ihm Roberts Fotoapparat und erklärte rasch, was er tun sollte. Dann posierte sie mit Robert vor einem der Tretboote.

„*Mille grazie*", bedankte sich Robert, als Stefano ihm die Kamera zurückgab.

Sie liefen wieder hinauf zu den Liegestuhlreihen, hinter denen blau angestrichene Holzkabinen standen, die die Strandgäste mieten konnten, um sich darin umzuziehen und ihre Handtücher und Badesachen zu verstauen. An der Tür einer der Kabinen stand das Wort *Privato*. Giuliana schloss die Tür auf und legte ihr Tuch hinein.

„Kann ich meine Sachen auch hier drin lassen?", fragte Robert.

„Klar, leg den Schlüssel, die Brille und die Kamera auf die Ablage." Giuliana zeigte auf ein Brett, das unter einem kleinen Spiegel angebracht war. „Das Handtuch kannst du an dem Haken da aufhängen. Und jetzt komm!", rief sie lachend. „Wer zuerst im Wasser ist, hat gewonnen."

Sie schloss die Kabinentür, lief zwischen den Liegestühlen bis zum Wasser hinunter und stürzte sich kopfüber in die Wellen. Als sie wieder auftauchte, war Robert bereits neben ihr und schüttelte seine blonden Locken.

„Schwimmen wir bis zu der Boje da hinten?", schlug Giuliana vor.

„Okay!" Robert begann mit kräftigen Armschlägen in die angezeigte Richtung zu schwimmen. Da Giuliana sich ebenso schnell bewegte, erreichten sie die rote Boje gleichzeitig. Sie hielten sich beide daran fest und schauten einander an. Roberts Augen leuchteten in solch einem intensiven Blau, wie es Giuliana noch nie zuvor gesehen hatte. Aus dieser Nähe sah sie, dass seine hellen Wimpern lang und nach oben gebogen waren. Seine feuchten Locken glänzten wie flüssiges Gold in der Sonne.

„Ich habe beschlossen, den Rest des Sommers hier zu

bleiben“, verkündete Robert. „Ich fahre nicht mehr weiter nach Spanien.“

„Das ist super.“ Giuliana lächelte zufrieden. „Wir werden viel Spaß haben.“

„Das denke ich auch.“ Robert näherte sich Giulianas Gesicht und küsste sie. Obwohl es in dem welligen Wasser nicht so einfach war und zwischen ihnen die an einer mit Muscheln bewachsenen Kette befestigte Boje schwamm, genoss sie den Kuss und die Schauer, die er in ihr auslöste.

„Du zitterst ja. Ist dir kalt?“, fragte Robert schließlich.

Giuliana nickte. Obwohl sie sich nicht sicher war, ob die Gänsehaut tatsächlich vom kühlen Wasser kam oder von Roberts Küssen.

„Komm, wir schwimmen zurück!“ Er löste sich von der Boje. „Mir ist auch kalt.“

Wieder zurück am Strand setzten sie sich noch eine Weile in den warmen Sand und ließen sich von der Sonne trocknen.

„Ab morgen müssen wir uns an einem anderen Strand treffen. Dieser hier gehört zu unserem Hotel und mein Vater kommt ab und zu her, um an der Bar einen Espresso zu trinken.“ Giuliana löste das Haargummi aus ihren Locken und schüttelte die noch feuchten Haare.

„Zum Campingplatz gehört auch ein Strand. Ich kann dich in deiner Mittagspause abholen und wir gehen dort schwimmen“, schlug Robert vor.

„Ja. Das ist eine gute Idee. Aber du brauchst mich nicht abzuholen. Ich komme mit dem *motorino.*“ Sie warf den Kopf in den Nacken und streckte ihr Gesicht der Sonne entgegen, sodass hinter ihr die Spitzen ihrer schwarzen Lockenflut den Sand berührten.

„Du bist wunderschön!“, flüsterte ihr Robert ins Ohr. „Am liebsten würde ich dich jetzt noch mal küssen. Aber ich weiß, dass wir das besser hier nicht tun sollten.“

Giuliana öffnete die Augen und lächelte. „Nein, besser nicht! Danke für das Kompliment. Ich kann es dir nur zurückgeben. Ich freue mich auf morgen Abend, wenn wir zusammen das Feuerwerk anschauen.“

„Ich mich auch. Ich hoffe, deine Freundin hat nichts dagegen, wenn ich mitkomme.“

„Nein. Fiorangela wird dir gefallen. Sie ist supernett. Und ihre Mutter auch – das komplette Gegenteil von meinen Eltern.“ Giuliana zog eine Augenbraue hoch. „Modern und überhaupt nicht konservativ. Sie ist oft mit dabei, wenn wir etwas mit der Clique unternehmen. Fiorangelas Vater ist vor drei Jahren bei einem Autounfall gestorben. Sie und ihre Mutter haben es seitdem schwer gehabt, über die Runden zu kommen.“

„Oh, das tut mir leid.“

„Na ja, du wirst sie morgen kennenlernen und auch die anderen aus meiner Clique. Stefano hab ich dir ja schon vorgestellt.“ Sie warf einen raschen Blick auf ihre Armbanduhr. „Zehn vor sechs. Ich muss los, sonst darf ich mir wieder eine Predigt von meinem Vater anhören, von wegen Tochter der Besitzer und gutes Vorbild für die anderen Angestellten.“

„Du Arme. Du hast es echt nicht leicht“, bemitleidete sie Robert.

Giuliana sprang auf und klopfte sich den Sand von den Beinen. Rasch holte sie Roberts Sachen und ihr Tuch aus der Kabine, warf ihm noch eine Kusshand zu und lief über die Strandpromenade zum Hotel hinüber.

Am nächsten Abend konnte Giuliana zu ihrer großen Erleichterung pünktlich Schluss machen. Sie duschte rasch, zog sich einen Minirock und ein dazu passendes Top an und legte ein leichtes Make-up auf. Nachdem sie sich von ihrer Mutter verabschiedet hatte, die im Wohnzimmer saß und eine Spielshow im Fernsehen schaute, stieß sie auf dem Flur beinahe mit ihrem Vater zusammen.

„*Ciao, bambolina.* Wo gehst du noch hin?“, wollte er wissen.

„Ich fahre mit dem *motorino* hoch zu Fiorangela. Wir grillen und schauen uns das Feuerwerk an.“

„*Va bene.* Fahr vorsichtig und komm nicht zu spät zurück. Du weißt, dass morgen Felipe Rossi mit seinen Eltern zum Essen kommt.“ Fabio drückte Giuliana einen Kuss auf die Stirn.

„Ja, Papa. Wir sehen uns morgen. Ich muss los.“ Schnell schlängelte sie sich an ihrem Vater vorbei zur Haustür hinaus.

Das zweistöckige, von Pinien und Zypressen umrundete Haus, in dem Fiorangela mit ihrer Mutter Dina wohnte, lag fast oben auf dem Bergkamm. Es hatte den für Ligurien typischen rosafarbenen Anstrich. Vor den Fenstern waren dunkelgrüne Schlagläden angebracht sowie schmiedeeiserne Stehbalkone. Neben der Eingangstür wuchs eine lila blühende Bougainvillea an der Hauswand empor. Das Beeindruckendste war jedoch der fantastische Ausblick über die lang gezogene Bucht von Alassio und Laigueglia. Bei Tageslicht und klarer Sicht konnte man von hier oben sogar Korsika sehen.

Giuliana stellte ihr *motorino* in der Einfahrt ab, schüttelte ihre Locken zurecht und erkannte, dass die meisten ihrer Freunde bereits da waren. Als ihr Blick auf den himmelblauen, mit unzähligen Aufklebern versehenen VW-Bus mit dem Kölner Kennzeichen fiel, begann ihr Herz sofort schneller zu schlagen.

Sie entdeckte Robert auf der Terrasse, wo er zusammen mit Fiorangela, deren Mutter und noch einigen anderen stand.

„Was habt ihr für ein tolles Haus! Und dieser Blick, der ist ja unbezahlbar!“, sagte Robert soeben auf Englisch, als Giuliana dazustieß.“

„*Ciao a tutti!* Ich habe dir nicht zu viel versprochen, oder, Robert?“ Giuliana lächelte.

„Absolut nicht. Hier würde ich sofort einziehen.“

„Dann red doch mal mit Dina! Vielleicht adoptiert sie dich ja“, scherzte Giuliana, was alle zum Lachen brachte. „Können wir noch irgendwas helfen?“ Sie blickte die Gastgeberinnen fragend an.

„Nein, alles fertig. Stefano und Luciano legen gleich das Fleisch auf den Grill. Holt euch was zu trinken und macht es euch gemütlich.“ Fiorangela zwinkerte Giuliana zu.

Neben dem Grill standen mehrere mit Eiswürfeln gefüllte Plastikwannen, in denen die Getränke gekühlt wurden.

Giuliana holte zwei Bierdosen und reichte eine davon Robert, der nach wie vor auf der Terrasse stand.

Der mit terracottafarbenen Fliesen belegte Sitzplatz wurde an der Seite von rosa und weiß blühenden Oleanderbüschen begrenzt, nach vorn hin war der Blick offen, sodass man auf die Bucht und das Meer sehen konnte. Die Sonne war bereits untergegangen und es hatte zu dämmern begonnen. Während Robert und Giuliana ihr Bier tranken, schlenderten sie bis zum Ende des Grundstücks und blickten über die Lichter der Stadt aufs Meer.

„Was ist das für eine Insel da hinten?“ Robert zeigte auf die dunklen Umrisse am Ende der Bucht und schlang dabei von hinten seine Arme um Giuliana. Ein Prickeln überlief sie.

„Das ist die Isola Gallinara.“

„Wohnt da jemand?“

„Nein. Im Mittelalter war dort ein Kloster. Jetzt ist es ein Vogelschutzgebiet“, erklärte Giuliana. „Man kann Bootsausflüge buchen und um die Insel herumfahren.“

„Schade, ich hätte gern mal eine Nacht mit dir allein da verbracht“, sagte Robert und hauchte Giuliana einen Kuss in den Nacken.

„Das wäre bestimmt romantisch, nur du und ich und die Vögel.“ Sie lachte.

Der Geruch nach brennender Holzkohle und gegrilltem Fleisch zog zu ihnen herüber.

„Das Essen scheint fertig zu sein. Komm, lass uns zurück zu den anderen gehen!“ Giuliana löste sich aus Roberts Umarmung und griff nach seiner Hand.

Mittlerweile war auch noch ein Nachzügler eingetroffen, sodass die Gruppe komplett war.

Während des Essens saß Giuliana neben Fiorangelas Mutter.

„Wo hast du den netten jungen Mann kennengelernt?“, wisperte Dina Giuliana zu.

„Unten an der Strandbar.“

„Er hat nur Augen für dich.“

„Du musst mir etwas versprechen.“ Giuliana griff nach Dinas Hand. „Falls du irgendwann meine Eltern treffen solltest, sag bitte nichts von Robert! Du kennst doch meinen Vater. Der würde mich in ein Kloster sperren.“ Sie lachte kurz auf.

„Keine Sorge. Ist es denn etwas Ernstes?“

„Weiß ich noch nicht. Wir haben uns gerade erst kennengelernt. Er gefällt mir sehr gut. Aber er muss spätestens am Ende des Sommers zurück nach Deutschland."

„Ich sage nichts."

„Danke, Dina!" Giuliana gab der Mutter ihrer Freundin einen Kuss und seufzte. „Warum können meine Eltern nicht so sein wie du?"

Dina lachte. „Frag mal Fiorangela, die kann dir bestimmt was anderes erzählen."

Eine halbe Stunde später begann das Feuerwerk. Die Raketen explodierten am nächtlichen Himmel und zauberten ein gigantisches Farbenspiel. Robert hatte den Arm um Giuliana gelegt. „Danke, dass ich mitkommen durfte", flüsterte er ihr ins Ohr. „Das ist fantastisch."

„Das war noch lange nicht alles. Gleich kommen noch die *lumini.* Das sieht von hier oben klasse aus."

„Was ist das?" Robert blickte Giuliana neugierig an.

„Sie sehen aus wie schwimmende Kaffeefilter mit Teelichtern drin. Sie werden nachher von Booten aus auf der Wasseroberfläche abgesetzt. Die Strömung treibt sie aufs offene Meer hinaus."

Die Jungs hatten mittlerweile in einem schmiedeeisernen Feuerkorb ein Lagerfeuer entfacht, um das sich alle niederließen. Stefano hatte seine Gitarre mitgebracht und begann *La canzone del sole* von Lucio Battisti zu spielen.

Giuliana saß eng an Robert gekuschelt und sang wie die anderen den Text mit. Es war ein wunderbares Gefühl, Robert so nah zu spüren. Warum konnte es nicht immer so sein? Sie beschloss, jeden Augenblick mit Robert zu genießen, solange sie noch zusammen sein konnten.

Während sie den Refrain ‚*O mare nero*' – Oh schwarzes Meer – sang, war das Meer vor ihnen inzwischen alles andere als schwarz. Hunderte von Lichtern erleuchteten die Wasseroberfläche und trieben dem Horizont entgegen. Es war ein magischer Moment und Giuliana wünschte sich, dass er nie zu Ende gehen sollte.

Nachdem sie eine Weile mit den anderen am Feuer gesessen hatten, flüsterte Robert Giuliana ins Ohr, dass er gern noch ein wenig mit ihr allein wäre.

Giuliana nickte und lächelte ihn an. „Komm mit!"

Sie zogen sich gegenseitig an den Händen hoch und schlenderten Arm in Arm ans andere Ende des Gartens, wo zwischen den Zypressen eine Bank stand. Sie setzten sich hin und Giuliana kuschelte sich in Roberts Arm. Eine Weile schwiegen sie und sahen den letzten *lumini* zu, die eins nach dem anderen am Horizont verschwanden.

Schließlich räusperte sich Robert. „Ich habe noch nie so etwas für ein Mädchen empfunden wie für dich", begann er. „Ich kann nicht mehr schlafen, seit ich dich zum ersten Mal gesehen habe, weil ich die ganze Zeit an dich denken muss."

Er umfasste ihr Gesicht mit seinen Händen und bedeckte es mit sachten Küssen, so flüchtig wie ein Hauch. Dann verweilte er länger auf ihren Lippen und sein Kuss wurde fordernder. Giuliana spürte, wie sich die Hitze in ihrem Körper ausbreitete.

„Ich habe mich in dich verliebt, Giuliana", gestand Robert, als sie sich nach einer halben Ewigkeit wieder voneinander lösten.

„Ich mich auch in dich." Giuliana lächelte glücklich. „Du bist so ganz anders als die italienischen Jungs."

„So? Wie bin ich denn?"

„Ich weiß auch nicht. Irgendwie reifer."

Robert lachte.

„Giuli, wo seid ihr?", ertönte mit einem Mal Fiorangelas Stimme vom Haus her. „Es ist schon halb zwei. Die anderen sind alle weg und Mamma und ich wollen schlafen gehen."

„Ups." Giuliana und Robert blickten sich lachend an. Sie hatten von all dem nichts bemerkt. „Ich glaube, wir sollten besser auch gehen."

Hand in Hand liefen sie zum Haus zurück.

„Sorry, Fio! Wir haben die Zeit vergessen." Giuliana grinste ihre Freundin verschmitzt an. „Wo ist deine Mutter?"

„Sie ist schon drinnen. Bis morgen, ihr zwei. Schlaft gut! Und jeder in seinem eigenen Bettchen!" Sie hob im Spaß den Zeigefinger.

„Aber natürlich, was denkst du von uns? Wir sind ja noch nicht mal zusammen hergekommen." Giuliana lachte und gab Fiorangela zwei Küsse. „Danke für den schönen Abend, *cara.*"

„Ja, vielen Dank", sagte nun auch Robert. „Ich hoffe, ich kann mich mal dafür revanchieren."

Fiorangela winkte den beiden noch einmal zu und verschwand im Haus.

„Bist du sicher, dass du jetzt noch mit der Vespa nach Hause fahren willst?", fragte er Giuliana besorgt. „Du kannst sie auch hier stehen lassen und mit mir fahren, und wir holen sie morgen bei Tageslicht ab."

„Nein, nicht nötig. Ich bin es gewohnt, auch nachts zu fahren. Aber danke für dein Angebot." Giuliana küsste Robert auf den Mund und nahm ihren Helm aus dem Fach unter dem Sitz. „Morgen habe ich frei. Aber ich muss erst mit

Freunden von meinen Eltern zu Mittag essen. Ich versuche, so schnell wie möglich zum Campingplatz zu kommen, okay?"

„Ich warte auf dich." Robert zog sie noch einmal rasch an sich und küsste sie. Dann stieg er in den Bus und Giuliana auf die Vespa. Hintereinander fuhren sie den Berg hinunter nach Alassio.

Kapitel 5

Alassio 2020

Da lag es vor ihr, träge glitzernd in der Nachmittagssonne, von einem unbeschreiblich intensiven Blau – das Mittelmeer. Man konnte kaum erkennen, wo das Wasser aufhörte und der Himmel anfing, da die Julihitze einen Dunstschleier über dem Horizont ausgebreitet hatte.

Stella war in der Nacht zuvor gegen drei Uhr in Köln aufgebrochen, hatte am Morgen am Genfer See gefrühstückt und später im Großen-Sankt-Bernhard-Tunnel die Grenze zu Italien passiert. Irgendwo zwischen Turin und Alessandria hatte sie einen Cappuccino getrunken und ein *panino* mit Schinken gegessen.

Nun fuhr sie auf der *autostrada dei fiori* und hatte ihr Ziel bald erreicht. Freudig klopfte sie auf das Armaturenbrett ihres feuerroten Fiat Cinquecento, den sie liebevoll *Lucky* nannte.

„Hast gut durchgehalten, alter Junge", lobte sie ihr Auto.

Sie verspürte ein nervöses Kribbeln in der Magengegend, zum einen wegen der Vorfreude, die sie empfand, ein paar Tage am Meer verbringen zu können, und zum anderen wegen der Ungewissheit, ob und was sie über ihre Mutter herausfinden würde. Jonas war überhaupt nicht begeistert gewesen, als sie ihm eröffnet hatte, nach Italien fahren zu wollen, um ihre Mutter zu suchen. Und als sie dann noch angedeutet hatte, dass sie ihn erst heiraten würde, wenn sie das Geheimnis ihrer Herkunft aufgeklärt hätte, war es mit seiner guten Laune vorbei gewesen. Anstelle ihr anzubieten, mitzukommen und sie zu unterstützen, hatte er nur wieder versucht, sie davon abzubringen, und auf die zu organisierende Hochzeit gepocht.

Den vorgeschobenen Grund, sie wegen der vielen Arbeit in seiner Agentur nicht begleiten zu können, hatte sie ihm nicht abgekauft. In den Sommermonaten war es auch in seinem Metier ruhiger, da die Leute verreisten.

Stella fragte sich, ob Jonas überhaupt der richtige Partner für ein gemeinsames Leben war. Schließlich sollte eine Ehe für immer halten, und in der letzten Zeit hatte sie bei einigen Gelegenheiten feststellen müssen, dass sie in wichtigen Dingen verschiedene Ansichten vertraten. Andererseits liebte sie Jonas und wusste, dass er ihr ein sorgenfreies, sicheres Leben bieten konnte.

Jetzt musste sie aber erst einmal ihre eigenen Probleme lösen, und dann würde sie sich erneut mit dem Thema Hochzeit beschäftigen.

Die Stimme ihres Navis wies sie an, in fünfhundert Metern die Autobahnausfahrt Albenga zu nehmen. Die wenigen Kilometer bis Alassio wollte sie auf der Küstenstraße zurücklegen. Bisher hatte Stella die Strecke sehr genossen, besonders den letzten Abschnitt, seit sie das Meer erreicht und immer wieder Tunnel durchquert hatte.

Wenig später fuhr sie oberhalb des Hafens von Alassio entlang und nach der nächsten Kurve lag der Ort vor ihr. Ein gelber Streifen Sandstrand mit bunten Liegen und Sonnenschirmen trennte das Mittelmeer vom Häusermeer und zog sich bis zum Ende der weitläufigen Bucht. Man konnte kaum erkennen, wo Alassio endete und der nächste Ort Laigueglia begann.

Stellas Herzklopfen verstärkte sich, und gleichzeitig verspürte sie ein Gefühl der Vertrautheit, so, als ob sie nach einer langen Reise nach Hause käme. Obwohl sie natürlich wusste, dass dies unmöglich war, da sie – wenn überhaupt – höchstens als Baby einmal hier gewesen sein konnte und somit auch keinerlei Erinnerung daran hatte.

Der BMW, der hinter ihr fuhr, begann zu hupen, und als er sie schließlich überholte, sah Stella, wie der Fahrer mit seiner rechten Hand wild in ihre Richtung gestikulierte. Sie war ihm anscheinend nicht schnell genug gefahren.

Es war mittlerweile nach vier Uhr, und Stella spürte, wie die Müdigkeit sich langsam in ihrem Körper ausbreitete. Sie beschloss, erst einmal irgendwo anzuhalten und in einem Café einen Espresso zu trinken, damit ihre Lebensgeister wieder geweckt würden. Dort konnte sie auch in aller Ruhe mit ihrem Smartphone ein Hotel oder ein Apartment suchen.

An der nächsten Kreuzung bog sie links ab und fuhr die Viale Gibb hinunter in Richtung Meer. Rechts und links parkten die Autos dicht an dicht, sodass Stella ahnte, wie schwierig es sein würde, einen Parkplatz zu finden. Doch genau vor der Strandpromenade befand sich ein *parcheggio pubblico* – eine öffentliche Parkgarage –, in die Stella ohne lange zu überlegen hineinfuhr.

Fünf Minuten später stand sie auf der Promenade und blickte auf den überfüllten Strand. Es war heiß, und sie war in ihrer Jeans und der langärmeligen Bluse viel zu warm angezogen. Doch in der Nacht, als sie in Deutschland losgefahren war, war es kalt gewesen. Sie krempelte die Ärmel hoch, zog ein Haargummi von ihrem Handgelenk und band sich ihre Locken zu einem Pferdeschwanz. Dann steuerte sie die Terrasse des nächstbesten Cafés an. Am hinteren Ende war gerade eine Hollywoodschaukel frei geworden. Ihre Augen auf das heißbegehrte Sitzmöbel gerichtet, übersah sie den Mann, der neben einem Tisch stand und etwas auf seinem Handy las. Sie stießen zusammen und erschraken beide gleichzeitig. Einige Papiere, die der Mann unter seinen Arm geklemmt hatte, fielen herunter und verteilten sich auf dem Terrassenboden.

„*Scusi, eh … mi mi dispiace*", stammelte Stella und errötete.

„*Porca miseria*", rief der Mann. „*Perché non guarda dove cammina?*" Er bückte sich, um die Blätter aufzuheben.

Stella ging ebenfalls in die Knie, um ihm zu helfen, und beim Aufrichten stießen sie erneut zusammen.

„*Lei è pazza!*" Er tippte sich mit dem Zeigfinger an die Schläfe, riss Stella die Papiere aus der Hand und ging in Richtung Straße, ohne sich noch einmal umzudrehen.

Stella blickte ihm nach und schüttelte ungläubig den Kopf. So viel zum Thema höfliche Italiener. Sie ließ sich in die Hollywoodschaukel fallen und wäre am liebsten in Tränen ausgebrochen. Die Müdigkeit, die Ungewissheit, wie sie nun weiter vorgehen sollte, und nun auch noch dieser unfreundliche Mensch – das alles war zu viel für Stellas angegriffene Nerven.

Sie bestellte sich einen Espresso, ein stilles Wasser und eine *Bruschetta* mit frischen Tomaten und Basilikum. Nachdem sie den ersten Schluck Kaffee getrunken und in das knusprige Brot gebissen hatte, fühlte sie sich sofort wohler. Rasch holte sie ihr Handy aus der Tasche und gab den Wifi-Code des Cafés ein, der auf der Getränkekarte stand. Bevor sie dazu kam, Google aufzurufen, vernahm sie eine Stimme, die auf Italienisch sagte: „Entschuldigung, wenn ich Sie einfach so anspreche, aber ich habe vorhin Ihren Zusammenstoß mit dem Mann beobachtet."

Stella sah auf und blickte in ein sympathisches Männergesicht mit einem markanten Kinn, einer nicht zu übersehenden Nase und leuchtenden karamellfarbenen Augen.

„Ich finde, der Typ hat sich unmöglich benommen."

„Das finde ich allerdings auch. Zumal ich mich entschuldigt habe", stimmte sie dem Unbekannten zu.

„Sie sind aber keine Italienerin, oder?", fragte er. Er hatte anscheinend bemerkt, dass sie das R nicht perfekt rollte.

„Ich bin Deutsche, also zur Hälfte. Mein Vater war Deutscher und meine Mutter ist Italienerin", erklärte Stella.

„Ich spreche auch deutsch", verkündete der Fremde strahlend. „Ich gebe Kurse in meiner Sprachschule. Aber, um noch mal auf den Mann von vorhin zurückzukommen. Ich wollte nur nicht, dass Sie denken, alle Italiener wären so unhöflich."

Stella musste kurz an den Autofahrer denken, der sie eine Weile zuvor auf der Küstenstraße überholt hatte und dessen Gesten ebenfalls nicht sehr freundlich gewesen waren.

„Jetzt habe ich zum Glück Sie kennengelernt." Sie lächelte, steckte sich den letzten Bissen der *Bruschetta* in den Mund und wischte sich die Finger an der Serviette ab. „Wollen Sie sich nicht einen Moment setzen?" Sie deutete auf einen der freien Stühle.

„Gern. Aber nur, wenn ich Sie noch auf ein Getränk einladen darf. Ich heiße übrigens Matteo." Er streckte ihr die Hand entgegen und musterte sie mit seinen karamellfarbenen Augen von oben bis unten.

„Überredet. Ich bin Stella." Sie ergriff seine Hand und schenkte ihm ihr schönstes Lächeln. „Ich nehme noch einen

Espresso. Vielleicht vertreibt der meine Müdigkeit.“ Wie, um ihren Satz zu unterstreichen, musste sie gähnen. „Ich bin gerade mit dem Auto aus Deutschland angekommen.“

„Bist du die ganze Strecke allein gefahren?“ Matteo war automatisch zum Du übergegangen.

Stella nickte. „Ja. Von Köln bis hierher sind es elfhundert Kilometer.“

„Respekt!“, lobte er. „Ich gehe kurz rein und hole unseren Kaffee. Das geht schneller.“

Er drehte sich um, und somit kam Stella in den Genuss, auch seine nicht unbeachtliche Kehrseite betrachten zu können, die von einer weißen, eng sitzenden Bermudashorts betont wurde. Sie schätzte ihn auf Mitte bis Ende dreißig. Er trug die schulterlangen Haare im Nacken zusammengebundenen, sodass ihr sofort der Tunnel-Ohrring aufgefallen war, den er im rechten Ohr trug. Auf seinem kantigen Gesicht zeichnete sich ein Dreitagebart ab. Stella musste sich eingestehen, lange nicht mehr solch einem gut aussehenden Mann begegnet zu sein. Jonas war zwar auch nicht unattraktiv, war aber mit seinen kurz geschnittenen blonden Haaren und der dunkel eingefassten Brille, die er seit zwei Jahren trug, ein komplett anderer Typ.

Vielleicht war es besser, dass er sie nicht nach Italien begleitet hatte, dachte Stella und musste innerlich lachen. Das fing ja gut an. Eigentlich war sie hergekommen, um ihre Mutter ausfindig zu machen, und nicht, um mit dem erstbesten Italiener zu flirten.

„*Prego, il tuo caffè*“, sagte Matteo kurz darauf und reichte Stella einen Espresso, den er vor sich hertrug. Er setzte sich auf den freien Stuhl neben der Hollywoodschaukel, ließ ein Tütchen Zucker in seinen Kaffee rieseln und leerte die kleine Tasse in zwei Schlucken. Dann blickte er sie neugierig an.

„Also, wie eine Deutsche siehst du nicht aus. Du kommst wohl mehr nach deiner Mutter."

„Keine Ahnung!" Stella zuckte mit den Achseln. „Ich habe sie noch nie gesehen."

Matteo zog die rechte Augenbraue nach oben. „Ich will nicht neugierig sein, aber wie soll ich das verstehen?"

„Genau so, wie ich es gesagt habe. Ich bin bei meinem Vater in Deutschland aufgewachsen." Stella trank einen Schluck von ihrem Espresso. „Bis vor einer Woche habe ich noch geglaubt, meine Mutter wäre bei meiner Geburt gestorben. Ist sie aber nicht."

„Du machst Witze."

„Sehe ich so aus?" Und dann – sie wusste auch nicht, warum – erzählte sie Matteo die ganze Geschichte, und dass sie nun vorhatte, ihre Mutter ausfindig zu machen, zurzeit aber noch keinen blassen Schimmer hatte, wie sie das anstellen sollte. Sie seufzte resigniert auf.

„Und du kennst nur ihren Vornamen und weißt, dass sie hier in Alassio wohnen soll?" Matteo runzelte die Stirn und drehte an dem Tunnel, den er in seinem rechten Ohrläppchen trug.

„Früher gewohnt hat. Ob sie es jetzt noch tut – keine Ahnung." Stella hob die Schultern.

„Das ist wirklich nicht viel Info."

„Ich weiß. Ich muss eine Nacht drüber schlafen, und morgen überlege ich mir in aller Ruhe, wie ich die Sache angehen werde. Aber jetzt brauche ich als Erstes mal ein Hotel oder eine Pension."

„Also dabei kann ich dir sofort helfen", sagte Matteo.

„Mein Onkel und meine Tante haben eine Pension in der Nähe meiner Sprachschule. Wenn du möchtest, frage ich gleich nach, ob noch was frei ist."

Die Aussicht, nicht noch stundenlang eine Unterkunft suchen zu müssen, gefiel Stella, und sie stimmte erfreut zu.

Matteo zog sein Handy aus der Hosentasche und rief seinen Onkel an.

„Für wie lange brauchst du das Zimmer?", fragte er Stella zwischendurch.

„Erst mal eine Woche oder so. Es hängt davon ab, wie ich mit der Suche nach meiner Mutter vorankomme."

„Und wie ist dein Nachname?"

„Lehmann."

Zwei Minuten später hatte er das Zimmer für Stella reserviert.

„Super. Vielen Dank." Sie atmete erleichtert auf. „Ist es hier in der Nähe? Ich habe mein Auto in der Tiefgarage stehen."

„Nein, nur zwei Querstraßen weiter. Wir könnten zu Fuß hingehen, oder wir nehmen dein Auto direkt mit."

„Wir holen erst das Auto. Da ist mein Koffer drin. Mein Körper schreit nach einer Dusche und frischen Klamotten."

Sie nahm ihr Handy vom Tisch und steckte es in ihre Handtasche. Da sie ihre Getränke und die *Bruschetta* bereits bezahlt hatte, konnten sie gleich losgehen. Nachdem Stella am Kassenautomaten die Parkgebühr entrichtet hatte, erblickte Lucky kurz darauf wieder das Tageslicht.

Matteo saß auf dem Beifahrersitz und lotste sie schnell und sicher in die Via Don Giovanni Minzoni, wo die Pension seiner Verwandten lag. Sie fanden sogar in der Nähe einen Parkplatz. Als Stella aus dem Auto stieg, merkte sie, dass die

Wirkung ihres Deo nun endgültig vorbei war. Matteo hatte bereits ihren silbergrauen Koffer aus dem Auto geholt und wollte die Heckklappe gerade wieder schließen.

„Halt, warte! Ich brauch noch was!“, rief Stella und nahm ihr Kopfkissen heraus. „Sehr wichtig. Ohne das kann ich nicht schlafen.“

„Wie, du nimmst überall, wo du hinfährst, dein Kopfkissen mit?“ Matteo schüttelte ungläubig den Kopf. „Das ist ja wie bei Linus und seiner Schmusedecke.“

„Na ja, nicht ganz. Ich schleife es zumindest nicht hinter mir her.“ Sie grinste verschmitzt.

Der Eingangsbereich der Pension war in einem freundlichen Gelbton gehalten und mit Plastikblumengestecken dekoriert. Unter dem Fenster stand eine weinrote Samtcouch, davor ein Holztisch, auf dem allerlei Prospekte auslagen. Matteos Onkel erwartete sie schon. Als er sie erblickte, kam er sofort hinter dem Rezeptionstresen hervor und begrüßte sie überschwänglich. Er hatte eine Glatze und war mindestens einen Kopf kleiner als Matteo. Irgendwie erinnerte er Stella an Luis de Funès.

„*Buonasera, signora.* Ich freue mich, Sie in unserer Pension begrüßen zu dürfen. Sind Sie zum ersten Mal in Alassio?“

Stella nickte. „Ja, und ich brauche dringend eine Dusche.“

„Selbstverständlich. Matteo, würdest du die Signora zu ihrem Zimmer begleiten? Nummer 15 im ersten Stock.“ Er ging zurück hinter den Tresen, nahm den entsprechenden Schlüssel vom Brett und reichte ihn Stella. „Ich bräuchte dann noch Ihren Pass. Aber das können wir später machen. Möchten Sie heute Abend bei uns in der Pension essen? Meine Frau macht eine ausgezeichnete Lasagne.“

„Die kann ich nur empfehlen“, sagte Matteo.

„Oh ja, gern“, nahm Stella das Angebot an. „Ich habe eh vor, früh schlafen zu gehen, da ich von der Fahrt müde bin. Bis später, *signore* …? Wie ist Ihr Name?“

„Conti. Aber für Sie Michele, *signora* Lehmann“, beeilte sich Matteos Onkel zu versichern.

„Okay, Michele. Dann nennen Sie mich aber bitte auch Stella.“

„*Va bene. Ci vediamo dopo,* Stella.”

„Du brauchst nicht extra mit nach oben zu kommen, Matteo. Du hast schon genug für mich getan“, befand Stella, als sie kurz darauf vor dem Fahrstuhl standen. „Ich hoffe, wir sehen uns noch mal, während ich hier bin.“

„Bestimmt. Vielleicht sogar später beim Essen. *Zia* Ilarias Lasagne ist wirklich sensationell. Also dann, *ciao, a dopo.*“ Er warf ihr noch eine Kusshand zu, bevor Stella in den Fahrstuhl stieg.

Das Zimmer war nicht besonders groß, aber geschmackvoll eingerichtet. Ein Doppelbett, zwei Nachttische und ein kleiner Schreibtisch, in der Ecke neben der Tür zum Bad ein schmaler Einbauschrank. Über dem Bett hing ein vergrößertes Foto, das eine Nachtaufnahme der Bucht von Alassio zeigte.

Die Luft im Zimmer war stickig, und so öffnete Stella das Fenster, durch das man leider nicht auf das Meer, sondern auf das gegenüberliegende Haus schaute. Die Ausstattung des Badezimmers war nicht die neueste, aber alles war picobello sauber, und auf einem Ablagebrett neben der Dusche lagen mehrere Handtücher.

Stella wuchtete ihren Koffer auf das Bett, öffnete ihn und holte ihre Kosmetiktasche heraus. Rasch zog sie sich die verschwitzten Sachen aus und stieg in die Dusche.

Während das lauwarme Wasser auf sie prasselte, dachte sie daran, dass sie sich, bis auf eine kurze WhatsApp-Nachricht am Vormittag, noch nicht wieder bei Jonas gemeldet hatte. Sie durfte nicht vergessen, bei ihm anzurufen, bevor sie nachher wieder hinunterging. Sie hatte gar nicht gefragt, um wie viel Uhr das Essen für die Hotelgäste serviert wurde. Aber das konnte sie auch später noch tun.

Anstelle ihre Lebensgeister zu wecken, hatte die Dusche sie noch müder gemacht. Stella wickelte sich in das weiße Duschtuch, legte sich aufs Bett und war in weniger als zwei Minuten eingeschlafen. Sie wachte erst wieder auf, als ihr Handy klingelte. Es war Jonas.

„Warum hast du dich noch nicht gemeldet?", beschwerte er sich. „Ich hätte schon gern gewusst, ob du gut angekommen bist."

„Sorry, aber ich war so kaputt. Ich habe mich im Hotelzimmer aufs Bett gelegt und bin eingeschlafen. Es ist alles in Ordung. Lucky hat seinen Job gut gemacht." Sie gähnte. „Ich habe eine schöne Pension gefunden. Jetzt gehe ich gleich erst mal was essen und dann wieder ins Bett, damit ich morgen fit bin." Sie richtete sich auf und setzte sich auf die Bettkante. „Und ist bei dir alles in Ordnung? Schade, dass du nicht hier bist. Der Ort ist toll."

„Du weißt doch, dass ich nicht weg kann. Morgen habe ich einen wichtigen Termin mit einem neuen Kunden."

„Ja, ich weiß." Stella seufzte. „Die Agentur geht vor. Du, ich melde mich morgen wieder. Ich liebe dich."

„Ich dich auch. Bis morgen! Pass auf dich auf!"

„Mach ich!" Stella drückte auf den roten Hörer.

Ein weiterer Blick auf das Display zeigte ihr, dass es kurz vor halb neun war. Sie streckte sich, gähnte und wäre am liebsten bis zum nächsten Morgen liegen geblieben. Doch mittlerweile meldete sich ihr Magen, und die Aussicht auf eine hausgemachte italienische Lasagne sowie auf ein eventuelles Wiedersehen mit Matteo besiegte ihren inneren Schweinehund. Sie stand auf, zog sich eine leichte weiße Baumwollhose und ein pinkfarbenes Top an, bändigte ihre Lockenmähne mit etwas Haarschaum und legte einen zum Oberteil passenden Lippenstift auf.

Als Erstes ging sie nach unten an die Rezeption und gab ihren Pass bei Michele ab.

„*Buonasera, bellissima*", begrüßte er sie. „Sie sehen ja aus wie neu geboren."

Stella lächelte. „Das ist das Ergebnis einer Dusche und einer Mütze voll Schlaf. Jetzt kann ich es kaum erwarten, die berühmte Lasagne Ihrer Frau zu probieren."

„Sie werden es nicht bereuen. Der Eingang zum Speiseraum ist direkt neben dem Fahrstuhl", erklärte Michele. „Dort können Sie auch morgen frühstücken, wenn Sie möchten."

„Danke. Gut zu wissen", sagte Stella.

Im Speiseraum gab es fünf Tische. An einem saß ein englisches Ehepaar und an einem anderen eine italienische Familie mit zwei Kleinkindern. Gerade als Stella sich an einen der übrigen Tische setzte, öffnete sich an der gegenüberliegenden Seite des Raumes eine Schwingtür. Eine korpulente Frau Anfang sechzig, die Haare unter einem Tuch verborgen, kam mit zwei Tellern dampfender Lasagne heraus, die sie vor die beiden Engländer stellte und ihnen „*Buon appetito*" wünschte.

Als sie Stella erblickte, ging ein Strahlen über ihr Gesicht. „*Buonasera.* Sie müssen die Bekannte von Matteo sein. Ich bin Ilaria, seine Tante." Sie wischte sich die Hände an ihrer Schürze ab und zog Stella an ihre ausladende Brust, um ihr gleich darauf zwei Küsse rechts und links auf die Wangen zu geben.

„Ja. Ihr Neffe war so nett, mir Ihre Pension zu empfehlen", sagte Stella, „und ich kann es kaum erwarten, Ihre wundervoll duftende Lasagne zu essen."

„Die sollen sie sofort bekommen, *cara mia.* Aber vorher müssen sie noch meine Antipasti probieren. Ich bin gleich zurück." Sie verschwand wieder durch die Schwingtür, hinter der Stella die Küche vermutete.

„Na, wie findest du meine Tante?", ertönte eine Stimme hinter Stella, und als sie sich umdrehte, erkannte sie Matteo. Er trug eine Destroyed Jeans, weiße Chucks, ein schwarzes T-Shirt mit Harley-Davidson-Aufdruck und hatte einen Motorradhelm in der Hand. Seine Haare waren halb offen, nur die Seiten waren hinten zusammengebunden, der Rest fiel ihm offen bis auf die Schultern. Stella konnte nicht verhindern, dass ihre gefühlte Körpertemperatur bei seinem Anblick um einige Grad anstieg.

„Deine Tante ist sehr nett", lobte sie.

„Ich werde sie mal eben begrüßen und ihr sagen, dass sie mir auch einen Teller zurechtmacht." Er legte den Helm auf einen der Stühle an Stellas Tisch und ging in die Küche.

Kurz darauf kam er mit einer Flasche Rotwein und einer Vorspeisenplatte zurück. Darauf hatte Ilaria mit Thunfischcreme gefüllte Tomaten, dekorierte Eierhälften und kleine frittierte Fische angerichtet.

Matteo schenkte zwei Gläser Wein ein und prostete Stella zu. „Auf dass du schnell deine Mutter ausfindig machen wirst!" Dabei sah er ihr tief in die Augen.

„Ja, das hoffe ich auch." Stella nahm einen Schluck Wein. „Fährst du Harley?" Sie deutete auf sein T-Shirt.

Matteo nickte. „Das war schon immer mein Traum. Letztes Jahr habe ich mir endlich meine eigene Maschine gekauft, eine Dynaglide. Wenn du magst, kannst du mal eine Runde mitfahren."

„Oh ja, gern. Ich liebe Motorräder."

Das war schon immer so gewesen. Stella hätte am liebsten selbst den Motorradführerschein gemacht. Aber Jonas hatte sie immer davon abgehalten, da es in seinen Augen zu gefährlich war.

Die Lasagne, die ihnen Ilaria wenig später servierte, übertraf sogar den ihr vorauseilenden Ruf. Stella hatte noch keine bessere gegessen und lobte Ilarias Kochkünste. Diese ließ es sich nicht nehmen, ihnen danach auch noch *scaloppine alla milanese,* knusprig panierte Kalbsschnitzel mit selbst gemachten Pommes frites, an den Tisch zu bringen. Da die anderen Gäste mittlerweile gegangen waren, setzten sich Ilaria und Michele zu ihnen und aßen ebenfalls etwas.

Stella fühlte sich sehr wohl in deren Gesellschaft. Es war, als würden sie sich schon ewig kennen, und so kam das Gespräch auch irgendwann auf Stellas Mutter.

„*Poverina.*" Ilaria strich über Stellas Arm. „All die Jahre hast du gedacht, deine Mutter wäre tot."

„Ich möchte sie einfach nur finden, damit sie mir ins Gesicht sagen kann, warum sie mich damals nicht haben wollte. Ich weiß aber noch nicht, wie ich das anstellen soll." Stella zuckte mit den Achseln.

„Warum gehst du nicht morgen als Erstes ins Rathaus und sprichst mit dem Friedensrichter?", schlug Michele vor. „Er soll im Geburtenregister nachschauen, ob an dem Tag, an dem du geboren wurdest, ein Eintrag vorliegt, also, ob eine Frau, deren Vorname Giuliana ist, ein Mädchen namens Stella geboren hat. Auf diese Weise erfährst du vielleicht ihren Nachnamen."

„Das ist eine gute Idee", freute sich Stella. „Das mache ich gleich morgen früh."

„Ich habe erst gegen elf den ersten Sprachkurs. Wenn du möchtest, kann ich dich begleiten", bot sich Matteo an.

„Danke, das wäre nett. Dann treffen wir uns gegen halb zehn hier." Stella musste zum wiederholten Male gähnen.

Sie konnte mittlerweile vor Müdigkeit kaum mehr die Augen aufhalten.

„Sorry, aber ich gehe jetzt hoch auf mein Zimmer, sonst schlafe ich noch hier am Tisch ein. Danke für den schönen Abend." Sie stand auf und verabschiedete sich von ihren neuen Freunden mit zwei Wangenküssen. Matteo strich dabei über ihre Oberarme und dort, wo seine Finger ihre nackte Haut berührten, hinterließen sie eine brennende Spur.

Zehn Minuten später lag Stella im Bett und war froh, endlich die Beine ausstrecken zu können. Sie freute sich auf den nächsten Tag, zum einen, weil sie gespannt war, ob sie auf dem Rathaus etwas über ihre Mutter herausfinden würde, und zum anderen, weil Matteo sie begleiten wollte.

Als sie kurz darauf ins Land der Träume hinüberglitt, war es nicht Jonas' Gesicht, das sie vor Augen hatte, sondern Matteos.

Kapitel 6

Am nächsten Morgen wurde Stella durch die Weckfunktion ihres Handys unsanft aus dem Schlaf gerissen. Obwohl sie am vergangenen Abend aufgrund der anstrengenden Autofahrt erschöpft gewesen war, hatte sie kaum geschlafen. Zu viele Gedanken waren ihr im Kopf umhergegangen und die heiße, stickige Luft im Zimmer, in dem es weder eine Klimaanlage noch einen Ventilator gab, hatte ihr Übriges dazu beigetragen, dass sie sich hin und her gewälzt hatte. Sie schlug das dünne Laken zurück und streckte sich.

Nachdem sie geduscht hatte, zog sie einen Bikini an und darüber ein luftiges Sommerkleid. Vielleicht hatte sie später die Gelegenheit, im Meer zu schwimmen. Bevor sie nach unten ging, um zu frühstücken, schrieb sie noch rasch eine WhatsApp an Jonas und rief im Schmökercafé an. Francesca war am Apparat. Sie versicherte Stella, dass alles in Ordnung wäre, und diese erzählte im Gegenzug, wie es ihr bisher ergangen war und was sie als Nächstes vorhatte.

„Das hört sich spannend an! Halte uns auf dem Laufenden und grüß mir meine Landsleute!“, rief Francesca am anderen Ende der Leitung.

„Mache ich. Danke, dass ihr in Köln die Stange haltet. Ich melde mich bald wieder.“ Stella beendete das Gespräch und steckte das Handy in ihre Tasche.

Als sie kurz vor halb zehn aus dem Speiseraum kam, stand Matteo bereits vor dem Rezeptionstresen und unterhielt sich mit seinem Onkel. Stella konnte nicht verhindern, dass ihr Herz bei Matteos Anblick schneller zu schlagen begann. Was war nur los mit ihr, dass sie derart auf diesen Mann reagierte, wo sie doch bald Jonas heiraten würde?

„*Buongiorno, cara*", rief ihr Matteo entgegen. „Wenn du magst, fahren wir mit dem Motorrad zum Rathaus. Ich habe einen zweiten Helm mitgebracht. Der müsste dir eigentlich passen, er gehört meiner Schwester." Er hielt ihr einen mattschwarzen Helm entgegen.

„Oh ja, gern. Dann muss ich aber noch mal kurz nach oben und mir eine Jeans und Turnschuhe anziehen." Sie nahm den Helm und stülpte ihn sich zur Probe über die Locken. „Passt!" Sie grinste durch das Visier, zog ihn wieder ab und reichte ihn Matteo. „Bin gleich zurück."

Zehn Minuten später stieg Stella hinter Matteo auf die Harley und schlang ihre Arme um seinen Körper. Durch sein T-Shirt hindurch konnte sie seine Muskeln spüren. Als er die Maschine startete, verliebte sie sich auf der Stelle in den satten Motorklang. Sie hatte zwar schon des Öfteren die amerikanischen Motorräder im Fernsehen gesehen, aber nun selbst auf einer Harley zu sitzen und die Vibrationen zu spüren, war etwas vollkommen anderes. Leider lag das Rathaus nicht weit von der Pension entfernt. Sie benötigten nicht einmal fünf Minuten, bis Matteo wieder anhielt. Stella hoffte, dass er ihr anbieten würde, sie einmal auf eine längere Tour mitzunehmen. Sie stellte es sich herrlich vor, auf der Küstenstraße entlangzucruisen.

Der *Palazzo Comunale* – das Rathaus – entpuppte sich als mehrstöckiges altes Gebäude mit einer gelb-weißen Fassade. Auf dem Dach befand sich eine riesige Uhr. Nachdem Matteo das Motorrad geparkt hatte, stiegen sie einige Treppenstufen hinauf und überquerten einen weitläufigen

Platz, in dessen Mitte ein mit bunten Blumen umrandeter Springbrunnen stand. Rechts und links waren Rasenflächen mit Fächerpalmen und blühenden Oleanderbüschen angelegt.

Stella merkte, wie ihre Handflächen vor Aufregung feucht wurden. Würde sie gleich etwas über ihre Mutter erfahren? Im Eingangsbereich gab es einen Informationsschalter. Eine breite Freitreppe führte in den ersten Stock.

„Am besten fragen wir erst mal, wo wir hinmüssen", schlug Matteo vor und ging auf den Schalter zu.

Hinter dem Tresen saß eine junge Frau, die offensichtlich gerade in irgendetwas hineingebissen hatte. Sie blickte auf und hielt sich verschämt die Hand vor den Mund, während sie kaute.

„*Scusi, signori*", entschuldigte sie sich und lächelte verlegen. „Was kann ich für Sie tun?"

Stella erklärte mit kurzen Worten, welche Auskunft sie benötigte.

„Da müssen Sie im *Ufficio dello Stato Civile* nachfragen und mit dem Standesbeamten sprechen. Das Büro befindet sich hier im Haus, im ersten Stock." Sie machte eine nach oben weisende Handbewegung.

„*Mille grazie*", bedankte sich Stella und drehte sich zu Matteo um.

„Fahrstuhl oder Treppe?", fragte dieser, und aufgrund seiner sportlichen Figur hätte Stella ihren Allerwertesten darauf verwettet, dass Matteo eher zu Letzterem tendierte.

„Treppe", sagte sie, da sie selbst Fahrstühle hasste, seit sie einmal in einem stecken geblieben und erst nach zwei Stunden wieder befreit worden war.

Also stiegen sie zu Fuß in die erste Etage hinauf und

studierten in dem langen Korridor die Türschilder der aneinandergereihten Räume. Fast am Ende des Flurs wurden sie fündig. Stellas Knie waren mittlerweile so weich wie die Marshmallowstangen, die Luna im Schmökercafé in sich hineinzustopfen pflegte. Ihr Herz klopfte so laut, dass es sie nicht gewundert hätte, wenn Matteo es auch hörte.

Reiß dich jetzt zusammen, forderte sie sich in Gedanken auf. Sie biss sich auf die Lippen, straffte die Schultern und klopfte an. Als sie ein gedämpftes „*avanti*" vernahm, öffnete sie die Tür. Sechs Augenpaare blickten sie fragend an. Sie gehörten dem Standesbeamten, der hinter einem Schreibtisch saß, und einem jungen Pärchen, das davor auf zwei Stühlen Platz genommen hatte.

„*Buongiorno, signora*", begrüsste sie der *ufficiale*, den Stella auf Mitte bis Ende vierzig schätzte. „Könnten Sie noch einen Augenblick draußen warten, bis ich mit den Herrschaften hier fertig bin?"

„Ja, natürlich. Bitte entschuldigen Sie!" Stella zog die Tür hinter sich zu und lehnte sich gegen die Wand. „Puh", stöhnte sie, „das ist ja schlimmer als bei meiner Abschlussprüfung. Da war ich nicht so nervös wie jetzt."

Matteo lachte. „Komm, wir setzen uns hin, solange wir warten müssen. Sonst kippst du mir noch um." Er zeigte auf die an der gegenüberliegenden Wand stehende Stuhlreihe.

„Möchtest du, dass ich gleich mit reingehe, oder soll ich draußen bleiben?"

„Komm ruhig mit! Ich weiß nicht, ob mein Italienisch bei solch speziellen Sachen ausreicht. Vielleicht musst du mir übersetzen."

„Das glaube ich nicht. Du sprichst perfekt."

Stella zuckte mit den Schultern und knabberte an der Nagelhaut ihres Zeigefingers.

Matteo ergriff ihre Hand und zog sie von ihrem Gesicht weg. „Sei nicht so nervös! Du kannst eh nichts ändern", versuchte er sie zu beruhigen. Dabei hielt er ihre Hand weiterhin fest und begann, mit seinem Daumen über die Haut ihres Handrückens zu streicheln.

Stella ließ es geschehen, und wäre sie nicht so aufgeregt gewesen, hätte sie sicherlich eine Gänsehaut bekommen.

Sie seufzte. „Wenn du plötzlich herausfindest, dass du die ganze Zeit über mit einer Lüge leben musstest, ist das nicht so einfach. Du weißt nicht, warum dein Vater dich angelogen hat, und du weißt auch nicht, warum deine Mutter dich anscheinend nicht haben wollte."

„Das ist eine blöde Situation." Matteo verstärkte den Druck seiner Hand. „Aber irgendeinen Grund müssen deine Eltern gehabt haben, dass sie es damals so entschieden haben", überlegte er.

„Ich hoffe, dass ich es herausfinden kann, während ich hier in Alassio bin." Stella zog die Stirn in Falten.

Da ging die Tür auf und das junge Paar kam heraus. Ein Adrenalinstoß fuhr durch Stellas Körper, als sie aufstand.

„*Avanti*", ertönte es aus dem Raum.

Stella und Matteo betraten das Zimmer, setzten sich und legten die Motorradhelme neben die Stühle. Dem Beamten sah man an, dass er den einen oder anderen Teller Spaghetti alla Carbonara zu viel gegessen hatte. Sein blau kariertes Hemd spannte über seinem Bauch. Renato Delmonte, wie Stella auf seinem Namensschild lesen konnte, trug eine dunkel eingefasste Lesebrille, die auf seiner Nasenspitze saß und über dessen Rand er sie nun neugierig anschaute.

„Wie kann ich Ihnen helfen, *signori*?

Stella schluckte, bevor sie begann, dem Beamten ihr Anliegen vorzutragen.

„Ich kenne leider nur den Vornamen meiner Mutter“, sagte sie abschließend. „Sie heißt Giuliana. Meine Bitte wäre nun: Könnten Sie im Geburtenregister nachschauen, ob an meinem Geburtstag, dem zweiten April 1987, eine Giuliana ein Mädchen namens Stella geboren hat? Ich denke, falls es einen Eintrag gäbe, wäre es ein großer Zufall, wenn es sich bei dieser Giuliana nicht um meine Mutter handeln sollte.“ Sie strich sich eine Locke aus der Stirn.

„Da sind doch bestimmt die vollständigen Namen beider Elternteile vermerkt, oder?“, mischte sich nun Matteo ein.

Signor Delmonte nickte.

„Dann würdest du zumindest den Nachnamen deiner Mutter erfahren, Stella. Das würde dir die Suche erleichtern.“

„Ja. Auf jeden Fall. Sie würden mir mit dieser Auskunft sehr helfen, *signor* Delmonte.“ Stella blickte den Beamten bittend an.

„Dürfte ich dann zunächst einmal Ihren Ausweis sehen?“, bat er sie.

Stella holte ihren Reisepass aus ihrer Tasche und reichte ihn dem Beamten, der ihn fotokopierte und ihr dann wieder zurückgab.

„In welchem Jahr sagten Sie, sind Sie geboren? 1987?“ Er schaute auf die Passkopie.

„Ja, am zweiten April“, wiederholte Stella.

„Dann will ich mal im entsprechenden Register nachschauen.“ Er erhob sich, öffnete die Schiebetür des Schranks, der die gesamte hintere Wand einnahm, und fuhr mit dem

Zeigefinger über die in Leder eingefassten Bände, die im obersten Regal standen.

Stella rutschte unruhig auf ihrem Stuhl von links nach rechts und beobachtete den *ufficiale* mit Argusaugen. Endlich verweilten dessen Finger bei einem bestimmten Buch, das er aus der Reihe zog. Er nahm wieder Platz und legte es vor sich auf den Schreibtisch. Obwohl der Raum durch das über der Tür angebrachte Klimagerät angenehm temperiert war, begann Stella zu schwitzen.

Renato Delmonte schlug den Band in der Mitte auf und blätterte anschließend wieder einige Seiten zurück.

„So, hier haben wir den zweiten April. Mal schauen." Er schob sich die Brille zurecht und studierte die Seite.

Stella vermeinte mittlerweile, ihren Herzschlag an sämtlichen Körperstellen zu spüren. Sie zitterte vor Anspannung.

„Geburtstag: Zweiter April 1987, Geburtszeit: Zehn Uhr fünfunddreißig, Geburtsort: Hospitale Santo Spiritu in Albenga, Mutter: Giuliana Colombo, Vater: Filippo Rossi, Name des Kindes: Antonietta Rossi." Er blickte auf.

Stella sank in sich zusammen. Die Enttäuschung stand ihr ins Gesicht geschrieben. „Das bin nicht ich. Das ist ein anderer Name."

Der Beamte zog die Stirn in Falten.

„Vielleicht wollten dich deine Eltern zuerst Antonietta nennen und haben sich später noch mal umentschieden, den Eintrag aber so gelassen", schlug Matteo vor.

„Das glaubst du doch wohl selbst nicht!" Stellas Ton klang schärfer als beabsichtigt. „Außerdem stimmt auch der Name des Vaters nicht. Meiner hieß Robert Lehmann und nicht Filippo Rossi."

„Tja, dann weiß ich es auch nicht." Matteo hob die

Schultern. „Es muss wohl doch eine andere Giuliana sein. Was für ein Zufall!“

Stella musste sich zusammenreißen, um nicht auf der Stelle in Tränen auszubrechen. Sie hatte sich so viel von diesem Besuch erhofft.

„Hier ist noch etwas“, mischte sich nun Renato Delmonte ein, der eine Seite zurückgeblättert hatte. „Hier ist die Geburt eines weiteren Mädchens der gleichen Eltern eingetragen. Geburtszeit: Zehn Uhr fünfzehn. Name des Kindes: Stella Maria Rossi.“

„Maria ist mein zweiter Vorname“, flüsterte Stella so leise, dass man es kaum hören konnte. Ein Schauer lief über ihren Rücken.

„Dann wissen Sie, was das zu bedeuten hat.“ Renato Delmonte machte eine bedeutsame Pause. „Sie haben noch eine Zwillingsschwester.“

Kapitel 7

Alassio 1986

Giuliana stand im Speisesaal des Hotels und schaute zum Fenster hinaus. Hinter der Strandpromenade glitzerte das Meer im Sonnenlicht. Neidisch beobachtete sie die Windsurfer und Segler, die den Sonntag auf dem Wasser verbringen durften. Und sie musste mit diesen langweiligen Freunden ihrer Eltern zu Mittag essen, mit Alfredo Rossi, seiner Frau Carmela und deren Sohn Filippo, auf den Giulianas Vater so große Stücke hielt. Die Familie lebte in Arnasco, einem Dorf im Hinterland von Albenga, betrieb dort Olivenplantagen und ein Landhotel. Wenn ihr Vater sie wenigstens in ein anderes Restaurant eingeladen hätte, anstatt hier im eigenen Hotel zu essen, wo Giuliana an sechs Tagen der Woche ihre Arbeit verrichten musste.

Nach und nach kamen die Hotelgäste, die Vollpension gebucht hatten, vom Strand zurück, um im Speisesaal das Mittagessen einzunehmen. Viele hatten sich lediglich ein Hemd oder Kleid über ihre Badesachen gezogen und sich noch nicht einmal die Mühe gemacht, den Sand ordentlich von ihren Füßen abzustreifen. Daher mussten Stella und ihre Kollegen in der Regel nach der Mittagsschicht den kompletten Speisesaal ausfegen, damit die feinen Sandkörnchen nicht vier Stunden später unter den schicken High Heels der dann aufgehübschten Damen knirschten.

Giuliana setzte sich an den Tisch, der für die Familie reserviert war, schenkte sich ein Glas Wasser ein und öffnete ein Grissini-Päckchen. Als sie in die dritte Stange biss, betraten die Rossis den Raum. Filippos Eltern waren um einiges älter als Fabio und Rosanna. Alfredo trug einen hellen Leinenanzug, darunter ein blaues Hemd und eine passende Krawatte. Der tiefschwarze Schnurrbart stand im krassen Gegensatz zu seiner von einem grauen Haarkranz eingerahmten Halbglatze. Carmela war in eine Art bunten Kaftan gekleidet. Sie wollte damit offensichtlich ihre ausladenden Hüften verdecken.

Nachdem sie Giulianas Mutter umarmt hatte, überreichte sie ihr eine Flasche Olivenöl. „*Olio d'oliva extravergine*", verkündete sie stolz. „Danke für die Einladung, *cara mia.*"

Dann zog sie Giuliana an ihre Brust. „Du wirst immer hübscher, nicht wahr, Filippo?"

„Ja, das finde ich auch", stimmte dieser seiner Mutter zu und ließ seinen Blick über Giulianas Figur gleiten, die sich unter ihrem kurzen Minikleid abzeichnete.

Filippo war das jüngere Abbild seines Vaters. Er trug den gleichen Schnäuzer wie Alfredo und ebenfalls ein Hemd und eine Leinenhose. Seine Haare hatte er mit Gel aus der Stirn gekämmt, und wenn man genau hinschaute, sah man hier und da bereits die Kopfhaut durchblitzen, was bedeutete, dass er in absehbarer Zeit genau wie sein Vater eine Halbglatze haben würde.

„Setz dich neben Filippo!", forderte ihr Vater Giuliana auf. „Dann könnt ihr euch besser unterhalten."

Giuliana stöhnte innerlich. Was sollte sie schon mit diesem Langweiler zu bereden haben? Sie konnte sich noch gut an das letzte Treffen erinnern. Da hatte er stundenlang über die Olivenölherstellung geredet, was sie ungefähr genauso viel interessierte wie ein Vortrag über die Fortpflanzung der afrikanischen Riesenschnecke. Unwillkürlich dachte sie an Robert, der auf dem Campingplatz auf sie wartete. Sie musste versuchen, das Essen so schnell wie möglich hinter sich zu bringen, damit sie zu ihm fahren konnte.

„Du solltest einmal das Olivenöl probieren, dass wir euch mitgebracht haben, Giuliana. Du kannst es sogar als Haarkur benutzen, um deine Locken zu bändigen." Er lachte und wickelte eine von ihren Haarsträhnen um seinen Finger. „*Mamma* macht das auch immer."

Anscheinend hat sie beim letzten Mal vergessen, es auszuwaschen, hätte Giuliana am liebsten gekontert, stattdessen nickte sie nur und zog die Mundwinkel kurz nach oben.

„Die letzte Olivenernte war hervorragend. Du musst unbedingt mal nach Arnasco hochkommen. Dann zeige ich dir, wie wir die Oliven verarbeiten."

Giulianas Kollege Massimo, der ihnen gerade die Getränke servierte, grinste in Giulianas Richtung und verdrehte dabei die Augen. Giuliana grinste zurück.

„Das würde ich gern, Filippo", täuschte Giuliana Interesse vor, „aber das wird schwierig. Ich arbeite noch den ganzen Sommer im Hotel, und danach gehe ich wieder in Savona auf die Hotelfachschule."

„Wir können es mit Sicherheit organisieren, dass du mal einen Tag freimachen kannst, Giuli", mischte sich nun zu Giulianas Leidwesen ihr Vater ein. „Ich könnte dich am Morgen nach Arnasco bringen und am Abend wieder abholen."

„Ach *papà,* ich möchte aber nicht, dass meine Kollegen wegen mir eine Extraschicht einlegen müssen", versuchte Giuliana abzuwiegeln.

„Das lass nur meine Sorge sein!“ Fabio strahlte, als ob sie soeben ihre Verlobung beschlossen hätten.

Giuliana hob eine Augenbraue und biss in eine weitere Grissinistange.

Das Essen zog sich in die Länge wie das grüne Slimy, mit dem Giuliana als Kind so gern gespielt hatte. Fabio ließ alles auffahren, was die heimische Hotelküche zu bieten hatte. Nach den *antipasti misti* gab es *Spaghetti alle vongole*, danach *scaloppine al Marsala*, *tonno al genovese* und zum Nachtisch Serafinas berühmte *cassata*. Serafina war schon Köchin im Hotel gewesen, als Fabios Eltern es noch geleitet hatten. Zum *caffè* servierte ihnen Massimo einen Grappa und natürlich durften auch die *baci d'Alassio* nicht fehlen – die berühmten Schoko-Nuss-Schaumküsse, die über die Grenzen Italiens hinaus bekannt waren.

Giuliana rutschte unruhig auf ihrem Stuhl hin und her und lauschte Filippos Vortrag über die Vorzüge des Landtourismus nur noch mit halbem Ohr. Sie musste unbedingt einen Weg finden, so schnell wie möglich von hier zu verschwinden.

„Entschuldige bitte, Filippo, ich muss mal schnell für kleine Mädchen!“, unterbrach sie ihn und ging raschen Schrittes hinaus.

Draußen traf sie auf ihren Kollegen.

„Massimo, du musst mir helfen“, rief sie. „Ich halte es keine Minute länger mehr mit dem Langweiler aus.“

„Das kann ich mir vorstellen. Was soll ich machen?“

Giuliana zog ihn zu sich heran und flüsterte ihm ihre Idee ins Ohr. Massimo nickte und machte ein Daumen-hoch-Zeichen.

„Danke. Ich werde mich revanchieren.“ Sie gab ihm einen Kuss auf die Wange und ging noch schnell zur Toilette, da sie inzwischen wirklich musste.

Fünf Minuten später nahm sie wieder neben Filippo Platz, der unverzüglich weiterredete, so, als ob sie niemals weg gewesen wäre. Ab und zu traf sie ein wohlwollendes Lächeln ihres Vaters, dem es zu gefallen schien, wie gut sie sich mit Filippo unterhielt. Ein Blick auf ihre Armbanduhr verriet ihr, dass es bereits halb vier war. *Komm schon, Massimo,* flehte sie in Gedanken. Der hatte den geistigen Befehl anscheinend erhalten und kam zu ihrem Tisch.

„Bitte entschuldigen Sie, wenn ich kurz stören muss! Giuliana, Fiorangela hat weinend bei der Rezeption angerufen. Sie will dringend mit dir sprechen und fragt, ob du kommen kannst."

„Oh je, die Arme! Da muss ich gleich zu ihr gehen und sie trösten." Giuliana sprang von ihrem Stuhl auf. „Irgendwas Schlimmes muss ihr passiert sein, sonst würde sie mich nicht anrufen."

„Kann ich helfen?", fragte Filippo.

„Nein, nein. Danke. Ich fahre gleich zu ihr. Wir sehen uns ein anderes Mal. *Ciao a tutti!*" Sie nahm ihre Tasche und ging rasch hinaus. Dabei hörte sie noch, wie ihr Vater ihr hinterherrief: „Giuli, komm sofort zurück! Was soll das?"

Als sie vor dem Hotel stand, atmete sie erst einmal tief durch. Dann lief sie zu ihrem *motorino*, das sie in der Nähe geparkt hatte. Sie klappte den Sitz hoch, nahm den Helm heraus und setzte ihn auf. Dabei klopfte ihr das Herz bis zum Hals, weil sie befürchtete, dass ihr Vater jeden Moment versuchen würde, sie aufzuhalten. Erst als sie auf die Hauptstraße bog und in Richtung Ortsausgang fuhr, wurde sie ruhiger.

Zehn Minuten später stellte sie die Vespa auf dem Parkplatz des Campingplatzes ab und erfragte an der Rezeption, auf welcher Parzelle Roberts Bus stand. Der Stellplatz Nummer 102 war von schirmförmigen Pinien umgeben. Robert saß vor seinem hellblauen Bus und las in einem Buch. Vorsichtig schlich sich Giuliana von hinten an ihn heran, hielt ihm die Augen zu und hauchte einen Kuss in seinen Nacken. Robert griff nach ihren Handgelenken.

„Ich habe schon gedacht, du hättest mich vergessen", sagte er und zog sie auf seinen Schoß. Giuliana schlang die Arme um seinen Hals und küsste ihn auf den Mund.

„Es war nicht so einfach, mich von der Gruppe loszueisen." Sie grinste. „Ich musste einen kleinen Trick anwenden. Jetzt zeig mir mal dein Schmuckstück von innen." Sie deutete auf den VW-Bus und erhob sich.

„Den Umbau habe ich selbst gemacht." Robert stand ebenfalls auf und öffnete die seitliche Tür.

Giuliana warf einen ersten Bick hinein und war auf der Stelle begeistert. Der Boden war mit hellblauen Holzpanelen ausgelegt. Linker Hand hatte Robert ein bequem aussehendes Bett und ein Regal eingebaut. Daneben gab es eine kleine Küchenzeile mit einer Spüle und einer Kochplatte, darüber weitere Regale.

„Sieht das gemütlich aus", rief Giuliana und ließ sich auf das Bett fallen. Robert legte sich neben sie und strich ihr eine Locke aus dem Gesicht.

„Ich wünschte, wir könnten mit deinem Bus irgendwohin fahren, ganz weit weg von hier. Nur wir beide." Giuliana drehte sich auf die Seite und stützte ihren Kopf mit dem Ellenbogen ab. „Wir würden an einsamen Stränden übernachten und morgens bei Sonnenaufgang nackt im Meer baden."

„Wann fahren wir? Ich bin bereit." Robert lächelte.

„Sofort?" Giuliana seufzte, drehte sich wieder auf den Rücken und blickte nach oben, wo Robert einen Sternenhimmel von innen an das Autodach gemalt hatte. „Ich wünschte, wir könnten es wirklich tun. Einfach losfahren und alles hinter uns lassen."

„Das wäre toll, wenn ich nicht ab September meine neue Stelle antreten und du wieder zur Hotelfachschule müsstest." Er blickte sie mit seinen türkisblauen Augen traurig an.

„Lass uns bitte noch nicht daran denken und einfach den Sommer und unsere gemeinsame Zeit genießen!" Giuliana näherte sich Roberts Gesicht und berührte seine Lippen mit den ihren. Er erwiderte ihren Kuss, schlang seine Arme um sie und zog sie fest an sich, so, als ob er sie nie wieder loslassen wollte.

Erst spät am Abend, als die Sonne bereits im Meer versunken war, und die ersten Sterne am Himmel zu funkeln begannen, machte sich Giuliana auf den Rückweg zum Hotel. Sie hoffte inständig, dass ihre Eltern bereits schlafen gegangen waren und sie sich unbemerkt in ihr Zimmer schleichen konnte. Die Vorwürfe ihres Vaters würde sie sich noch früh genug anhören müssen.

Kapitel 8

Alassio 2020

Als Stella und Matteo die klimatisierten Räumlichkeiten des Rathauses wieder verließen, schlug ihnen draußen die schwüle Julihitze entgegen. Stella lehnte sich an die Hauswand und atmete tief ein. Das Schwindelgefühl, das bei den Worten des Standesbeamten über sie gekommen war, hatte sich noch nicht verflüchtigt.

„Oh Mann. Mit so einer Information hättest du wohl nicht gerechnet." Matteo fuhr sich mit der rechten Hand durch seine Haare.

„Nein, bestimmt nicht." Stellas grüne Augen schimmerten feucht. „Da glaubst du, eine Person wie deine Westentasche zu kennen und ihr vertrauen zu können, und dann musst du erfahren, dass du im Grunde genommen gar nichts über sie weißt und sie dich dein ganzes Leben lang belogen hat." Stella konnte nun die Tränen nicht mehr zurückhalten.

Matteo legte seine Arme um sie, und während sie ihren Kopf an seine Brust lehnte und den herben Duft seines After-Shaves einatmete, strich er ihr tröstend über den Rücken.

„Es tut mir leid, dass dein Vater dich so enttäuscht hat", flüsterte er neben ihrem Ohr. „Und du kannst ihn noch nicht einmal mehr fragen, warum er so gehandelt hat."

Stella hob den Kopf und blickte in sein Gesicht. Sie war ihm so nah, dass sie die kleine Narbe sehen konnte, die seine rechte Augenbraue in zwei Hälften unterteilte.

„Selbst wenn ich die Gelegenheit dazu gehabt hätte, hätte er mir sicherlich wieder eine neue Lüge aufgetischt." Bitterkeit schwang in Stellas Stimme. „Jetzt kann ich nur hoffen, dass ich meine Mutter und meine Schwester finde und sie mir sagen, was damals passiert ist." Sie löste sich aus Matteos Armen.

Dieser schaute kurz auf sein Handy.

„Ich muss zurück zur Sprachschule. Aber um eins bin ich fertig mit dem Kurs. Dann könnten wir zusammen mittagessen und überlegen, wie du die Suche nach deiner Familie am besten angehst", schlug er vor.

„Okay. Dann fahre ich mit dir mit und trinke erst einmal irgendwo in der Nähe einen Kaffee. Ich muss versuchen, das Durcheinander in meinem Kopf zu ordnen."

Zehn Minuten später parkte Matteo die Harley vor seiner Sprachschule. „*Cento Parole-Scuola di lingue*" stand auf dem Schild über dem Eingang.

„Danke, dass du mich begleitet hast", sagte Stella und reichte Matteo den Helm.

„Behalte ihn, solange du hier bist. Du fährst hoffentlich noch öfter mit mir mit." Er zwinkerte ihr zu. „Setz dich doch da drüben ins Café." Er deutete auf das gegenüberliegende Lokal. „Ich komme dann dorthin, wenn mein Kurs vorbei ist."

„Ja, okay. Das mache ich. Bis später." Sie winkte ihm noch einmal zu, überquerte die Straße und nahm an einem der Terrassentische Platz. Nachdem sie bei der Kellnerin einen Latte macchiato und ein Wasser bestellt hatte, lehnte sie sich zurück und schloss für einen Moment die Augen. Ihr Vater hatte ihr nicht nur all die Jahre ihre Mutter vorenthalten, sondern ihr anscheinend auch noch verschwiegen, dass sie eine Zwillingsschwester hatte.

Unwillkürlich musste sie an Erich Kästners Roman *Das doppelte Lottchen* denken, den sie als Kind so gern gelesen hatte. In dem Buch hatten sich die Eltern getrennt und ihre Zwillingsmädchen unter sich aufgeteilt. Eins war bei der Mutter geblieben, das andere beim Vater, und die Kinder hatten nichts voneinander gewusst, bis sie sich in einem Ferienlager zufällig begegnet waren.

Ob ihre Zwillingsschwester ihr auch zum Verwechseln ähnlich sah?, überlegte Stella. Was wäre, wenn sie ihr plötzlich auf der Straße gegenüberstünde, oder sie sich gleich an den Nachbartisch setzte?

Stella ließ ihre Gedanken in die Vergangenheit schweifen. Hatte sie sich jemals unvollständig gefühlt, so, als ob ein Teil von ihr gefehlt hätte? Wenn sie ehrlich war, musste sie die Frage verneinen. Sicher, ihre Mutter hatte ihr gefehlt. Die wechselnden weiblichen Bekanntschaften ihres Vaters hatten sie nie ersetzen können. Nur ihre Großmutter hatte ihr ab und zu das Gefühl mütterlicher Wärme vermittelt.

Zumindest wusste sie nun die vollständigen Namen ihrer Mutter und ihrer Schwester – Giuliana Colombo und Antonietta Rossi. Aber warum wurde dort nicht der Name ihres Vaters erwähnt, sondern der eines gewissen Filippo Rossi? Und warum hieß ihre Mutter Colombo mit Nachnamen und nicht Rossi, so wie ihre Schwester? Ob die Frauen in Italien, wenn sie heirateten, nicht den Nachnamen des Ehemanns annahmen? Dies konnte ihr sicherlich Matteo erklären.

So viele unbeantwortete Fragen, auf die sie eine Antwort finden musste.

Stella beschloss, Jonas anzurufen und ihm zu erzählen, was sie bis jetzt herausgefunden hatte. Sie holte ihr Handy aus ihrer Tasche und drückte auf die eingespeicherte Nummer. Der Anrufbeantworter sprang an. Warum hatte er sein Telefon ausgeschaltet? Rasch wählte sie die Nummer seiner Agentur, und wie nicht anders zu erwarten, nahm Jonas' Sekretärin Martina Glauber das Gespräch entgegen.

„Hier ist Stella Lehmann. Kann ich bitte mit meinem Verlobten sprechen?", fragte Stella. „Er geht nicht an sein Handy."

„Ich kann Sie leider nicht durchstellen. Er ist in einer Besprechung mit einem wichtigen Kunden und will nicht gestört werden", ertönte es am anderen Ende der Leitung.

„Würden Sie ihm bitte sagen, dass ich dringend mit ihm reden muss, Frau Glauber? Er soll selbst entscheiden, ob ich ihn stören darf oder nicht." Stella verdrehte die Augen und bemühte sich, ihre Stimme nicht allzu unfreundlich klingen zu lassen. Sie konnte Jonas' Sekretärin nicht ausstehen. Die Mittvierzigerin arbeitete seit Bestehen der Agentur für Jonas und war wohl der Ansicht, dass sie die älteren Rechte besäße. Schon des Öfteren hatte sie Stella mit fadenscheinigen Ausreden daran gehindert, mit Jonas zu sprechen.

„Herr Lehmann hat mir ausdrücklich gesagt, dass er von niemandem gestört werden will, und daher halte ich mich auch daran", erwiderte sie patzig.

„Frau Glauber, wenn Sie Ihren Job behalten wollen, dann verbinden Sie mich auf der Stelle mit Jonas. Das ist mein voller Ernst." Stellas Geduldsfaden war nun endgültig gerissen.

„Also gut. Bleiben Sie dran." Die Stimme der Sekretärin klang pikiert. „Ich versuche es."

Kurz darauf meldete sich Jonas. Er hörte sich genervt an.

„Stella. Ich kann jetzt nicht. Ich bin gerade in einem wichtigen Kundengespräch. Das hat dir Frau Glauber doch gesagt. Ich melde mich später bei dir." Ohne seiner Verlobten die Möglichkeit zu geben, darauf zu antworten, hatte er bereits wieder aufgelegt.

Stella seufzte und legte das Handy auf den Tisch. Es schien, als hätte sie Jonas diesmal wirklich in einer ungünstigen Situation gestört. Und trotzdem hätte er kurz nach dem Grund ihres Anrufs fragen können. Es hätte sich ja auch um eine Notsituation handeln können. Schließlich war sie allein in einem fremden Land.

Sie nahm einen Schluck Kaffee und tupfte sich den Schweiß von der Stirn. Obwohl sie im Schatten saß, war es heiß und sie schwitzte in der Jeans und den Turnschuhen, die sie aus Sicherheitsgründen zum Motorradfahren angezogen hatte. Sie griff erneut nach ihrem Handy und wählte die Nummer des Schmökercafés. Es dauerte eine Weile, bis am anderen Ende endlich jemand abnahm. Es war Francesca, die etwas außer Atem zu sein schien.

„Hallo Francesca. Ich noch mal. Habt ihr viel zu tun?", fragte Stella.

„Ja. Der Laden ist voll", berichtete die Italienerin. „Aber mach dir keine Sorgen. Wir haben alles unter Kontrolle. Und bei dir, Stella? Hast du etwas erreicht?"

„Du glaubst nicht, was ich gerade erfahren habe." Stella lehnte sich zurück und erzählte Francesca von ihrem Besuch im Standesamt.

„Eine Schwester? Du hast noch eine Zwillingsschwester?", schrie Francesca in den Hörer. „Das kann doch nicht wahr sein! Wie kann dein Vater dir all das verschwiegen haben?"

„Das frage ich mich auch."

„Und wie soll es nun weitergehen?"

„Ich werde versuchen, meine Mutter und meine Schwester zu finden. Ich habe einen netten Italiener kennengelernt. Der hilft mir dabei." Stellas Mund verzog sich unwillkürlich zu einem Lächeln.

„So so", erwiderte Francesca. „Hast du schon mit Jonas gesprochen? Was sagt er dazu, dass du noch eine Schwester hast, von der du bisher nichts wusstest?"

„Er weiß es noch nicht. Er war vorhin in einer wichtigen Besprechung, als ich angerufen habe."

Stella hörte im Hintergrund Lunas Stimme, die nach Francesca rief. „Lass uns später noch einmal telefonieren!", schlug sie vor. „Ich will dich nicht länger von der Arbeit abhalten."

„Ja. Ich muss bei zwei Tischen abkassieren. Luna wird sonst böse mit mir." Francesca lachte.

„Wie würde ich nur ohne euch beide zurechtkommen? Ich weiß gar nicht, wie ich das wiedergutmachen soll."

„Ach, da fällt uns schon was ein. *Ciao, cara mia.* Pass auf dich auf!" Stella vernahm noch ein Kussgeräusch. Dann war das Gespräch beendet.

Sie rührte in dem längst kalt gewordenen Kaffee, schöpfte das letzte bisschen Milchschaum ab und ließ den Löffel in ihrem Mund verschwinden.

„Magst du Kaninchen?", fragte Matteo eine halbe Stunde später, als er seinen Kurs beendet hatte und zu Stella an den Tisch kam. „Wir könnten ins Hinterland fahren, nach Stellanello. Da gibt es ein Restaurant, wo man ein superleckeres Kaninchen mit Polenta essen kann. Die Köchin ist die Cousine meiner Mutter." Er grinste verschmitzt.

„Das hört sich gut an! Wenn du willst, können wir gleich los. Ich habe schon bezahlt. Oder möchtest du erst noch einen Kaffee trinken?"

Als Matteo verneinte, erhob sich Stella und griff nach ihrer Tasche und dem Helm, den sie auf einem der Stühle abgelegt hatte. Sie freute sich auf eine weitere Fahrt mit der Harley.

Als Erstes fuhren sie am Meer entlang durch Laigueglia, umrundeten das *Capo Mele* mit dem Leuchtturm und gelangten in die nächste Bucht, in den Küstenort Andora. Von hier aus ging es landeinwärts.

Hatte Stella auf der Küstenstraße noch den Geruch des Meeres wahrgenommen, so stieg ihr nun der schwache Duft der Basilikumpflanzen in die Nase, die rechts und links der Straße auf Feldern wuchsen. Das *pesto genovese*, eine aus Basilikum, Knoblauch und Pinienkernen bestehende grüne Soße, die mit Pasta oder Gnocchi gegessen wurde, war eine Spezialität Liguriens.

Wenig später parkten sie vor dem Restaurant und setzten sich an einen Tisch auf der schattigen Terrasse. Die Überdachung war mit Weinreben bewachsen, an denen bereits kleine, grüne Trauben herunterhingen. Matteo verschwand für einen Moment in der Küche des Lokals, um Anna, der Cousine seiner Mutter, Hallo zu sagen. Diese kam daraufhin hinaus und begrüßte auch Stella mit einem herzlichen Lachen und zwei Küssen. Genau wie Ilaria war sie korpulent, hatte ihre Haare unter einer hellblauen Haube versteckt und verströmte einen herrlichen Geruch nach Gebratenem.

„*Mangiate il coniglio, vero?*", fragte sie. „*Prima vi faccio un po' di pasta al pesto e una insalata mista.*"

„Wir essen auf jeden Fall dein Kaninchen. Ich habe Stella

schon davon vorgeschwärmt.“ Matteo setzte sich an den Tisch. „Und deine Pasta natürlich auch, *zia*.“

Anna strahlte und verschwand wieder in der Küche.

„Warum sagst du Tante zu ihr?“, wollte Stella wissen. „Das ist sie doch gar nicht.“

„Meine Mutter hat acht Cousinen. Die sind alle wie meine Tanten.“

Stella lächelte. „Ihr habt wohl eine große Familie. Wie schön!“ Ihr Blick verfinsterte sich. „Ich hatte nur meinen Vater und meine Großeltern. Die sind jetzt alle tot.

„Dafür hast du vielleicht bald wieder eine Mutter und eine Schwester und, wer weiß, vielleicht sogar noch Stiefgeschwister.“

„Aber wie soll ich sie bloß finden? Ich kenne ja nichts außer ihren Namen.“ Stella zuckte mit den Schultern. „Und den Namen dieses Filippo Rossi, der als mein Vater eingetragen ist, obwohl er es gar nicht ist. Oder doch? Ach, ich weiß gar nicht mehr, was ich noch glauben soll.“

Matteo griff über den Tisch nach Stellas Hand und drückte sie beruhigend.

„Behalten in Italien die Frauen nach der Hochzeit ihren eigenen Nachnamen?“, fragte sie. „Meine Mutter ist ja in der Urkunde als Giuliana Colombo eingetragen und meine Schwester und ich als Rossi. Ich denke, wenn sie nicht verheiratet gewesen wären, hätten wir doch sicherlich auch Colombo geheißen“, vermutete Stella.

„Ja. Die italienischen Frauen behalten ihren Nachnamen. Wenn sie wollen, können sie den ihres Ehemannes hinter ihren eigenen anhängen. Aber die wenigsten machen das. Und die Kinder nehmen den Namen des Vaters an. So war es zumindest früher. Ich glaube, mittlerweile können die Kinder auch den Nachnamen der Mutter bekommen.“

Ein Kellner kam an den Tisch und brachte einen Krug mit Rotwein und eine Flasche Mineralwasser, die Matteo offensichtlich bereits bestellt hatte.

„Ich hoffe, du magst Rotwein. Dieser hier wird in unserer Gegend angebaut."

Stella nickte und füllte zwei Gläser. „*Salute!*" Sie prostete Matteo zu und nahm einen großen Schluck. Der Wein war schön trocken, so wie sie es gern mochte.

„Das ist alles sehr verwirrend."

„Das kann man wohl sagen. Rossi und Colombo sind außerdem sehr gebräuchliche Namen in unserer Gegend." Matteo zuckte mit den Schultern.

„Wahrscheinlich wie Müller und Schmidt bei uns in Deutschland. Es gibt doch in Italien bestimmt ein Online-Telefonbuch, oder?", überlegte Stella.

„Ja. Die *pagine bianche.* Warte, ich gebe mal Rossi und Alassio ein."

Er zog sein Handy aus der Hosentasche und begann, darauf herumzuwischen. „Hier sind einige Rossis", rief er schließlich. „Mindestens fünfzehn."

„Und wie viele heißen Filippo oder Antonietta mit Vornamen?"

Er scrollte die Liste wieder nach oben. „Es gibt keine Antonietta, aber drei Filippos."

„Na immerhin." Stella holte einen kleinen Notizblock und einen Kugelschreiber aus ihrer Handtasche. „Dann lies mir mal die Nummern vor. Ich schreibe sie auf und rufe sie gleich an." Sie blickte ihn auffordernd an und notierte die Zahlen, die er ihr nannte.

Matteo gab die erste der Nummern ein, und reichte Stella sein Handy. Sie stellte auf Lautsprecher, damit Matteo mithören konnte. Vor lauter Aufregung spürte sie ihren Pulsschlag an den Schläfen.

„*Pronto*", meldete sich kurz darauf eine Stimme, an der Stella sofort erkannte, dass es sich auf keinen Fall um die eines Mannes im Alter ihres Vaters handelte.

„Sind Sie Filippo Rossi?", fragte sie trotzdem.

„Ja, der bin ich. Wer will das wissen?", ertönte es am anderen Ende der Leitung.

„Eh, ich, mein Name ist Stella. Ich eh … ich komme aus Kö…, eh … aus Deutschland." Sie geriet ins Stottern. „Ich suche meine Mutter. Sie soll hier in Alassio leben."

„Also, die bin ich nicht." Der unbekannte Filippo brach in Gelächter aus.

„Es ist ein bisschen kompliziert", versuchte Stella die Sache zu erklären. „Ich habe bis vor ein paar Tagen nicht gewusst, dass meine Mutter noch lebt. Sie ist mit einem Filippo Rossi verheiratet."

„Da muss ich Sie leider enttäuschen. Ich bin noch ledig. Aber wir können uns gern mal auf einen Kaffee treffen", schlug er vor.

„Nein, danke. Sorry für die Störung!" Stella wischte mit dem Zeigefinger über den roten Hörer auf dem Display. „Was war das für ein Idiot?"

Sie verdrehte die Augen und gab die nächste Nummer ein. Diesmal meldete sich eine ältere Frau, die keinen Filippo Rossi kannte. Bei der letzten Nummer nahm niemand ab.

„Es wäre auch zu schön gewesen, wenn ich gleich Erfolg gehabt hätte." Enttäuscht gab Stella Matteo das Handy zurück.

„Es kann sein, dass dein Filippo Rossi kein Festnetztelefon hat. In den *pagine bianche* stehen die Handynummern nicht drin“, gab Matteo zu bedenken. „Heutzutage haben viele nur noch ein Handy.“

„Das stimmt. Es wird verdammt schwierig werden. Das Einzige, was ich von meiner Mutter habe, ist ein Foto von ihr als junges Mädchen und einen Anhänger, den sie anscheinend schon vor meiner Geburt für mich hat anfertigen lassen und den mir mein Vater – aus welchem Grund auch immer – nie gegeben hat.“

„Zeig mal! Hast du die Sachen hier?“ Matteo blickte sie neugierig an.

„Ja.“ Stella nahm einen Schluck Rotwein. Dann griff sie nach ihrer Handtasche, die an der Stuhllehne hing, holte das Foto und die Schmuckschachtel heraus und reichte Matteo als Erstes das Bild.

„Ein gut aussehendes Paar“, befand er. „Dein Vater mit seinen blonden Locken und deine Mutter mit den langen dunklen Haaren. Kein Wunder, dass du so hübsch bist.“ Er schaute auf und blickte Stella lächelnd in die Augen.

Sie wurde rot, öffnete rasch den Deckel des Schmuckkästchens und schob es in Matteos Richtung. Vorsichtig nahm er den goldenen Anhänger aus dem Samtbett und betrachtete ihn von allen Seiten.

„Was soll das sein? Sieht aus wie ein Herz, das in der Mitte halbiert worden ist“, stellte er fest.

„Ja, das soll es wohl darstellen. Ist hübsch gemacht.“

„Warum trägst du ihn nicht?“, wunderte sich Matteo. „Er ist doch außer dem Foto das einzige Andenken, das du an deine Mutter hast.“

Stellas Blick verfinsterte sich. „Solange ich nicht weiß, warum sie mich damals nicht gewollt hat, werde ich den Anhänger nicht tragen.“ Sie legte das Schmuckstück zurück in die Schachtel und steckte diese zusammen mit dem Foto wieder in ihre Tasche.

„Okay. Das kann ich verstehen“, sagte Matteo. „Aber irgendeinen triftigen Grund muss sie gehabt haben. Eine Mutter verzichtet doch nicht freiwillig auf ihr Kind.“

„Eigentlich nicht. Ich hoffe, ich werde es herausfinden.“

Da der Kellner den Salat und die Pasta brachte, widmeten sie sich nun dem Essen, das hervorragend schmeckte. Auch das in Tomatensoße geschmorte Kaninchen und die *polenta* – der Maisbrei – waren vorzüglich.

„Wenn das so weitergeht, werde ich mit zehn Kilo mehr auf den Rippen wieder nach Hause fahren“, stöhnte Stella und lehnte sich zurück.

„Wir trinken noch einen Ramazotti und dann passt das schon.“ Er lachte, nachdem Stella erfreut zustimmte.

Als der Kellner die Rechnung brachte, ließ sich Matteo nicht davon abbringen, für Stella zu bezahlen.

„Du kannst mich ein anderes Mal einladen“, schlug er vor, als sie protestierte. „In einem schicken Fischrestaurant am Meer, wo es dreimal so viel kostet wie hier.“ Er legte den Kopf schief und grinste.

„Kein Problem“, sagte Stella. „Das hast du dir verdient. Du hast mir schon genug geholfen. Was hast du jetzt vor?“

„Ich habe gleich noch zwei Englischkurse. Und du? Wo soll ich dich absetzen?“

„Wenn es geht, an der Pension. Ich denke, ich werde mal im Meer schwimmen und dann noch ein bisschen im Internet recherchieren. Vielleicht finde ich ja etwas auf Facebook oder Instagram.“

Sie erhoben sich, verabschiedeten sich kurz in der Küche bei Anna und fuhren zurück nach Alassio.

Kapitel 9

Am späten Nachmittag, nachdem Stella ein erfrischendes Bad im Meer genommen hatte, setzte sie sich an eine der vielen Beachbars, die es an jedem Strandabschnitt gab. Entspannt lehnte sie sich zurück und streckte ihr Gesicht der Sonne entgegen. In Köln hatte der Sommer in diesem Jahr noch auf sich warten lassen, sodass sie süchtig nach jedem Sonnenstrahl war. Vom Nebentisch her wehte der Duft nach Kokosnussöl zu ihr herüber und erinnerte sie daran, dass es besser wäre, ebenfalls einen Sonnenschutz aufzutragen. Sie holte die blaue Tube, die sie noch vor ihrer Abreise im Drogeriemarkt gekauft hatte, aus ihrer Strandtasche und cremte sich Gesicht, Arme und Dekolleté ein. Dann bestellte sie sich einen Campari Orange und bekam dazu Oliven und Chips. Obwohl sie noch satt von dem reichhaltigen Mittagessen war, konnte sie den Knabbereien nicht widerstehen. Während sie in ihrem Handy auf ihrer Facebookseite zunächst den Namen ihrer Schwester in die Suchmaske eingab, wanderten ihre Finger zwischendurch immer wieder zu den Leckereien.

Es gab einige User mit dem Namen Antonietta Rossi, und zwei davon hatten als Wohnort Alassio angegeben. Die eine war, nach ihrem Profilbild zu urteilen, zu jung. Die andere wäre zwar vom Alter her infrage gekommen, doch Stella konnte keinerlei Ähnlichkeit mit sich selbst feststellen. Trotzdem schrieb sie ihr eine private Nachricht, in der sie ihr kurz erklärte, worum es ging, und sie fragte, ob ihre Eltern Giuliana Colombo und Filippo Rossi hießen. Dann ging sie auch die anderen Profile noch einmal in Ruhe durch. Es konnte ja sein, dass ihre Schwester gar nicht mehr in Alassio wohnte. Außerdem bestand auch die Möglichkeit, dass sie sich nicht mit ihrem richtigen Namen, sondern mit einem anderen User-Namen angemeldet hatte, was bedeutete, dass Stella sie auf diese Weise nie ausfindig machen würde.

Zwei Campari und ebenso viele Chipsschalen später legte Stella erschöpft das Telefon beiseite. Sie hatte nichts erreicht. Die berühmte Nadel im Heuhaufen war wahrscheinlich einfacher zu finden als ihre Schwester und Mutter. Was sollte sie machen? Unverrichteter Dinge wieder zurück nach Köln fahren? Nein, dazu war sie noch nicht bereit.

Verträumt blickte sie über das Meer, auf dem der Wind kleine Schaumkronen tanzen ließ. Wie wäre es gewesen, wenn sie ihre Kindheit hier verbracht hätte, zusammen mit ihrer Schwester? Dann wäre sie jetzt womöglich mit jemandem wie Matteo verlobt oder verheiratet. Der Gedanke gefiel ihr und ließ ein Lächeln über ihre Lippen huschen. Sie hätte vielleicht ein kleines Café am Meer, in dem im Sommer die Touristen ihren Cappuccino und im Winter die Einheimischen ihren *caffè* trinken würden. Warum hatte sie nicht in Italien bei ihrer Mutter bleiben können, und warum war in der Geburtsurkunde nicht Robert Lehmann als Vater eingetragen? Sie musste eine Antwort auf diese Fragen bekommen, wenn sie jemals wieder ein normales Leben führen wollte. Vielleicht würde sie morgen früh mit dem Foto ihrer Mutter durch den Ort laufen, es in Cafés und Geschäften zeigen können, in der Hoffnung, dass irgendjemand Giuliana darauf erkannte.

Sie merkte, wie die Sonne auf ihrer Gesichtshaut zu brennen begann, und beschloss, zurück in die Pension zu gehen, um sich einen Moment aufs Bett zu legen. Als sie aufstand, merkte sie, wie sie ein leichter Schwindel erfasste. Nach dem Wein und dem Ramazotti im Restaurant hätte sie den zweiten Campari besser nicht bestellen sollen.

Stella war froh, als sie wenig später die Tür zu ihrem Zimmer aufschloss, die Strandtasche auf den Schreibtisch warf und sich ins Bett fallen ließ. Keine Minute später war sie eingeschlafen.

Als Stella irgendwann die Augen wieder aufschlug, wusste sie im ersten Moment nicht, wo sie sich befand. Doch dann erkannte sie, dass sie in der Pension von Matteos Verwandten im Bett lag und das Strandkleid anhatte, mit dem sie vor – ja wann eigentlich? –, unten am Meer gewesen war. Stella schaute auf ihre Armbanduhr und riss erstaunt die Augen auf. Es war neun Uhr. Das hieß, sie war gestern nicht mehr aufgewacht und hatte die ganze Nacht durchgeschlafen. Anscheinend hatten sie die lange Autofahrt und die Neuigkeiten, die sie erfahren hatte, doch mehr mitgenommen, als sie gedacht hatte.

Sie stand auf und holte ihr Handy aus der Strandtasche. Fünf Anrufe in Abwesenheit von Jonas und genauso viele WhatsApp-Sprachnachrichten. Sie musste wie eine Tote geschlafen haben, da sie nichts gehört hatte. Doch dann fiel ihr ein, dass sie das Telefon am Strand auf lautlos gestellt hatte.

Sie setzte sich auf die Bettkante und hörte Jonas' Nachrichten ab. Er hatte sie im Abstand von jeweils einer Stunde aufgesprochen, die letzte war in der Nacht um halb zwölf eingegangen. Er war von Mal zu Mal besorgter gewesen und hatte sie aufgefordert, sich bei ihm zu melden. Bei der letzten

Nachricht hatte seine Stimme nur noch verärgert geklungen. Stella wählte seine Nummer und wartete ab.

„Stella, warum meldest du dich nicht? Ich bin verrückt geworden vor Sorge. Wo warst du?“, erklang es schließlich.

„Du wirst es mir wahrscheinlich nicht glauben, aber ich war noch so kaputt von der Fahrt. Dann habe ich wohl zu viel Sonne abbekommen. Ich habe mich gestern Abend gegen sechs in meinem Pensionszimmer aufs Bett gelegt, bin eingeschlafen und gerade erst wieder aufgewacht.“

„Aber ich habe dich fünfmal angerufen. Das musst du doch gehört haben.“ Jonas klang immer noch nicht versöhnlicher.

„Das Handy stand auf lautlos“, verteidigte sich Stella. „Ist doch auch egal. Willst du nicht hören, was ich herausgefunden habe? Ich wollte es dir gestern schon erzählen, aber du hast mich am Telefon abgewürgt.“

„Ja. Ich war in einem wirklich wichtigen Kundengespräch. Gott sei Dank haben sich die neuen Klienten nicht von deinem unpassenden Anruf ablenken lassen, und ich konnte sie dazu bringen, den Vertrag zu unterschreiben. Ein sehr wichtiger Kunde. Er wird unserer Agentur viel Geld einbringen.“

„Herzlichen Glückwunsch. Da hätte ich besser doch auf Frau Glauber hören sollen“, bemerkte Stella mit einem ironischen Unterton in der Stimme. „Also, soll ich dir erzählen, was ich gestern erfahren habe?“ Irgendwie war ihr die Lust vergangen, mit Jonas zu telefonieren.

„Schieß los! Ich bin neugierig.“

Stella berichtete ihm in Kurzform, was sie am Morgen zuvor erlebt hatte, und welche unglaubliche Neuigkeit sie herausgefunden hatte. Allerdings verschwieg sie, dass sie dabei nicht allein gewesen war.

Jonas schien zunächst sprachlos zu sein.

„Hallo? Bist du noch dran?“, fragte Stella.

„Ja. Ich versuche gerade zu verstehen, wie Robert dir das alles verschweigen konnte. Das hätte ich nie von ihm erwartet.“

„Ich auch nicht. Das Komische ist, dass er in dem Geburtenregister gar nicht erwähnt wird. Da ist ein Filippo Rossi bei mir und meiner Schwester als Vater eingetragen.“

„Wie jetzt? Robert ist gar nicht dein richtiger Vater? Vielleicht hat er dich als Baby gekidnappt“, überlegte Jonas.

„So ein Blödsinn. Mein Vater ist doch kein Verbrecher. Warum sollte er das getan haben? Es war bestimmt nicht einfach für ihn damals, als alleinerziehender Vater mit einem Baby.“ Stella seufzte. „Es muss irgendeinen anderen Grund geben. Und den werde ich herausfinden.“

„Wann kommst du nach Hause? Ich vermisse dich“, hörte sie Jonas sagen. „Kannst du nicht die Dinge ruhen lassen? Du kannst es sowieso nicht mehr ändern. Manchmal ist es besser, nicht in der Vergangenheit herumzustochern.“

Stella spürte, wie ihr das Blut in den Kopf schoss. Verstand er nicht, wie wichtig es für sie war, das Geheimnis ihrer Herkunft zu enträtseln?

„Jonas, ich habe es dir schon in Deutschland gesagt. Es gibt für mich zurzeit nichts Wichtigeres, als meine Mutter zu finden und sie zur Rede zu stellen. Und jetzt natürlich auch noch meine Schwester. Kannst du das nicht verstehen?“

„Doch, aber ich möchte dich wieder hier bei mir haben und endlich mit unseren Hochzeitsvorbereitungen beginnen und das neue Haus einrichten.“

Stella musste sich zwingen, nicht die Geduld zu verlieren. „Das will ich auch. Aber erst muss ich herausfinden, wo meine Wurzeln sind.“

„Gut. Aber mach schnell!", forderte er sie auf. „Und vergiss nicht, dein Zuhause ist hier bei mir in Köln. Wir haben noch so viele schöne Dinge vor uns."

„Ja, ich weiß. Wir telefonieren morgen."

„Ich liebe dich, mein Schatz!"

Stella zögerte einen Moment, bevor sie ihm versicherte, ihn auch zu lieben. Irgendwie kamen ihr die Worte dieses Mal nicht so leicht über die Lippen. Sie war sich nicht mehr sicher, ob Jonas sie selbst liebte oder eher den Gedanken, sie an seiner Seite zu haben, damit sie seine Kinder bekam und sich um das Haus kümmerte.

Eine Stunde später, nachdem Stella geduscht und unten im Speiseraum gefrühstückt hatte, machte sie sich auf den Weg, in der Hoffnung, dass jemand im Ort ihre Mutter auf dem alten Foto erkennen würde. Sie hatte es auch Michele und Ilaria gezeigt, doch die beiden konnten Stella nicht weiterhelfen.

Sie versuchte es als Erstes in einigen Cafés. Es lief jedes Mal nach dem gleichen Schema ab. Sie zeigte das Foto und sagte ihren Spruch auf. Die Menschen nahmen es in die Hand, schüttelten dann den Kopf und erklärten, dass sie die Frau leider nicht kennen würden. Als sie auch im sechsten Café nichts erreichte, fragte Stella die freundliche Kellnerin, ob sie wüsste, welche Läden es im Ort bereits Mitte der Achtzigerjahre gegeben hätte, und die Frau riet ihr, in die Via XX Settembre – ins *budello* – zu gehen, wo sich Geschäfte und Kneipen aneinanderreihten, die es bereits seit mehreren Jahrzehnten gäbe.

Stella stärkte sich noch rasch mit einem *caffè,* bevor sie sich erneut auf den Weg machte. Die parallel zum Meer verlaufende Fußgängerzone zwischen den mittelalterlichen Häusern war angenehm schattig. Es gab in der Tat viele schöne Läden in allen erdenklichen Preiskategorien. Die mit schmiedeeisernen Balkonen und Holzfensterläden versehenen, mehrstöckigen Häuser waren in Pastellfarben gestrichen und versprühten italienisches Flair. Ab und zu zweigten schmale Quergassen ab, an deren Ende das blaue Meer hindurchschimmerte. Cafés hatten ihre Tische und Hollywoodschaukeln aufgestellt, die zum Verweilen und Genießen der südländischen Stimmung einluden.

Besonders faszinierten Stella die Eisdielen mit ihren zu Bergen aufgetürmten, mit allerlei Früchten, Schokostücken und Nüssen dekorierten Eissorten. Auch Stella konnte dem leckeren Anblick nicht widerstehen und kaufte sich eine Eiswaffel mit Pistazien- und Erdbeereis. Vorher hatte sie natürlich das Foto ihrer Mutter gezeigt – wieder einmal ergebnislos.

Irgendwann, nachdem sie in gefühlt fünfzig Geschäften ebenso oft den Satz: „Nein, tut mir leid, die Frau kenne ich leider nicht", gehört hatte, nahmen Müdigkeit und Enttäuschung überhand. Sie beschloss, zurück zur Pension zu gehen oder, besser noch, mit einem Taxi zu fahren. Doch wo war der nächste Taxistand? Am besten fragte sie in einem Geschäft. Dort drüben in dem gelben Gebäude war ein Juwelierladen. ‚*Gioeielleria Moroni e figlio*' stand über der Eingangstür – Juwelier Moroni und Sohn.

Plötzlich überkam Stella eine Gänsehaut. Einer inneren Eingebung zufolge zog sie das Schmuckkästchen mit dem Anhänger aus ihrer Handtasche und drehte es um. Da stand es: *Moroni.* Der Anhänger stammte vielleicht aus diesem Juweliergeschäft. Sollte das endlich der lang ersehnte Durchbruch bei ihrer Suche sein?

Als sie das Geschäft betrat, klingelte eine altmodische Ladenglocke. An den Wänden standen Glasvitrinen, in denen Uhren, Ketten, Armbänder und Ringe ausgestellt waren. An der hinteren Wand gab es einen Vorhang, der einen Durchgang zu verdecken schien, davor stand die Ladentheke.

Der Vorhang öffnete sich und ein etwa vierzigjähriger Mann trat hinter die Theke. Er war schlank, trug eine dunkle Jeans und ein weißes Poloshirt.

„*Buongiorno, signora*", begrüßte er Stella. „*La posso aiutare?* Kann ich Ihnen behilflich sein?"

„*Buongiorno*", grüßte Stella zurück. „Ja. Ich hätte eine Frage. Stammt dieses Schmuckstück aus Ihrem Laden?" Sie legte das Kästchen auf den Tresen und öffnete den Deckel. Ihr Herzschlag beschleunigte sich.

Giovanni Moroni nahm den Anhänger heraus und betrachtete ihn von allen Seiten. „Ein schönes Schmuckstück, sehr ungewöhnlich. Er könnte von uns sein. Die Schachtel ist es jedenfalls. Allerdings benutzen wir seit ungefähr zehn Jahren andere Verpackungen."

„Meine Mutter hat mir den Anhänger vererbt. Sie muss ihn ungefähr 1986 oder 87 gekauft haben", erklärte Stella. „Ich bin auf der Suche nach ihr. Sie heißt Giuliana Colombo. Kennen Sie sie vielleicht?" Sie blickte den Juwelier erwartungsvoll an.

„Nein. Der Name sagt mir nichts", zerstörte er sogleich ihre Hoffnungen. „Aber mein Vater könnte etwas wissen. Er hat in den Achtzigerjahren das Geschäft geführt. Warten Sie bitte einen Moment. Ich werde ihn fragen."

Er verschwand wieder hinter dem Vorhang und kam kurz darauf zurück in den Laden, in Begleitung eines grauhaarigen Mannes, der trotz seines fortgeschrittenen Alters – Stella schätzte ihn auf Anfang siebzig – ebenso attraktiv war wie sein Sohn.

„*Buongiorno, signora*", begrüßte auch er Stella. „Mein Sohn hat mir bereits erklärt, um was es geht. Ich meine, mich an dieses besondere Schmuckstück zu erinnern." Er zog seine Brille von der Nase und unterzog es einer sorgfältigen Untersuchung. Stella hielt währenddessen die Luft an und leckte sich nervös über die Lippen.

„Ja. Diesen Anhänger habe ich angefertigt", sagte er schließlich und setzte die Brille wieder auf.

Stella stieß den Atem, den sie angehalten hatte, geräuschvoll aus.

„Aber da fehlt ein Teil. Es waren zwei halbe Herzen, die an den Schnittkanten genau ineinander passten", fuhr Signor Moroni fort. „Ich weiß es, weil ich dafür extra eine Gießform anfertigen musste. Die junge Frau, die das Schmuckstück bei mir in Auftrag gab, hatte eine genaue Vorstellung, wie der Anhänger aussehen sollte."

„Hieß sie zufällig Giuliana Colombo?", fragte Stella mit zitternder Stimme.

„Das weiß ich leider nicht mehr", antwortete Signor Moroni. „Es ist schon zu lange her und ich habe sie ja auch nur zweimal gesehen, einmal, als sie die Bestellung aufgegeben hat, und das zweite Mal, als sie den Anhänger abgeholt hat."

Stella zog das Foto aus ihrer Tasche und reichte es dem Juwelier. „War das eventuell die Frau?"

Wieder nahm er die Brille ab und musterte die Fotografie.

„Ja. Das könnte sie gewesen sein. Zumindest erinnere ich mich daran, dass sie dunkle Locken hatte."

„Ich bin schon seit heute Morgen in Alassio unterwegs

und habe das Foto herumgezeigt. Aber es ist wie verhext, niemand kennt meine Mutter." Stella seufzte. „Jetzt weiß ich auch nicht mehr, was ich noch anstellen soll, um sie zu finden."

„Zeig mir das Foto mal", bat Giovanni Moroni seinen Vater, der der Aufforderung unverzüglich nachkam. Giovanni nahm eine Lupe zur Hilfe und betrachtete das Bild ganz genau.

„Wie hieß Ihre Mutter noch gleich mit Nachnamen?", fragte er.

„Colombo. Giuliana Colombo."

„Hier unten auf dem Tretboot, an dem Ihre Mutter lehnt, steht: ‚*Bagni Colombo*'."

„Ach, das ist mir gar nicht aufgefallen", sagte Stella erstaunt. „Und was heißt das?"

„Das Foto ist anscheinend am Colombo-Strand aufgenommen worden und dieser wiederum ist Privateigentum des Hotels Colombo. Vielleicht ist Ihre Mutter ja eine Verwandte der Hotelbesitzer. Colombo ist zwar hier in der Gegend ein geläufiger Name, aber einen Versuch wäre es immerhin wert, das Foto einmal im Hotel zu zeigen."

„Das ist eine gute Idee. Das mache ich", freute sich Stella. Sie packte die Schachtel mit dem Anhänger und das Foto wieder zurück in ihre Tasche. „Vielen Dank für Ihre Hilfe. Wenn ich mal ein neues Schmuckstück brauche, komme ich zu Ihnen."

„Jederzeit, Signora. Und viel Glück bei Ihrer Suche." Giovanni Moroni kam hinter der Ladentheke hervor und hielt Stella die Tür auf. „*Arrivederci.*"

„*Mille grazie. Ciao.*" Stella winkte den beiden Moroni noch einmal zu und ging hinaus.

Draußen lehnte sie sich für einen Moment an die Hauswand und atmete einige Male tief durch. Was für ein Vormittag! Aber immerhin hatte sich ihr eine winzige Spur aufgetan. Sie würde zu diesem Hotel gehen und dort das Foto ihrer Mutter zeigen.

Ihr Handy gab ein Piepen von sich. Irgendjemand hatte ihr eine WhatsApp-Nachricht geschickt. Sie holte das Telefon aus ihrer Tasche und schaute nach. Es war Matteo. *Komm bitte sofort zu mir in die Sprachschule. Es gibt Neuigkeiten über deine Mutter.*

Erneut beschleunigte sich ihr Herzschlag. Was konnte er herausgefunden haben? Verdammt, jetzt hatte sie ganz vergessen, zu fragen, wo der Taxistand war. Ein Passant erklärte ihr, sie müsse in die nächste Querstraße einbiegen, die hoch zur Hauptstraße führte. Etwa dreihundert Meter weiter sah sie die Taxis.

Zehn Minuten später stieg sie vor der Sprachschule aus und ging hinein. Matteo saß hinter der Anmeldung. Als er Stella sah, sprang er sofort auf und kam hinter dem Tresen hervor.

„*Ciao,* Stella."

„*Ciao,* Matteo. Was gibt es für Neuigkeiten? Ich habe auch etwas herausgefunden."

„Ja? Dann erzähl du zuerst", forderte er sie auf.

Rasch berichtete sie von dem vergeblichen Vorzeigen des Fotos, wie sie schließlich auf den Juwelier gestoßen war, der den Anhänger angefertigt hatte und wie dieser sie auf den Namen *Bagni Colombo* auf dem Tretboot aufmerksam gemacht hatte. Hast du Zeit, mich zu dem Hotel zu begleiten?", fragte sie abschließend.

„Ja. Aber wir werden erst woandershin fahren.“ Er machte eine bedeutungsschwere Pause. „Ich habe herausgefunden, wo deine Mutter jetzt lebt.“

Kapitel 10

Alassio, Sommer 1986

„Giuli, wenn du hier fertig bist, will ich dich sofort in meinem Büro sprechen!" Giuliana, die gerade mit ihrem Kollegen Massimo im Speisesaal des Hotels das benutzte Frühstücksgeschirr der Gäste abräumte, zuckte unter dem scharfen Ton ihres Vaters zusammen.

„Oh je, das hört sich nicht gut an", raunte Massimo ihr zu. Giuliana verdrehte die Augen.

„Okay, *papà*. Gib mir noch zehn Minuten", rief sie. „Dann komme ich zu dir rüber." Sie hatte das Donnerwetter eigentlich schon am Morgen erwartet. Doch ihr Vater hatte die Wohnung bereits verlassen, als sie aus dem Bad gekommen war.

„In deiner Haut möchte ich jetzt nicht stecken." Massimo schüttelte grinsend den Kopf. „Was hast du wieder angestellt?"

„Ist bestimmt wegen gestern, weil ich den Langweiler Filippo alleingelassen habe", vermutete Giuliana und fegte mit einer kleinen Bürste die Krümel von einem der Tische. „Danke noch mal, dass du mir geholfen hast."

„Kein Problem. Ich hatte den Eindruck, dass dein Vater ihn sich gut als zukünftigen Schwiegersohn vorstellen könnte."

„Um Himmels willen!" Giuliana verzog angeekelt das Gesicht. „Nie im Leben, liebe gehe ich in ein Kloster."

„Er ist doch eine gute Partie", stellte Massimo fest.

„Das ist mir egal!“ Giuliana knallte die Bürste auf den Tisch. „Mir muss er gefallen und nicht meinem Vater.“

Eine Viertelstunde später betrat sie mit klopfendem Herzen das kleine Büro, das sich neben der Rezeption befand. Fabio saß hinter seinem Schreibtisch, auf dem wie üblich ein Durcheinander an Papieren und Prospekten herrschte. Dazwischen standen eine leere Espressotasse und ein Teller mit einem angebissenen Croissant. An der hinteren Wand hing ein Bild von Papst Johannes Paul II., gegenüber eine Luftaufnahme des Hotels.

„Du wolltest mich sprechen, *papà?*“, fragte Giuliana kleinlaut.

„Ja. Setz dich einen Moment!“, forderte Fabio sie auf. „Du hast mir noch gar nicht erzählt, was gestern mit Fiorangela los war. Ich hoffe, es war etwas, was deinen frühen unhöflichen Aufbruch rechtfertigt.“ Sein Blick schien sie zu durchbohren.

„Fio hatte Probleme mit ihrem Freund. Sie hat ihn mit einem anderen Mädchen erwischt und war völlig fertig“, erklärte Giuliana, ohne mit der Wimper zu zucken, und ließ sich auf dem Stuhl nieder, der vor dem Schreibtisch stand. „Sie konnte kaum noch aus den Augen gucken, so verquollen waren sie vom Weinen.“

„Du bist also gestern von hier aus direkt zu Fiorangela nach Hause gefahren?“

„Ja.“

„Und warst danach die ganze Zeit bei ihr?“

„Ja. Warum fragst du das, *papà?* Glaubst du mir nicht?“ Giuliana zog die Stirn in Falten.

„Nein, kein Wort glaube ich dir!“, donnerte Fabio und beugte sich nach vorn über die Schreibtischplatte. „Ich habe heute Morgen Fiorangelas Mutter auf dem Markt getroffen und sie nach ihrer Tochter gefragt."

Giuliana wurde blass.

„Fiorangela geht es hervorragend. Die beiden sind gesten den ganzen Tag zusammen am Strand gewesen."

Giuliana sah, wie die Ader an der Schläfe ihres Vaters zu pulsieren begann. Das tat sie immer, wenn er besonders wütend war.

„Warum hast du mich angelogen, Giuliana? Und vor allen Dingen, wo bist du gewesen?" Sein Blick flackerte.

„Es tut mir leid, aber ich konnte das Gerede von Filippo nicht mehr ertragen." Sie leckte sich nervös über die Lippen. „Da habe ich Massimo gebeten, zu sagen, dass Fiorangela angerufen hätte, damit ich gehen konnte."

„Mit Massimo werde ich auch noch ein Wörtchen reden", fauchte Fabio.

„Bitte *papà,* halte Massimo da raus!", flehte Giuliana. „Er kann nichts dafür. Er wollte mir nur einen Gefallen tun."

„Da du offensichtlich nicht bei deiner Freundin warst, wo hast du dich dann bis spät in die Nacht herumgetrieben? Ich habe genau gehört, wann du nach Hause gekommen bist."

„Ich habe mich nicht herumgetrieben. Ich war schwimmen, und habe mit einer alten Schulfreundin eine Pizza gegessen." Giuliana sah ihrem Vater trotzig ins Gesicht.

„Ich weiß nicht, ob ich dir das glauben soll. Oder hast du dich etwa wieder mit diesem Deutschen getroffen?"

„Nein, habe ich nicht", beteuerte Giuliana. „Das hast du mir ja verboten."

„Die nächsten Abende bleibst du auf jeden Fall zu Hause", bestimmte Fabio. „Dann hast du genug Zeit, zu überlegen, ob du deine Eltern weiterhin anlügen willst."

„Bitte, *papà!* Es tut mir leid! Es war doch nur eine Notlüge, weil ich mich so gelangweilt habe."

„Das ist mir egal! Ich hasse es, wenn man mich anlügt." Fabio klang immer noch verärgert.

„Aber am Mittwochabend ist das Konzert von Vasco Rossi. Da freue ich mich schon so lange drauf." Giuliana war den Tränen nah.

„Wir werden sehen. Bis Mittwoch bleibst du auf jeden Fall nach deiner Abendschicht oben in der Wohnung und damit basta!"

„Das ist nicht fair." Giuliana sprang auf. „Ich bin doch kein kleines Kind mehr. Im nächsten Jahr werde ich achtzehn."

„Dann benimm dich auch so!"

Giuliana warf ihrem Vater einen letzten aufgebrachten Blick zu, bevor sie, ohne ein weiteres Wort zu verlieren, das Büro verließ. So ein dummer Zufall! Warum musste ihr Vater auch ausgerechnet Fiorangelas Mutter treffen? Sonst wäre ihre kleine Schwindelei bestimmt nicht aufgeflogen. Für den Abend hatte sie sich mit Robert in der Pizzeria verabredet, in der sie bei ihrem ersten Treffen gegessen hatten. Wie sollte sie ihn nun vorher erreichen? Er hatte ihr gesagt, dass er tagsüber in einen der Nachbarorte zum Surfen fahren wollte. Ihr blieb nichts anderes übrig, als mit Fiorangela zu sprechen und sie zu bitten, am Abend in die Pizzeria zu gehen und Robert zu erzählen, dass Fabio sie für die nächsten zwei Tage zu Stubenarrest verdonnert hatte. Das Vasco-Rossi-Konzert in Pietra Ligure würde sie sich aber auf keinen Fall verbieten lassen. Es war ihr sogar gelungen, noch eine Eintrittskarte für Robert zu organisieren, obwohl das Konzert bereits seit Wochen ausverkauft war.

Nach der Mittagsschicht fuhr Giuliana auf ihrer Vespa hinüber ins *budello*, wo Fiorangela in einer Boutique arbeitete. Als Giuliana den Laden betrat, packte Fio gerade Kartons mit neu eingetroffener Ware aus. Sie trug eine Jeans und ein schwarzes T-Shirt mit dem Logo der Boutique. Ihre dunkelblonden, langen Haare hatte sie zu einem Pferdeschwanz hochgebunden.

„*Ciao, bella.*“ Erfreut begrüßte sie Giuliana mit zwei Wangenküssen. „Was machst du für ein Gesicht, *cara*? Ist irgendwas passiert?“

„Das kann man wohl sagen.“ Giuliana hob die rechte Augenbraue. „Hast du zehn Minuten Zeit, um zu reden?“

„Klar. Wollen wir nebenan etwas trinken?“ Glücklicherweise war Annalia, Fiorangelas Chefin, großzügig und erlaubte ihr, sich mit Giuliana für einen Moment in das benachbarte Café zu setzen. Sie bat sie lediglich, ihr einen *caffè* und ein Brioche mitzubringen.

Die beiden Freundinnen nahmen an einem der freien Tische Platz und bestellten sich eine Cola. Während sie auf die Getränke warteten, erzählte Giuliana Fiorangela, was vorgefallen war.

„*Santo cielo.* Das ist wirklich blöd gelaufen. Hoffentlich bekommt der arme Massimo nicht auch noch Ärger mit deinem Vater“, befürchtete Fiorangela, die schon seit Langem heimlich für den gut aussehenden Hotelkellner schwärmte.

„Nein. Ich habe meinem Vater gesagt, dass es meine Idee war und Massimo mir nur einen Gefallen tun wollte“, beruhigte Giuliana ihre Freundin. „Jetzt habe ich aber noch ein Problem, Fio. Ich bin heute Abend mit Robert in Giovannis Pizzeria verabredet. Könntest du bitte hingehen und ihm erklären, warum ich nicht kommen kann?“

„Klar. Mache ich! Für wie viel Uhr habt ihr euch verabredet?"

„Gegen zehn, nach meiner Arbeit." Giuliana nahm einen Schluck aus dem Colaglas, das die Kellnerin inzwischen gebracht hatte.

„Okay. Ich werde da sein."

„Du bist ein Schatz!" Giuliana schickte Fiorangela einen Luftkuss. „Dann wollte ich dich noch fragen, ob ich meinen Eltern sagen kann, dass ich am Mittwochabend nach dem Konzert bei dir schlafe?"

Fiorangela grinste. „Ich ahne, wo du in Wirklichkeit schlafen wirst. Bist du dir sicher?"

„Ich will nur für den Fall der Fälle vorbereitet sein", sagte Giuliana.

„Und was ist, wenn dein Vater nachts bei uns anruft, um dich zu kontrollieren?"

„Das wird er nicht. Ich werde bis Mittwoch die liebste Tochter der Welt sein", verkündete Giuliana lachend.

„Okay. Aber wenn es auffliegt, kann ich nichts dafür." Fiorangela machte eine abwehrende Handbewegung.

„Ich hab dich lieb!" Giuliana umarmte ihre Freundin und drückte ihr einen Kuss auf die Wange. „Du weißt hoffentlich, dass ich das auch jederzeit für dich tun würde."

„Klar. Vielleicht könntest du bei Gelegenheit Massimo zustecken, was für eine nette, gut aussehende Freundin du hast, die außerdem Single ist."

„Hey, bist du etwa in Massimo verknallt?", fragte Giuliana.

„Quatsch", wehrte Fiorangela sofort ab, konnte jedoch nicht verhindern, dass sie rot wurde.

„Na klar bist du in ihn verliebt." Giuliana zeigte lachend auf Fiorangela. „Warum hast du mir das nicht schon vorher erzählt?"

„Ich finde ihn bloß nett, das ist alles."

„Ach, und warum wirst du dann so rot wie eine überreife Tomate?" Giuliana konnte nicht aufhören zu grinsen. „Ich werde testen, wie er dich findet."

„Das wäre toll. Ich sollte jetzt wieder rübergehen, bevor Annalia eine Vermisstenanzeige aufgibt." Fiorangela stand auf und trank den Rest ihrer Cola aus.

„Ja, mach das! Ich besorge schnell den Kaffee und das Brioche für deine Chefin."

Zehn Minuten später machte sich Giuliana wieder auf den Rückweg zum Hotel. Ihr blieb noch eine halbe Stunde, um zu duschen, bevor sie ihre nächste Schicht antreten musste.

Mit klopfendem Herzen stieg Giuliana am Mittwochabend in den hellblauen VW-Bus ein, den Robert sicherheitshalber zwei Querstraßen vom Hotel entfernt geparkt hatte. Sie trug eine ausgefranste, kurze Jeansshorts, weiße Superga-Turnschuhe und ein schwarzes T-Shirt mit einem Vasco-Rossi-Aufdruck, das sie in der Taille geknotet hatte, sodass ihr gebräunter Bauch hervorblitzte. Sie legte ihre beigefarbene Mandarina-Duck-Tasche in den Fußraum und schlang übermütig ihre Arme um Roberts Hals.

„Ich habe bis zur letzten Minute gezittert, ob mein Vater mich gehen lässt", sagte Giuliana und gab Robert einen Kuss. „Aber jetzt ist alles okay. Meine Eltern glauben, ich schlafe heute Nacht bei Fiorangela." Sie zwinkerte Robert verschwörerisch zu und musste innerlich lachen bei dem Gedanken daran, wie Fiorangela am Morgen bei Fabio angerufen und sich als ihre Mutter ausgegeben hatte. Zum Glück konnte man ihre Stimmen kaum auseinanderhalten, sodass

Giulianas Vater nichts gemerkt hatte und nun glaubte, er hätte mit Dina gesprochen.

„Heißt das, du übernachtest bei mir im Bus?“, fragte Robert und strich Giuliana eine Locke aus dem Gesicht.

„Wer weiß?“ Sie grinste spitzbübisch. „Jetzt müssen wir aber los, in einer Stunde beginnt der Einlass. Fiorangela und die anderen, die du schon auf ihrer Fete kennengelernt hast, treffen wir vor dem Stadion.“

Robert startete den Bus und manövrierte ihn aus der Parklücke heraus. Ein Vespafahrer fuhr laut hupend an ihnen vorbei.

Giuliana griff nach ihrer Tasche und zog eine Kassette heraus. „Damit können wir uns schon auf nachher einstimmen.“ Sie legte die Kassette ein und drückte auf ‚Play‘.

Sofort ertönte Vasco Rossis rockige Stimme aus den Lautsprechern, und Giuliana begann lauthals mitzusingen. Sie drehte die Seitenscheibe hinunter und lachte, als der Wind ihre Locken durcheinanderwirbelte. Lange hatte sie sich nicht mehr so frei und glücklich gefühlt.

Kapitel 11

Alassio, 2020

„Wie, du weißt, wo meine Mutter ist?“ Stella riss vor Erstaunen die Augen weit auf.

„Setz dich erst mal hin! Dann erzähle ich dir, was ich herausgefunden habe“, forderte Matteo sie auf und wies auf das dunkelblaue Sofa, das unter dem Fenster stand. „Also, ich habe vorhin noch mal die Namen deiner Verwandten bei Google eingegeben.“ Matteo nahm neben ihr Platz.

„Und?“ Giuliana biss sich vor Nervosität auf die Lippen.

„Zuerst habe ich nichts gefunden, aber dann bin ich auf einen Artikel bei Savonanews.it gestoßen. Der ist allerdings schon drei Jahre alt.“ Er machte eine kurze Pause. „Und jetzt halt dich fest! Da steht, dass Filippo Rossi, der Eigentümer des Landhotels „*I Tre Olivi*“, vor drei Jahren bei einem Verkehrsunfall ums Leben gekommen ist und dass seine Witwe, Giuliana Colombo, Tochter der Besitzer des Hotels Colombo in Alassio, das Landhotel in Arnasco weiterführen wird.“

Giuliana stieß geräuschvoll den Atem aus. „Filippo ist tot?“ Auch wenn sie zurzeit nicht sicher sein konnte, ob nicht vielleicht er ihr leiblicher Vater war, empfand sie keine Trauer. „Das wird alles immer komplizierter. Wo liegt dieses Arnasco? Habe ich noch nie gehört.“

„Das ist ein kleiner Ort in den Bergen oberhalb von Albenga“, erklärte Matteo. „Die Gegend ist durch den Olivenanbau bekannt.“

„Kannst du mir den Bericht ausdrucken?“, fragte Giuliana, „Ich würde ihn gern selbst lesen.“

„Klar.“ Matteo stand auf und ging in den Nebenraum. Kurz darauf kam er zurück und reichte Giuliana einen Bogen Papier.

„Also hatte der Juwelier recht mit seinem Tipp, dass meine Mutter irgendetwas mit dem Hotel Colombo zu tun haben könnte. Hier steht sogar, dass sie die Tochter der Besitzer ist.“ Giuliana ließ das Blatt auf ihren Schoß sinken. „Wir sollten auf jeden Fall erst einmal dorthin gehen und das Foto meiner Mutter zeigen und später nach Arnasco fahren. Oh, sorry, ich sage wir. Ich weiß natürlich nicht, ob du Zeit und Lust hättest, mich zu begleiten.“

„Lust auf jeden Fall. Zeit ist ein anderes Thema.“ Matteo lächelte und schaute auf sein Handy. „Ich hätte jetzt ein Stündchen Zeit, um dich ins Hotel Colombo zu begleiten. Am späten Nachmittag muss ich noch mal arbeiten. Morgen habe ich frei, da gibt mein Kompagnon die Kurse, das heißt, wir könnten nach dem Frühstück hoch nach Arnasco fahren.“

„Das hört sich gut an. So machen wir es.“ Stella war die Erleichterung anzumerken. Sie war froh, dass Matteo sie begleiten würde. „Weißt du, wo das Hotel Colombo ist?“

„Ungefähr. Ich glaube, es liegt irgendwo an der Strandpromenade. Warte kurz, ich google.“ Er stand auf und ging erneut in den Nebenraum, wo er den Namen des Hotels in seinen Computer eingab.

„Okay. Jetzt weiß ich, wo es ist“, sagte er kurz darauf. „Es liegt am Ende der Strandpromenade in Richtung Albenga. Wir können mit meinem Auto hinfahren. Es steht vor der Tür.“

„Nicht mit dem Motorrad?“, fragte Stella enttäuscht.

„Wenn du möchtest, nehmen wir morgen früh die Harley. Jetzt geht es schneller mit dem Auto. Sonst müsstest du erst zurück in die Pension, um deinen Helm zu holen. Ich habe aber nicht so viel Zeit."

„Ach so, kein Problem. Fahren wir mit dem Auto!"

Zehn Minuten später erreichten sie das Hotel. Sie brauchten eine Weile, bis Matteo den blauen Alfa Romeo endlich in eine freie Lücke eingeparkt hatte.

„Dieser Ort ist eine Katastrophe im Sommer", fluchte er. „Hoffnungslos überlaufen."

Das Hotel Colombo war ein mehrstöckiges Gebäude mit einem hellgelben Anstrich. Vor den Fenstern, die mit dunkelgrünen Schlagläden versehen waren, befanden sich schmiedeeiserne Balkone, auf denen jeweils ein Tisch und zwei Stühle standen. Zwei riesige Terracottakübel mit rot blühenden Oleanderbüschen schmückten den Haupteingang. In der Eingangshalle waren Fußboden und Empfangstresen aus hellem Marmor, eine mannshohe Fächerpalme gab dem Ganzen einen grünen Farbtupfer.

An der Rezeption saß ein junger Mann, der sofort fragte, wie er ihnen behilflich sein könnte, als er Stella und Matteo erblickte.

„Ich würde gern einen Moment mit den Besitzern des Hotels sprechen", sagte Stella und strich zum wiederholten Mal ihr Kleid glatt.

„*Signor* Colombo und seine Frau sind leider zurzeit nicht da", erklärte der Angestellte. „Sie kommen erst am Wochenende wieder. Kann ich Ihnen weiterhelfen?"

„Hat *signor* Colombo eine Tochter, die Giuliana heißt?", fragte Stella.

„Ja. Aber sie arbeitet nicht hier im Hotel."

Stella zog das Foto aus der Tasche und schob es über den Tresen.

„Ich weiß, dass Sie, als dieses Bild aufgenommen wurde, noch nicht geboren waren. Aber könnten Sie trotzdem einmal einen Blick drauf werfen und mir sagen, ob die junge Frau hier", sie zeigte auf ihre Mutter, „vielleicht Giuliana Colombo sein könnte?"

Der Rezeptionist nahm das Foto in die Hand, betrachtete es eingehend und schüttelte dann den Kopf.

„Ich kann es nicht sagen. Ich habe *signora* Giuliana zwei- oder dreimal gesehen, da ich erst seit dem Frühjahr hier im Hotel arbeite. Tut mir leid!"

„Ich verstehe." Stella seufzte und nahm das Foto zurück.

„Gibt es im Hotel vielleicht einen Angestellten, der schon seit den Achtzigerjahren hier arbeitet?", mischte sich nun Matteo ein.

„Mm, lassen Sie mich mal überlegen!" Der junge Mann blickte nachdenklich auf seine Schreibunterlage. „Ja, ich glaube, Massimo, einer der Kellner, ist schon sehr lange hier", fiel ihm kurz darauf ein.

„Könnten wir kurz mit ihm sprechen?", bat Stella und zupfte erneut an ihrem Kleid herum.

„Ich denke schon. Er müsste noch im Speisesaal sein und die Tische für das Abendessen eindecken. Der Speisesaal befindet sich dort hinten, neben dem Aufzug."

„Vielen Dank. Das ist sehr freundlich von Ihnen", bedankte sich Stella.

Sie gingen in die angedeutete Richtung und betraten den hellen Raum, durch dessen bis zum Boden reichende Fenster man das Meer sehen konnte.

„*Scusi signori*, die Mittagsküche ist bereits geschlossen.“ Ein junger Mann, der eine bodenlange schwarze Schürze trug, kam auf sie zu und hob in einer entschuldigenden Geste die Hände.

„Wir wollen nicht essen“, erklärte Stella. „Wir suchen jemanden namens Massimo, der hier arbeiten soll.“

„Der ist dort hinten. Massimo, komm mal her. Dein Typ wird verlangt“, rief der Kellner.

Ein hochgewachsener Mittfünfziger kam zu ihnen herübergelaufen. Er trug ebenfalls eine schwarze Schürze. Seine kurz geschnittenen Haare waren wie sein Bart grauschwarz meliert.

„*Buongiorno, signori.* Möchten Sie einen Tisch reservieren? Unser Restaurant öffnet wieder um neunzehn Uhr.“

„Wir haben nur eine Frage.“ Stella holte erneut das Foto aus ihrer Tasche und zeigte es Massimo. „Erkennen Sie die Frau auf dem Bild? Es muss so Mitte der Achtziger am Hotelstrand aufgenommen worden sein.“

Massimo setzte sich die Brille, die an einer Kette um seinen Hals baumelte, auf die Nase und betrachtete das Foto. Stella ließ ihn nicht aus den Augen und knabberte nervös an ihrem Daumennagel.

„Das ist Giuliana Colombo“, sagte er schließlich. „Die Tochter der Besitzer. Mein Gott, war sie da noch jung.“ Lächelnd gab er Stella das Bild zurück. „Ich glaube, der junge Mann neben ihr war dieser Deutsche, mit dem sie in dem Sommer damals zusammen war. Sie mussten sich immer heimlich treffen, weil Giulianas Eltern das nicht wollten.“ Er hob die Achseln.

Stella spürte, wie sich die Härchen in ihrem Nacken aufrichteten.

„Kennen Sie Giuliana?“, fragte Massimo.

„Nein, nicht persönlich“, erklärte Stella rasch. „Sie ist die Freundin einer Bekannten.“ Sie bemerkte, wie Matteo sie erstaunt anblickte und die Stirn in Falten zog.

„Wissen Sie, wo sie gerade ist?“

„Sie lebt oben in Arnasco und leitet das Landhotel ihres verstorbenen Ehemannes. Ich habe sie länger nicht gesehen. Es tut mir leid.“ Massimo berührte Stellas Arm. „Aber ich muss weiterarbeiten.“

„Natürlich. Wir wollen Sie nicht länger aufhalten. Danke für die Auskunft.“ Stella lächelte dem Kellner noch einmal freundlich zu, bevor dieser fortfuhr, die Tische neu einzudecken.

„Warum hast du nicht gesagt, dass sie deine Mutter ist?“, fragte Matteo kurz darauf, als sie wieder vor dem Hotel standen.

„Ich weiß es nicht.“ Stella hob die Schultern. „Ich habe es irgendwie nicht über die Lippen gebracht. Erst muss ich herausfinden, was damals geschehen ist. Aber anscheinend waren meine Mutter und mein Vater eine Zeit lang zusammen.“

Matteo nickte zustimmend. „Mal sehen, was deine Mutter morgen sagen wird, wenn du vor ihr stehst.“

„Das frage ich mich auch. Bestimmt mache ich heute Nacht vor Aufregung kein Auge zu.“

„Wenn du Lust hast, können wir nachher zusammen essen gehen“, schlug Matteo vor, während sie zurück zu seinem Auto gingen.

„Oh ja, gern“, stimmte Stella begeistert zu. „Aber diesmal lade ich dich ein.“

„Wenn du unbedingt willst. Ich habe nichts dagegen.“ Er grinste und drückte auf die Fernbedienung, um das Auto zu öffnen. „Ich hole dich gegen acht an der Pension ab.“

Während Matteo seinen Sprachkurs gab, beschloss Stella, durch den Ort zu spazieren, bevor sie sich für den Abend zurechtmachen würde. Als Erstes schaute sie sich die *muretto di Alassio* an. An der lang gezogenen, den Stadtpark begrenzenden Mauer, die sich gegenüber dem bekannten Caffè Roma befand, waren Hunderte von bunten Fliesen mit den Namenszügen von berühmten Persönlichkeiten angebracht. Stella hatte im Internet gelesen, dass die erste Fliese mit der Unterschrift von Ernest Hemmingway in den Fünfzigern dort befestigt worden war.

Sie schlenderte an der Mauer entlang und entdeckte Namen wie Adriano Celentano, Michelle Hunziker, Antonello Venditti, Louis Armstrong und Woody Allen. All diese Stars waren irgendwann einmal Gast im Caffè Roma gewesen, Grund genug für Stella, dort ebenfalls einen Kaffee zu trinken. Sie setzte sich an einen der Terrassentische, bestellte einen Latte macchiato und beobachtete die Leute, die vorbeigingen. Zumeist waren es Familien, die vom Strand zurückkamen und mit Badetaschen und Gummitieren bepackt waren.

Stella freute sich auf den Abend mit Matteo. Mit einem Mal fiel ihr auf, dass sie den ganzen Tag über noch nicht an Jonas gedacht hatte. Rasch holte sie ihr Handy aus der Tasche und schickte ihm eine Sprachnachricht, in der sie ihm kurz berichtete, was sie bis jetzt herausgefunden hatte. Wahrscheinlich würde er sie nur wieder auffordern, die Vergangenheit ruhen zu lassen, nach Hause zu kommen und mit den Hochzeitsvorbereitungen zu beginnen. Aber wollte sie überhaupt noch seine Frau werden? Wenn Jonas sie in diesem Augenblick erneut bäte, ihn zu heiraten, war sie sich nicht sicher, ob sie auch dieses Mal zugestimmt hätte. Natürlich liebte sie ihn, aber sie war sich auch darüber im Klaren, was für ein Leben sie an seiner Seite führen würde, ein Leben, das überwiegend auf seine eigenen Bedürfnisse zugeschnitten wäre.

Als sie den Kaffee bezahlt hatte, schlenderte sie zurück in Richtung Pension. Dabei kam sie an einem leerstehenden Ladenlokal vorbei. Im Schaufenster hing ein Schild, auf dem *affittasi* – zu vermieten – stand. An der hellgrünen Fassade des zweistöckigen Gebäudes rankte ein Efeu bis unter das Dach. Stella presste ihre Stirn gegen die Scheibe und blickte ins Innere des Ladens. Der Raum war großzügig geschnitten. An der hinteren Wand befand sich eine Glastür, es sah so aus, als ob sie in einen begrünten Innenhof führte. Mitten im Lokal standen eine Leiter und mehrere Farbeimer, der Boden entlang der Wände war mit Zeitungspapier ausgelegt. Unverzüglich begann Stellas Fantasie zu arbeiten. Sie stellte sich vor, wie es wäre, hier ein zweites Schmökercafé aufzumachen, sah bereits im Geiste, wo der beste Platz für die Kaffeetheke wäre und wie sie Sitzecken und Bücherregale anordnen würde. Obwohl sie wusste, dass es lediglich Träumereien waren, wollte sie sich trotzdem das Innere des Ladens anschauen. Forsch drückte sie die Klinke hinunter, doch die Eingangstür war verschlossen.

„Kann ich Ihnen helfen?“, erklang eine Stimme hinter ihr, und als sie sich umdrehte, blickte sie in das aufgeschlossene Gesicht einer jungen Frau, die ungefähr Stellas Alter haben musste. Sie trug ein hellblaues Bandana, das die

Farbe ihre Augen widerspiegelte und unter dem ein paar widerspenstige, dunkle Locken hervorlugten, ein schwarzes T-Shirt und kurze ausgefranste Jeansshorts. Auf dem Shirt und ihren blauen Chucks erkannte Stella helle Farbspritzer.

„Ich habe das Schild gesehen. Kann ich den Laden mal von innen sehen?“, fragte Stella.

„Aber sicher. Mein Name ist Tonina. Ich bin die Besitzerin.“

„Stella“, stellte auch sie sich vor und reichte der Frau die Hand.

„Schöner Name.“ Tonina lächelte und zog ein Schlüsselbund aus der Jeanstasche. Es dauerte eine Weile, bis sie den richtigen Schlüssel gefunden hatte und aufschloss. Ein Geruch nach frischer Farbe schlug ihnen entgegen.

„Meine Mieter sind leider pleitegegangen“, erzählte Tonina. „Bevor ich es wieder neu vermiete, wollte ich noch ein paar Renovierungsarbeiten durchführen. Was für ein Geschäft schwebt Ihnen vor?“

„Ich habe in Deutschland eine Art Literaturcafé. Das heißt, ich verbinde die Welt der Literatur mit der Gastronomie“, erklärte Stella. „In meinem Café gibt es außer gemütlichen Sitzecken Regale mit Büchern. Meine Gäste können dort lesen, während sie etwas verzehren, oder aber die Bücher ausleihen. Ja, und ab und zu organisiere ich Lesungen. Es waren schon einige bekannte Schriftsteller bei mir zu Gast, die ihre Neuerscheinungen vorgestellt haben.“

„Wow, das hört sich interessant an.“ Tonina klatschte begeistert in die Hände. „So etwas gibt es hier nicht.“

„Das Lokal wäre ideal dafür. Ist das dort drüben ein Innenhof?“ Stella zeigte in Richtung der Glastür.

„Ja.“ Tonina öffnete die Tür und ließ Stella den Vortritt.

Auch hier waren die Wände mit Efeuranken bewachsen. Große Blumenkübel mit Jasmin und Oleander standen in den Ecken.

„Das ist toll. Hier würden mindestens sechs Bistrotische hinpassen“, kalkulierte Stella. „Wenn ich nicht zurück nach Deutschland müsste, könnten wir sofort ins Geschäft kommen.“

„Bist du hier in Urlaub? Sorry, ich meinte, sind Sie hier in Urlaub?“

„Wir können ruhig beim Du bleiben“, schlug Stella vor. „Ich schätze mal, wir sind ungefähr gleich alt.“

„Dreiunddreißig“, sagte Tonina.

„Ich auch.“ Stella lächelte erfreut. „Um auf deine Frage zurückzukommen: Es sind nicht direkt Ferien. Ich habe eine Familienangelegenheit zu regeln.“

„Ich schreibe dir meine Telefonnummer auf, falls du es dir irgendwann anders überlegen solltest und hier in Alassio ein Literaturcafé aufmachen willst.“ Sie riss ein Blatt Papier von einem Block ab, der neben einem Kugelschreiber auf einem alten, von Farbspritzern übersäten Tisch lag. „Hier, bitte schön!“ Sie reichte Stella den Zettel. „Und wenn du Lust auf einen Kaffee hast, solange du noch hier bist, kannst du mich auch gern anrufen.“

„Das mache ich. Und viel Glück bei der Suche nach einem Mieter“, wünschte sie Tonina. „Bestimmt wirst du schnell jemanden finden.“

„Das hoffe ich! *Ciao,* Stella. War nett, dich kennengelernt zu haben.“

„Ja. Hat mich auch gefreut. *Ciao.*“ Stella winkte Tonina noch einmal zu, bevor sie das Lokal verließ.

Draußen schaute sie auf ihre Uhr. Es war bereits kurz vor

sieben, ihr blieb nur noch eine Stunde, um sich für das Essen mit Matteo zurechtzumachen.

Als sie zwanzig Minuten später unter der Dusche stand, musste sie noch einmal an die Begegnung mit Tonina denken. Die junge Frau war ihr auf Anhieb sympathisch gewesen. So jemanden hätte sie gern zur Freundin gehabt. Schade, dass sie bald wieder zurück nach Köln musste.

Kapitel 12

Kurz vor acht ging Stella hinunter in die Rezeption. Matteos Onkel saß hinter dem Tresen und las den *Corriere dello sport*. Als Stella ihn begrüßte, schaute er auf.

„*Buonasera, Stella, lei è bellissima.* Sie sehen ganz bezaubernd aus."

„Danke", freute sie sich über das Kompliment. Sie trug ein türkisfarbenes Kleid, das am Oberkörper wie ein eng anliegendes Mieder geschnitten war und dann in luftigen Stoffbahnen ihre Beine umspielte. Die dunklen Locken fielen ihr glänzend bis über die Schultern. Sie hatte ein leichtes Make-up aufgelegt und ein wenig von ihrem Lieblingsparfüm ins Haar gesprüht.

„Gehen Sie aus?", fragte Michele.

„Ja, ich treffe mich mit Ihrem Neffen zum Essen. Er holt mich gleich ab. Ah, da ist er ja." Stella zeigte auf Matteo, der gerade zur Tür hereinkam. Er sah fantastisch aus in seiner hellen Destroyed Jeans und dem weißen Leinenhemd, dessen oberste drei Knöpfe aufstanden und ein Stück seiner gebräunten Brust entblößten. Seine Haare hatte er zu einem halben Pferdeschwanz im Nacken zusammengebunden.

„*Ciao,* Matteo. Ich hoffe, du führst diese junge Dame in ein ordentliches Restaurant aus." Michele hob mahnend den Zeigefinger.

„Klar, *zio*. Nur das Beste ist gut genug für Stella. Zumal ich heute Abend nicht zahlen muss." Er grinste und zwinkerte Stella zu.

Diese grinste zurück und knuffte Matteo in die Seite.

„*Andiamo*! Gehen wir!“ Matteo griff nach Stellas Hand und zog sie hinter sich her.

„*Ciao,* Michele“, gelang es ihr gerade noch, sich zu verabschieden.

Sie aßen in einem schicken Fischrestaurant unten am Meer, gegenüber dem alten Sarazenenturm. Wie versprochen ließ es sich Stella nicht nehmen, die Rechnung zu bezahlen, obwohl Matteo unbedingt die Hälfte dazugeben wollte.

„Hast du Lust auf einen kleinen Spaziergang?“, fragte er, als sie das Restaurant wieder verlassen hatten. „Ich würde dir gern die *Cappelletta* zeigen. Sie liegt am Ende der Bucht, über dem Jachthafen.“

„Ja, gern, etwas Bewegung nach dem Essen wäre nicht schlecht“, stimmte Stella lächelnd zu.

Sie liefen die *Passeggiata Cadorna* entlang, vorbei an überfüllten Restaurants und Eisdielen. An den Stränden hatten die Bademeister bereits den Sand gesäubert und geharkt. Liegen und Sonnenschirme standen wieder wie ein Soldatenheer in Reih und Glied. Wie selbstverständlich griff Matteo nach Stellas Hand.

„Erzähl mir ein bisschen von dir! Was machst du in Köln?“

„Ich habe ein Café.“ Rasch erklärte sie ihm die Besonderheiten des Schmökercafés.

„Leider muss ich zu meiner Schande gestehen, dass ich nur die WhatsApp-Nachrichten auf meinem Handy lese. Nein. Das stimmt nicht ganz!“ Er blieb ruckartig stehen. „Natürlich lese ich die Sprachbücher meiner Kurse. Was ich damit sagen wollte: Ich bin kein Romanleser. Lieber schaue ich mir einen spannenden Film im Kino oder im Fernsehen an.“

„Das mache ich auch gern. Aber es geht nichts über ein

gutes Buch, eine gemütliche Couch, dazu einen Kaffee und einfach alles um sich herum vergessen", schwärmte Stella.

„Wenn ich abschalten will, dann setze ich mich auf die Harley und fahre hoch in die Berge."

„Auch nicht schlecht!", befand Stella.

„Lebst du allein in Köln?" Matteo blickte sie neugierig an.

Jetzt wird es interessant, dachte Stella. Was sollte sie antworten?

„Ja", sagte sie schließlich und das war nicht gelogen. Bis jetzt hatte sie ihre eigene Wohnung noch nicht aufgegeben.

„Dann bist du Single?", folgerte Matteo.

„Hm, so etwas Ähnliches." *Arrivederci* Himmel – *Buongiorno* Hölle.

„Was meinst du mit etwas Ähnliches?"

„Es gibt jemanden, den ich ab und zu sehe. Ist aber nichts Festes." Nun war ihr das ewige Fegefeuer auf jeden Fall sicher. Doch sie brachte es nicht über sich, Matteo zu erzählen, dass sie verlobt war. „Und du?", fügte sie rasch hinzu, um weiteren Fragen zu entgehen.

„Ich habe seit vielen Jahren eine On-off-Beziehung. Im Moment befinden wir uns gerade wieder in der Off-Phase." Matteo hob grinsend die Schultern. „Hört sich komplizierter an, als es ist. Schau, da vorn ist die *Cappelletta.*" Er zeigte auf ein beleuchtetes Steinhäuschen am Rand der Klippen. Davor stand ein schmiedeeisernes Kreuz. Ein schmaler Weg führte über die Klippen zu der Gedenkstätte der gefallenen Seeleute.

„Ist das schön", staunte Stella, als sie wenig später durch das offene Bogenfenster auf die hell erstrahlte Bucht von Alassio schauten. Unter ihnen schlugen die Wellen gegen die Felsen. In der Luft lag der würzige Duft nach Meer. „Wenn ich daran denke, dass ich bald wieder zurück nach Köln muss, könnte ich heulen." Stella seufzte.

„Dann bleib hier!" Matteo stand so dicht hinter ihr, dass sie seinen warmen Atem im Nacken spürte. „Ich würde mich freuen.

„Ach ja?" Stella drehte sich zu ihm um, und ehe sie sich versah, küsste Matteo sie auf den Mund. Es war ein sanfter Kuss, der nach dem Pfefferminzeis schmeckte, das er vorhin zum Nachtisch gegessen hatte.

„Sorry, das wollte ich schon die ganze Zeit über tun." Er strich ihr eine Locke aus dem Gesicht.

„Es war schön." Stella lächelte verlegen.

„Was wirst du tun, wenn du mit deiner Mutter gesprochen hast?", fragte Matteo. „Könntest du dir vorstellen, hier für immer zu leben?"

„Ich weiß nicht", überlegte sie. „Es ist nicht so, dass es mir nicht gefällt, aber in Köln ist mein Café, das mir sehr am Herzen liegt. Ich habe hart gearbeitet und jetzt läuft es endlich richtig gut.".

„Das verstehe ich", sagte Matteo. „Mit der Sprachschule ging es mir ähnlich. Eigentlich wollten meine Eltern, dass ich Bäcker werde und unsere *panetteria* übernehme. Aber ich habe mich durchgesetzt und das gelernt, was mir Spaß macht."

„Ich habe Fremdsprachenkorrespondentin gelernt und in einer großen Firma gearbeitet", erzählte Stella. „Als ich dann den Job verloren habe, wollte ich etwas komplett anderes machen. Ich bin ins kalte Wasser gesprungen und habe das Café eröffnet.

„Manchmal muss man im Leben Dinge tun, die niemand von einem erwarten würde", fand Matteo, zog sie erneut an sich und küssste sie noch einmal.

Sie blieben noch eine Weile Arm in Arm an der Brüstung stehen und blickten über das Meer, das im Mondlicht silbern schimmerte. Obwohl Stella sich wünschte, dass der Moment nie zu Ende ginge, plagte sie gleichzeitig das schlechte Gewissen Jonas gegenüber. Als eine italienische Großfamilie den Steinweg hinaufkam, beschlossen sie, sich auf den Rückweg zu Matteos Auto zu machen.

„Morgen früh um zehn?", fragte Matteo, nachdem sie wieder an der Pension angekommen waren.

„Ja", stimmte Stella zu. „Dann kann ich bis neun schlafen. Wenn ich überhaupt ein Auge zumachen werde."

„Wegen deiner Mutter oder wegen mir?" scherzte Matteo und grinste verschmitzt.

„Wer weiß?" Stella beugte sich hinüber, gab Matteo einen Kuss auf die Wange und stieg aus. „*Ciao*. Danke für den schönen Abend." Sie winkte ihm noch einmal zu, bevor sie die Eingangstür der Pension aufschloss.

Als sie wenig später in ihrem Zimmer im Bett lag, fuhren ihre Gedanken Achterbahn. Sie hatte den Abend mit Matteo und insbesondere seine Küsse genossen. Doch hatte sie das Recht dazu? Bedeutete dies nicht bereits, dass sie Jonas betrog? Sie hätte Matteo von Anfang an sagen müssen, dass sie verlobt war. Auf der anderen Seite waren es doch nur ein paar harmlose Küsse gewesen, nicht mehr und nicht weniger. Morgen würden sie zusammen nach Arnasco fahren, und wenn sie mit ihrer Mutter gesprochen hätte, würde sie sowieso bald nach Köln zurückkehren und Matteo nicht mehr wiedersehen. Doch warum verursachte dieser Gedanke ein Brennen in ihrer Herzgegend?

Als sie irgendwann einschlief, träumte sie, sie wäre bei ihrer Mutter in Arnasco. Sie standen vor dem Hotel, als

Matteo und Jonas auf sie zugerannt kamen und wie wild auf ihre Mutter einredeten. Jeder der beiden behauptete, dass Stella ihm gehöre, und als sie sich nicht einigen konnten, holte Giuliana ein langes Schwert, wie Mel Gibson es in dem Film *Braveheart* benutzt hatte, und sagte, dass sie ihre Tochter nun in zwei Hälften teilen würde, sodass jeder von ihnen eine Hälfte von Stella bekäme. Stella schrie und flehte ihre Mutter an, es nicht zu tun. Doch die lachte nur und hob das Schwert über ihren Kopf. In dem Moment, als es hinuntersauste, wachte Stella mit einem Schrei auf. Ihr Herz klopfte zum Zerspringen, und ihr T-Shirt war schweißnass. Es dauerte lange, bis sie endlich wieder einschlief.

Als Stella am nächsten Morgen wie gerädert aufwachte, half nur eine kalte Dusche, um ihre Lebensgeister zu wecken. Sie benötigte die doppelte Menge ihres Concealers, um die dunklen Augenringe abzudecken. Rasch schlüpfte sie in eine Jeans, Chucks und ein T-Shirt mit einem Glitzertotenkopf.

Pünktlich um zehn vernahm sie die Geräusche einer herannahenden Harley. Sie griff nach dem Helm, den sie auf dem kleinen Schreibpult abgelegt hatte, und lief nach unten. In der Zwischenzeit hatte sie mit Jonas gewhatsappt. Er hatte sie wieder einmal kurz abgefertigt mit der üblichen Entschuldigung, dass er einen Termin mit einem wichtigen Kunden hätte. Zumindest hatte er ihr Glück gewünscht und geschrieben, dass er sich am Anbend bei ihr melden würde.

Als Stella die Pension verließ, parkte Matteo seine Harley gerade vor dem Eingang. Er nahm den Helm ab und schüttelte seine halblangen Haare.

„*Buongiorno,* Stella. Bist du fit?“, fragte er gut gelaunt.

„Es geht. Ich habe nicht so gut geschlafen, habe nur wirres Zeug geträumt.“

„Du Arme! Das kann ich gut verstehen. Bringen wir es hinter uns?" Er lächelte ihr aufmunternd zu und klopfte auf den Beifahrersitz.

Stella nickte, stülpte sich den Helm über die Locken und stieg hinter Matteo auf die Maschine. Bei dem Gedanken daran, gleich ihrer Mutter gegenüberzustehen, überkam sie ein Kribbeln, wie sie es früher oft vor einer wichtigen Matheklausur gehabt hatte.

Kurz darauf fuhren sie auf der Küstenstraße in Richtung Albenga. Stella schlang die Arme um Matteos Taille. Trotz ihrer Nervosität genoss sie die Fahrt und den warmen Wind. Schon bald führte die Straße hinauf in die Berge. An manchen Stellen war sie bedenklich eng, und Stella klammerte sich an Matteo fest, wenn ihnen ein Auto entgegenkam.

Arnasco lag eingebettet in ein grünes Meer aus Pinien und Olivenbäumen. In der Ferne konnte man verschwommen Albenga und das Meer erkennen. Sie passierten als Erstes am Ortseingang eine alte Kirche, die von einigen Häusern umgeben war. Zwei alte Frauen standen vor dem Kirchenportal. Als die Harley vorbeidonnerte, unterbrachen sie ihr Gespräch und verfolgten Stella und Matteo mit neugierigen Blicken. Ein Trecker kam ihnen entgegen. Der Fahrer hupte und winkte ihnen zu.

Im Ortskern gab es eine weitere Kirche und einen kleinen Platz. Dort parkte Matteo das Motorrad und sie stiegen ab.

„Meine Güte, hier tobt das Leben", stellte Stella sarkastisch fest, nachdem sie den Helm abgenommen hatte. Bis auf zwei Katzen, die einander jagten, war die *Piazza* leer. Es gab nur ein einziges Geschäft, bei dem es sich offensichtlich um einen Laden handelte, in dem man die Olivenspezialitäten der Region kaufen konnte. Es lag neben dem Olivenmuseum.

„Am besten fragen wir in dem Geschäft, wo das Hotel ist", beschloss Stella und legte den Helm auf den Beifahrersitz.

Als sie den Laden betraten, klingelte eine kleine Glocke über der Tür. Der Raum war vollgestopft mit Regalen, in denen alles zu finden war, was auch nur im Entferntesten mit Oliven zu tun hatte: verschiedene Ölsorten, Gläser mit grünen, schwarzen und gefüllten Oliven, Olivenpaste, Olivenbrot, Gesichtscremes, Körperlotionen, Shampoos, Kochbücher, Broschüren über die Pflege und Ernte der Olivenbäume und sogar aus Olivenholz geschnitzte Kochbestecke. Auf einem Ständer hingen mit Olivenzweigen bedruckte Schürzen und Handtücher. In der Luft hing der würzige, etwas säuerliche Geruch nach eingelegten Oliven.

„*Buongiorno, signori. Sono Mario. Le posso aiutare?*" Der Kopf eines älteren, kahlköpfigen Mannes tauchte hinter der Kassentheke auf.

„Wir hoffen, Sie können uns helfen, Mario." Matteo lächelte ihn freundlich an. „Wir suchen das Hotel *I Tre Olivi*. Können Sie uns sagen, wie wir dorthin kommen?"

„Ah, *sì*. Das Hotel der Familie Rossi. Die arme Giuliana. Seit ihr Mann gestorben ist, muss sie alles allein machen. Was für eine Tragödie." Der Ladeninhaber schlug die Hände über dem Kopf zusammen. „Das Hotel liegt am Ende des Ortes. Sie müssen von der Hauptstraße links abbiegen und dann den Hinweisschildern folgen", erklärte er. „Wollen Sie dort Urlaub machen?"

„Vielleicht", sagte Stella rasch. „Wir möchten es uns erst einmal anschauen."

Mario griff hinter die Theke und holte ein Tablett hervor, auf dem kleine, mit einer schwarzen Paste bestrichene Brotscheiben lagen.

„Darf ich Ihnen eine Kostprobe unseres Olivenbrots mit der hausgemachten Olivenpaté anbieten?“

„Oh ja, danke.“ Matteo griff beherzt zu.

Um den Mann nicht zu beleidigen, nahm sich auch Stella ein Brot, obwohl ihre Kehle wie zugeschnürt war. Sie wollte die Begegnung mit ihrer Mutter endlich hinter sich bringen.

„Mm, das schmeckt toll“, lobte Matteo und nahm sich noch eine Scheibe.

„Wir können nachher wieder herkommen und etwas kaufen“, schlug Stella vor. „Jetzt möchte ich erst mal zum Hotel fahren.“

„Klar. Machen wir! Vielen Dank und vielleicht bis später.“ Matteo schob sich den letzten Bissen in den Mund und wischte sich die Finger an seiner Jeans ab.

Als sie wieder auf die *Piazza* hinaustraten, war die Harley von Jugendlichen umzingelt.

„Dürfen wir mal eine Runde mitfahren?“, rief einer der Jungen vorlaut.

„Ein anderes Mal“, vertröstete Matteo ihn. „Heute haben wir keine Zeit.“ Als er das Motorrad startete, sprangen die Kinder erschrocken zur Seite.

Ob ihre Schwester früher auch mit ihren Freunden auf der *Piazza* herumgehangen und sich gelangweilt hatte?, schoss es Stella durch den Kopf. Der Ort sah nicht so aus, als ob er viel Abwechslung böte. Bevor sie den Platz verließen, hupte Matteo kurz, und sie winkten den Jugendlichen noch einmal zu.

Am Ortsausgang entdeckten sie, wie Mario gesagt hatte, den Wegweiser und bogen links ab. Zu beiden Seiten entlang der Straße standen Olivenbäume, deren verknöcherte

Stämme ihr hohes Alter verrieten. Dann sahen sie das Eingangstor. An der Mauer war ein goldenes Schild befestigt, auf dem drei Olivenbäume und der Name des Hotels eingraviert waren. Stellas Herz schlug fest gegen ihre Rippen. Sie verspürte eine unbestimmte, noch ganz leise Furcht, die sich durch ein leichtes Ziehen im Magen und ein Kribbeln in den Handflächen bemerkbar machte und langsam stärker wurde.

Das Hotelgebäude lag im Schatten riesiger Platanen. Seine Fassade war mit Natursteinen verkleidet. Davor befand sich ein Parkplatz, auf dem drei Autos standen. Matteo stellte das Motorrad neben einem blauen Ford Fokus ab. Stellas Knie zitterten, als sie von der Harley abstieg. Ihre Hände waren trotz der Hitze eiskalt. Matteo schien zu bemerken, wie nervös sie war, nahm ihre Hand und drückte sie beruhigend. „Wird schon gutgehen!"

„Ja, das hoffe ich. Auf in den Kampf!" Stella holte tief Luft, zog ihren Pferdeschwanz noch einmal fest und strich ihr T-Shirt glatt. Dann ging sie auf den Eingang zu.

Der Rezeptionsbereich war in einem warmen Terracottaton gestrichen. An einer Seite stand eine alte Olivenpresse, gegenüber eine braune Ledercouch und zwei bequem aussehende Sessel. An den Wänden hingen Fotos, die den Weg der Oliven vom Zeitpunkt ihrer Ernte bis zur Verarbeitung zu Öl zeigten. Der Rezeptionstresen war ebenfalls mit Naturstein verkleidet. Dahinter saß ein junger Mann, der nun aufschaute und sie begrüßte.

„*Buongiorno, signori.* Was kann ich für Sie tun?"

Stella räusperte sich und trat näher. „Wir würden gern mit *signora* Colombo sprechen", sagte sie und bemühte sich, ihrer Stimme einen festen Klang zu geben.

„Wen darf ich bitte melden?“, fragte der Rezeptionist und lächelte sie freundlich an.

„Mein Name ist Stella. Ich bin ihre Tochter.“

Kapitel 13

Alassio, Sommer 1986

Das Stadion in Pietra Ligure war bis auf den letzten Platz gefüllt. Giuliana und Robert hatten sich mit Fiorangela, Stefano und den anderen aus der Clique in einer Bar in der Nähe getroffen und sich dann gemeinsam in die Schlange vor dem Eingang eingereiht. Nun standen sie dicht an dicht gedrängt ziemlich weit vorn auf dem Rasen vor der Bühne und fieberten dem Beginn des Konzerts entgegen. Giulianas Wangen waren vor Aufregung gerötet. Abwechselnd umarmte sie Fiorangela und Robert und küsste Letzteren auf den Mund.

„Auf diesen Moment freue ich mich schon das ganze Jahr. Vascos Konzerte sind der Hammer." Sie strahlte vor Glück.

„Ich hoffe, er ist besser als die Vorgruppe", brüllte Robert gegen E-Gitarren und Bassklänge an, die aus den neben der Bühne stehenden Lautsprechern dröhnten.

„Gar kein Vergleich", erklärte Stefano. „Kennst du etwa Vasco Rossi nicht?"

„Sorry, nein. Hab ich noch nicht gehört."

„Was sagst du?"

„Bei uns in Deutschland kennt ihn keiner", wiederholte Robert einige Dezibel lauter.

„Du hast echt noch nie *Siamo solo noi* gehört oder *Vita spericolata* oder *Colpa d'Alfredo?*", übertönte Stefano den Lärm.

Robert schüttelte den Kopf. „Bei uns sind mehr die englischen und amerikanischen Bands in. Ich mag zum Beispiel Genesis, Queen oder Dire Straits."

Stefano machte ein Daumen-hoch-Zeichen. Dann verstummte plötzlich die Musik und Applaus erklang. Kurz darauf verließ die Vorgruppe die Bühne, und zwei Minuten später kündigte ein ohrenbetäubendes Gekreische das Erscheinen des Rockstars und seiner Band an. Giuliana und Fiorangela hielten sich an den Händen, sprangen auf und ab und begannen unverzüglich den Text des ersten Liedes mitzusingen. Die nächsten beiden Stunden vergingen wie im Flug. Auch Robert ließ sich von der tosenden Stimmung mitreißen und grölte zumindest die Refrains der Lieder mit. Natürlich kam Vasco nicht umhin, noch einige Zugaben zu spielen. Auch nachdem er zum zweiten Mal *Ogni volta* und *Vivere* gesungen hatte, gab die Menge noch keine Ruhe.

„*Grazie gente. Siete stati fantastici.*" Er riss seine Kappe von den halblangen Haaren, zog das verschwitzte T-Shirt aus und warf beides ins Publikum. „*Ci vediamo presto.* Wir sehen uns", rief er, nahm seine Gitarre und verließ die Bühne. Obwohl die Zuschauer nicht aufhörten, lautstark seinen Namen zu rufen, kam er nicht wieder zurück. Giuliana klammerte sich an Robert fest, als sie von der Menschenmenge in Richtung Ausgang geschoben wurden.

„Das war toll", schwärmte Robert, nachdem sie wieder draußen waren. „Ich werde mir gleich morgen eine Platte von ihm kaufen. Nein, besser eine Kassette. Dann kann ich die Musik auch im Bus hören."

„Ich zeige dir in meiner Mittagspause, wo du eine bekommen kannst", schlug Giuliana vor.

„Perfekt. Und was machen wir jetzt? Wo sind die anderen?" Er blickte sich suchend um."

„Keine Ahnung." Giuliana zuckte mit den Achseln. Sie hatten sich im Gedränge der zum Ausgang strömenden

Menschenmasse verloren. „Macht nichts. Wir kennen ja den Weg nach Hause", scherzte sie. „Sollen wir uns eine Pizza holen und irgendwo am Meer anhalten?"

„Ja, das ist eine gute Idee."

In der Nähe des Stadions gab es einige Pizzerien. Allerdings waren sie nun nach Ende des Konzerts zum Bersten voll und daher entschieden Giuliana und Robert, irgendwo auf dem Nachhauseweg anzuhalten, um die Pizzas zu kaufen. Giuliana lotste Robert zu einem Lokal in Albenga, in dem sie schon oft gewesen war. Sie bestellten eine *Prosciutto e funghi*, eine *Quattro staggioni* und kauften noch zwei Flaschen Perroni-Bier.

Wenig später hielten sie an einer *spiaggia libera*, einem freien Strandabschnitt, an dem es weder Liegen noch Sonnenschirme gab. Robert holte eine Decke aus dem Bus, die sie auf dem Sand ausbreiteten. Er öffnete die Bierflaschen mit dem Öffner, der an seinem Taschenmesser befestigt war, und reichte eine davon Giuliana. Sie prosteten einander zu.

„Auf den schönen Abend, der hoffentlich noch lange nicht zu Ende ist." Robert blickte ihr tief in die Augen, bevor er sich zu ihr hinüberbeugte und sie küsste. Ein warmes Gefühl durchströmte sie.

Nachdem Robert die Pizzakartons geöffnet hatte, begannen sie zu essen, bis Giuliana irgendwann aufstöhnte und sich zurückfallen ließ.

„Ich kann nicht mehr. Ich platze gleich."

„Ich auch." Robert lachte. „Aber es war superlecker." Er klappte die Schachteln zu. „Den Rest gibt es morgen zum Frühstück."

Sie legten sich nebeneinander auf die Decke, blickten in den Sternenhimmel und lauschten dem Geräusch der seichten Wellen. Irgendwo zirpte eine Zikade.

„Freust du dich auf deine neue Stelle?“, fragte Giuliana.

„Ja, ich wollte schon immer Lehrer werden und mit Kindern arbeiten. Aber jetzt, wo ich dich kennengelernt habe und weiß, dass ich dich hier zurücklassen muss, würde ich am liebsten hierbleiben.“ Er drehte sich auf die Seite und stützte seinen Kopf mit dem Ellenbogen ab.

„Dann magst du gern Kinder, oder?“, fragte Giuliana weiter. „Möchtest du selbst auch mal welche haben?“

„Ja, mit der richtigen Partnerin auf jeden Fall. Und du?“ Er nahm ihre Hand und verflocht seine Finger mit den ihren.

„Ja, ich auch. Hast du eine Freundin in Deutschland?“

„Nein, das habe ich dir doch schon gesagt, sonst würde ich nicht mit dir hier liegen.“ Er ließ ihre Hand los und strich ihr eine Locke aus dem Gesicht. „Mir ist Treue sehr wichtig.“

„Mir auch.“ Giuliana seufzte. „Mein letzter Freund hat das leider anders gesehen. Er ist monatelang zweigleisig gefahren, bis ich es herausgefunden habe. Ich habe sofort Schluss gemacht.“

Robert legte den Zeigefinger auf Giulianas Lippen. „Pst. Das ist alles vorbei. Jetzt gibt es nur dich und mich.“ Er zog sie über sich und hauchte kleine Küsse von ihrer Stirn über ihren Nasenrücken bis hinunter zu ihren Lippen. Während sie nicht aufhörten, sich zu küssen, umrahmten Giulianas lange Locken ihre Gesichter wie ein glänzender Vorhang. Robert strich mit seinen Händen über ihren Rücken, verweilte einen Moment auf ihrem wohlgeformten Po und fuhr schließlich unter ihr T-Shirt, wo er den Verschluss ihres BHs öffnete. Als er ihre Brüste berührte, seufzte Giuliana auf.

„Komm, lass uns in meinen Bus gehen. Da stört uns keiner“, flüsterte er, als einige Jugendliche sich laut kreischend in der Nähe niederließen und anscheinend im Meer schwimmen wollten.

„Okay", stimmte Giuliana zu, ärgerte sich aber insgeheim, dass sie aus der romantischen Stimmung herausgerissen wurden. Im Bus zog Robert sie sogleich aufs Bett und fuhr fort, sie zu küssen. Seine Lippen trennten sich nur kurz von den ihren, als er ihr das T-Shirt über den Kopf zog. Giuliana streifte den bereits geöffneten BH und ihre Shorts ab und schaute zu, wie auch Robert sein Hemd und seine Jeans auszog. Er zog sie ganz nah zu sich heran und ließ seine geöffneten Lippen von Giulianas Mund zu der Kuhle unterhalb ihres Halses bis hinunter zu dem Tal ihrer Brüste wandern. Giuliana schloß die Augen und genoss das prickelnde Gefühl, das seine zärtlichen Berührungen in ihr hervorriefen. Auch sie streichelte ihn überall und stellte zufrieden fest, dass sein Atem bald schneller ging.

„Möchtest du es tun?", flüsterte ihr Robert irgendwann ins Ohr.

Giuliana nickte und schaute ihm dabei in die Augen. Vorsichtig drehte er sie auf den Rücken und schob sich über sie. „Ich liebe dich", formten seine Lippen, bevor er sie küsste.

Später lagen sie entspannt und glücklich nebeneinander. Robert fuhr mit seinen Fingern die Kontur ihres herzförmigen Mundes nach. „Ich glaube, ich kann nie wieder ohne dich sein."

Giuliana seufzte. „Was machen wir bloß, wenn der Sommer zu Ende ist?"

„Darüber will ich jetzt noch nicht nachdenken. Lass uns den Augenblick genießen!"

Giuliana nickte und wickelte eine seiner blonden Locken

um ihren Zeigefinger. „Ich muss morgen früh um acht Uhr im Hotel sein, da fängt meine Schicht an. Hast du einen Wecker?“, fragt sie. „Wenn ich zu spät bin, kommt mein Vater noch auf die Idee, bei Fiorangelas Mutter anzurufen.“

„Dein Vater ist ganz schön streng!“, stellte Robert fest.

„Er ist noch von der alten Schule und meint, dass mein erster Freund auch derjenige sein muss, den ich heirate.“ Sie zog die rechte Augenbraue hoch. „Ich habe viele Freundinnen, deren Väter genauso sind. Meine Mutter hat auch meinen Vater geheiratet, weil es ihre Eltern so wollten.“

„Okay. Aber immerhin leben wir jetzt in den Achtzigern. Da sollte doch jeder frei über sein Leben entscheiden können.“

„Wahrscheinlich ist es bei euch in Deutschland lockerer als hier in Italien.“

„Dann komm doch mit mir nach Deutschland“, schlug Robert vor. „Du kannst auch bei uns in einem Hotel arbeiten.“

Ein Lächeln huschte über Giulianas Lippen. „Das wäre toll. Aber es würde meinen Eltern das Herz brechen.“ Sie gähnte, kuschelte sich noch näher an Robert und schloss die Augen. Kurz darauf war sie eingeschlafen, ohne weiter darüber nachgedacht zu haben, ob sie am nächsten Morgen auch pünktlich aufwachen würde.

Kapitel 14

Alassio 2020

„Sie sind die … Tochter von Giuliana Colombo?"

Der Rezeptionist starrte Stella an, als ob sie grüne Haare und vier Paar Augen hätte. „Warten Sie bitte einen Moment!", forderte er sie auf, erhob sich von seinem Stuhl und verschwand rasch in dem hinter dem Rezeptionsbereich liegenden Raum.

„Der hat aber überrascht geschaut", stellte Matteo fest.

Stella nickte. Sie war wie gelähmt vor Anspannung. Die Zunge klebte ihr am Gaumen fest. Matteo nahm ihre Hand und drückte sie.

„Du bist ja eiskalt", flüsterte er und begann, ihre Finger zu reiben.

„Weil ich so nervös bin. Wo bleibt sie denn so lange?" Sie knabberte ein Stück Haut vom Zeigefinger ihrer anderen Hand.

„Sie wird schon kommen. Jetzt hast du so lange gewartet, da kommt es auf ein paar Minuten auch nicht mehr an", sagte Matteo pragmatisch.

„Du hast gut reden. Das alles ist nicht leicht für mich."

„Ich versteh dich. Aber immerhin hast du es geschafft, sie ausfindig zu machen. Gleich gibt es ein Happy End und ihr werdet euch in den Armen liegen."

Stella zuckte mit den Achseln.

Da ging die Tür hinter dem Tresen wieder auf und eine in dunkle Hosen und eine weiße Bluse gekleidete Frau kam zielstrebig auf sie zu. Sie war schlank und trug das schwarze Haar streng nach hinten gekämmt und hochgesteckt. Ihre dunkelgrünen Augen blitzten vor Wut.

„Sind Sie diejenige, die behauptet, meine Tochter zu sein?“, wandte sie sich an Stella.

Stella trat automatisch einen Schritt zurück. „Ja. Die bin ich. Ich …“

„Wie können Sie es wagen, hier aufzutauchen und mir solch eine Lüge aufzutischen? Das ist geschmacklos!“ Ihre Stimme überschlug sich fast. „Meine Tochter Stella ist seit über zweiunddreißig Jahren tot. Sie ist als Baby gestorben. Schämen Sie sich!“

„Aber wieso tot? Das kann nicht sein. Ich bin doch hier.“ Stella blickte ihre Mutter verwirrt an.

„Verschwinden Sie auf der Stelle, sonst rufe ich die Polizei!“ Giuliana zeigte mit dem ausgestreckten Arm in Richtung Tür.

„Bitte, lass uns doch in Ruhe reden! Ich bin deine Tochter! Bitte glaub mir doch!“ Stella war kurz davor, in Tränen auszubrechen.

„Was bezwecken Sie mit diesem Auftritt? Sind Sie eine Erbschleicherin? Hier gibt es nichts zu holen. Und jetzt endlich raus aus meinem Hotel.“ Giuliana blickte sie hochmütig an. Dann wandte sie sich an ihren Angestellten: „Giorgio, benachrichtige die *Carabinieri!*“

Matteo nahm Stellas Hand. „Komm, hier kannst du heute nichts mehr ausrichten. Lass uns gehen!“ Er zog Stella mit sich in Richtung Ausgang.

Kurz vor der Tür drehte sie sich noch einmal um. „Was bist du nur für eine Frau? Damit du es weißt, ich bin froh, dass ich all die Jahre nichts mit dir zu tun haben musste.“

„Gehen Sie endlich!", war das Einzige, was Stellas Mutter erwiderte, bevor sie erneut in dem Raum hinter der Rezeption verschwand. Der junge Hotelangestellte saß wieder hinter dem Tresen. Nun tat er allerdings, als ob nichts gewesen wäre, und blickte nach unten.

Draußen holte Stella erst einmal tief Luft. Fassungslos schüttelte sie den Kopf. „Kannst du mich bitte mal kneifen, Matteo? Ist das gerade wirklich passiert?"

„Tja, das ist wohl anders gelaufen, als du es dir vorgestellt hast. Doch kein Happy-End." Matteo hob die Schultern.

„Sie hat mir noch nicht mal die Gelegenheit gegeben, alles zu erklären. Irgendwie wirkte sie total verbittert."

Matteo nickte zustimmend. „Aber sie ist eine sehr schöne Frau. Genau wie du." Er lächelte Stella an. „Weißt du was? Jetzt kaufen wir ein paar leckere Sachen in dem Olivenladen und machen irgendwo in der Pampa ein Picknick. Was hältst du davon?" Er legte seine Arme um sie und drückte sie an sich. „Mit vollem Magen läßt es sich besser denken."

„Okay. Ich muss das erst mal alles verdauen. Man bekommt nicht alle Tage gesagt, dass man eigentlich tot ist." Sie lachte bitter auf, löste sich von Matteo und stülpte sich den Helm über die Locken.

Kurz darauf parkten sie wieder auf der Piazza. Die Kinder waren verschwunden. Wahrscheinlich aßen sie gerade zu Mittag.

„Ich bleibe hier draußen und warte auf dich", sagte Stella.

„Was möchtest du haben?" Matteo blickte sie fragend an.

„Egal. Irgendwas. Such du aus!"

„Okay." Er strich mit einer zärtlichen Geste über Stellas Wange und ging in den Laden.

Stella lehnte sich an die Harley und streckte ihr Gesicht der

Sonne entgegen. Die Enttäuschung trieb ihr die Tränen in die Augen. Mit dieser Reaktion ihrer Mutter hätte sie niemals gerechnet. Sie hatte ihr noch nicht einmal die Gelegenheit gegeben, irgendetwas zu erklären. Und warum glaubte ihre Mutter, sie sei als Baby gestorben? Was zur Hölle war damals geschehen? Was hatte ihr Vater ihr noch alles verschwiegen, und aus welchem Grund? Je mehr sie darüber nachdachte, umso verwirrter wurde sie. Außer ihrer italienischen Familie war niemand mehr am Leben, der sie über die damaligen Geschehnisse hätte aufklären können. Auch ihre Großeltern väterlicherseits hatten nie etwas anderes erwähnt als das, was ihr Vater gesagt hatte. Vielleicht waren sie auch gar nicht darüber im Bilde gewesen, und Robert hatte sie genau wie sie selbst all die Jahre angelogen. Das würde sie wohl nie herausfinden.

„Das wird ein Festmahl!" Matteo kam, eine große Papiertüte vor sich herschwenkend, aus dem Laden. „Kannst du sie während der Fahrt festhalten?"

„Ja, mach ich." Stella setzte rasch ihren Helm auf und streckte den Arm nach der Tüte aus.

Bald darauf hatten sie ein schönes Plätzchen gefunden, das – wie konnte es in dieser Gegend anders sein – unter alten Olivenbäumen lag. Matteo zauberte eine Packung Papierservietten aus der Tüte und legte damit den Boden aus, bevor er die Köstlichkeiten darauf drappierte. Stella spürte, wie sich trotz allem ihr Magen meldete, und griff beherzt zu. Während sie sich im Schneidersitz gegenüber saßen und aßen, gingen sie die soeben erlebte Situation noch einmal in allen Einzelheiten durch.

„Also mir ist aufgefallen, dass deine Mutter gleich mit diesem verbitterten Gesichtsausdruck aus dem Zimmer kam“, stellte Matteo fest. „Normalerweise hätte sie doch ein bisschen neugierig sein müssen. Ich glaube, sie ist keine glückliche Frau.“

„Nein, das glaube ich auch nicht. Vielleicht trauert sie immer noch um ihren Mann.“ Stella nahm einen Schluck Rotwein aus dem Pappbecher, der vor ihr stand. „Was mich so ärgert, ist, dass sie mich gar nicht hat ausreden lassen. Ich hätte mich nicht einfach abwimmeln lassen sollen. Aber ich war so perplex darüber, wie sie reagiert hat. Mir hat es regelrecht die Sprache verschlagen.“ Sie zuckte mit den Schultern.

„Na ja, es wird einem auch nicht jeden Tag gesagt, dass man angeblich tot ist.“ Matteo öffnete ein Glas mit eingelegten Oliven, fischte mit Daumen und Zeigefinger eine schwarze heraus und steckte sie Stella in den Mund. „Zumindest weißt du jetzt, warum sie nie versucht hat, mit dir Kontakt aufzunehmen. Wie sollte sie auch, wenn sie gedacht hat, du wärst tot.“ Er nahm sich eine weitere Olive für sich selbst.

„Was ist verdammt noch mal damals passiert? Was soll ich jetzt machen?“ Stella seufzte und verscheuchte eine lästige Fliege, die ihr schon seit geraumer Zeit vor dem Gesicht herumtanzte. „Aufgeben, alles vergessen und nach Hause fahren?“

„Ich würde noch mal in Alassio ins Hotel Colombo gehen und mit deinen Großeltern sprechen“, schlug Matteo vor. „Vielleicht sagen sie dir, was damals passiert ist.“

„Ja. Das habe ich mir auch schon überlegt. Und weißt du, was ich noch machen werde? Hier im Ort auf den Friedhof gehen. Wenn ich schon gestorben bin, dann wird es doch bestimmt ein Grab mit meinem Namen geben.“ Sie sprang auf. „Würdest du mich dorthin fahren?“

„Sicher. Ich glaube, wir sind vorhin schon dran vorbeigefahren. Und wenn es nicht der Friedhof war, fragen wir den Mann in dem Olivenladen."

Sie räumten rasch die Reste des Picknicks zusammen und hielten kurz darauf vor einer langen Natursteinmauer, hinter der hohe Zypressen standen. Matteo parkte die Harley am Straßenrand, und sie stiegen eine Anzahl Stufen hinauf. Das große schmiedeeiserne Tor stand offen. Matteo nahm Stellas Hand, und sie betraten den Friedhof. An einer Seite befanden sich einige Bodengräber. Die anderen Gräber waren, wie es in südlichen Ländern üblich war, überirdisch in mehreren Reihen hoher, gemauerter Regale untergebracht, immer vier Fächer übereinander, die mit Marmorplatten verschlossen waren, auf denen die Geburts- und Sterbedaten sowie ein Foto der verstorbenen Person und Blumenvasen befestigt waren. Zwei schwarz gekleidete alte Frauen kamen ihnen entgegen. Die eine trug einen verwelkten Blumenstrauß in der Hand, den sie in dem neben dem Eingang stehenden Müllcontainer entsorgte. Bis auf ein paar Tauben, die irgendwo gurrten, herrschte eine angenehme Stille auf dem Friedhof. Stella und Matteo liefen an den Grabfächern entlang und betrachteten jede einzelne Marmorplatte. Doch nirgendwo gab es ein Grab, das Stellas Namen trug.

„Vielleicht sollten wir auch auf dem Friedhof von Alassio suchen." Matteo wischte sich den Schweiß von der Stirn. „Deine Mutter stammt ursprünglich aus Alassio. Da wäre es logischer, wenn ihr Kind auch dort begraben worden wäre."

„Oder sie hat mich angelogen und alles nur erfunden, um mich loszuwerden", überlegte Stella.

„Mm, das glaube ich nicht."

„Was sind dort hinten für kleine Häuschen?“, wunderte sich Stella.

„Das sind Familiengruften. Die reicheren Familien des Ortes haben ihr eigenes Mausoleum, wo alle Familienmitglieder begraben werden.“

Neue Hoffnung keimte in Stella auf. „Lass uns dort noch mal schauen, bevor wir gehen!“

Die Mausoleen sahen aus wie kleine römische Paläste. Über den Eingängen standen die Namen der Familien. Doch Colombo gab es nicht.

Enttäuscht wandte sich Stella ab, um zurück in Richtung Ausgang zu laufen, als Matteo plötzlich stehen blieb und sich mit der flachen Hand gegen die Stirn schlug.

„Natürlich wird es hier kein Mausoleum der Familie Colombo geben. Wenn überhaupt, dann wird das Grab in demjenigen der Familie deines Stiefvaters sein. Wie hieß er noch gleich?“

„Du hast recht. Rossi. Sein Name war Filippo Rossi.“ Ein Kribbeln durchzog Stellas Körper.

„Ich glaube, Rossi habe ich gesehen.“ Matteo drehte sich um und lief zurück zum vorletzten Grabhäuschen. „Komm her! Hier ist es!“

Stellas Herz klopfte fest gegen ihre Rippen, als sie das Mausoleum betraten. Ungefähr die Hälfte der Grabfächer war bereits belegt und verschlossen. Den Fotos nach zu urteilen, handelte es sich durchweg um ältere Familienmitglieder. In der unteren linken Ecke wurde sie schließlich fündig. Trotz der Hitze in ihrem Körper begann sie zu frösteln. Rasch legte Matteo seinen Arm um ihre Schulter, um ihr Halt zu geben.

„Stella María Rossi – *La nostra angioletta*“ stand dort in

Goldbuchstaben auf der rosafarbenen Marmorplatte sowie ihr Geburtsdatum und darunter das Sterbedatum, der 27. April 1987. Daneben war ein Goldrahmen mit dem Foto eines Babys befestigt.

„Oh Gott, das bin wirklich ich auf dem Foto", flüsterte Stella. „Mein Vater hatte ganz ähnliche Bilder von mir."

Sie versuchte, einen trockenen Schluchzer zu unterdrücken. Matteo zog sie noch fester an sich.

„Und schau mal da, das halbierte Herz." Stella deutete auf eine Gravur neben dem Foto. „Es hat die gleiche Form wie mein Anhänger. Ich komme mir vor wie in einem schlechten Horrorfilm." Sie schüttelte Matteos Arm ab und lief hinaus.

Draußen holte sie erst einmal tief Luft. Ihr eigenes Grab nun schwarz auf weiß gesehen zu haben, hatte sie doch mehr mitgenommen, als sie sich eingestehen wollte. Als Matteo sie umarmte, konnte sie nicht verhindern, in Tränen auszubrechen.

„Wein doch nicht! Du stehst hier lebendig vor mir. Nur das zählt." Er nahm ihr Gesicht in seine Hände und küsste die Tränen von ihren Wangen. Er berührte ihre Lippen, zunächst vorsichtig, dann immer fordernder. Stella klammerte sich an ihn und erwiderte seinen Kuss mit der gleichen Heftigkeit. Dabei vergrub sie ihre Hände in seinen schwarzen Locken. Irgendwann lösten sie sich wieder voneinander.

„Ich schwöre dir, ich werde irgendwie herausfinden, was damals passiert ist." Stella wischte sich über die Augen und blickte entschlossen in Matteos Gesicht. Der strich ihr eine Locke aus dem Gesicht und nickte zustimmend.

Kapitel 15

Nachdem sie am Abend in der Pension noch etwas mit Michele und Ilaria gegessen und ihnen erzählt hatten, was sie bisher herausgefunden hatten, ging Stella nach oben in ihr Zimmer. Der Tag war anstrengend gewesen, und sie fühlte sich ausgelaugt, körperlich wie auch geistig. Sie zog ihr Schlaf-T-Shirt an und legte sich aufs Bett. Obwohl das Fenster sperrangelweit aufstand, war es stickig im Raum. Ein paar Jugendliche gingen laut grölend unten auf der Straße vorbei. Irgendwo bellte ein Hund. Kurz bevor Stella ins Land der Träume glitt, klingelte ihr Handy. Sie nahm es vom Nachttisch und blickte auf das Display. Es war Jonas. Sie setzte sich im Bett auf und wischte über den grünen Hörer.

„Stella, Schatz, wie geht es dir?", ertönte Jonas' Stimme am anderen Ende der Leitung. „Wieso meldest du dich nicht?"

„Ich war den ganzen Tag unterwegs. Und jetzt liege ich schon im Bett."

„Gibt es was Neues?", wollte er wissen.

Rasch erzählte ihm Stella, was sie in den letzten beiden Tagen erlebt hatte.

„Siehst du, das ist ein Zeichen", sagte Jonas.

„Was für ein Zeichen? Was meinst du?" Stella verdrehte die Augen.

„Ein Zeichen, dass du endlich deine Vergangenheit ruhen lassen solltest. Komm zurück nach Köln! Ich vermisse dich."

„Wie kann ich jetzt meine Vergangenheit ruhen lassen?" Stella schnaubte die Luft durch die Nase. „Ich bin offiziell tot. Ich will auf jeden Fall herausfinden, was damals passiert ist. Kannst du das nicht verstehen?"

„Doch, aber ich will dich endlich wieder hier bei mir haben und unsere Hochzeit planen. Ich liebe dich und will, dass du so schnell wie möglich meine Frau wirst."

„Ich weiß. Aber ich habe dir gesagt, dass ich dich erst heiraten werde, wenn ich das Rätsel meiner Herkunft aufgeklärt habe." Stella zog die Stirn in Falten.

„Und wie willst du das machen?", fragte Jonas ungeduldig. „Wenn deine Mutter nicht mit dir reden möchte, weil sie denkt, du bist eine Betrügerin, kannst du nichts daran ändern und wirst auch nichts herausfinden. Ich bitte dich, komm nach Hause! Mir ist es egal, wer deine Eltern waren. Ich liebe dich so, wie du bist."

„Das ist süß von dir." Stella gab sich wieder etwas versöhnlicher. „Aber ich kann nicht, noch nicht. Ich werde morgen erst noch mal versuchen, mit meinen Großeltern zu sprechen."

„Das bringt bestimmt auch nichts."

„Das weiß ich erst, wenn ich es versucht habe. Anstelle mich runterzuziehen, wäre es schön gewesen, wenn du mitgekommen wärst und mich hier vor Ort unterstützt hättest."

„Du weißt doch, dass ich nicht aus der Agentur weg kann. Ich hatte ein paar wichtige Termine mit neuen Kunden", verteidigte sich Jonas.

„Ja, die Agentur, immer nur die Agentur. Wahrscheinlich werden wir unsere Hochzeitsreise auch nicht machen können, weil du nicht wegkannst." Stella seufzte.

„Blödsinn. Das ist doch was anderes. Dafür habe ich zwei Wochen eingeplant. Aber es ist wichtig, dass du endlich zurückkommst und mit den Vorbereitungen anfängst.

Weißt du, irgendwann ist meine Geduld auch zu Ende.“ Seine Stimme klang verärgert.

„Was soll das jetzt bedeuten? Willst du mir ein Ultimatum stellen?“ Stella zog die rechte Braue hoch.

„Nein, aber ich bin es irgendwann leid, dich wegen unserer Hochzeitsvorbereitungen anzubetteln. Manchmal denke ich, du willst mich gar nicht mehr heiraten.“

„Was redest du da für einen Unsinn? Das habe ich nie gesagt. Ich möchte lediglich genug Zeit haben, um meine Familienprobleme zu regeln.“ Ein grimmiger Zug bildete sich um Stellas Mund. „Lass uns ein anderes Mal weiter reden! Das bringt jetzt nichts mehr. Außerdem bin ich hundemüde.“

„Okay, wie du willst. Gute Nacht, schlaf gut.“

„Gute Nacht. Du auch.“

Jonas schien wirklich sauer zu sein. Er hatte am Ende nicht einmal gesagt, dass er sie liebte, wie er das sonst immer tat, bevor er auflegte. Aber auch Stella hatte den Satz nicht über die Lippen gebracht. Sie ließ sich zurück in die Kissen fallen und schloss die Lider. Ein braun gebranntes Gesicht mit schulterlangen, dunklen Haaren und einem verschmitzten Lächeln erschien vor ihrem inneren Auge. Kurz darauf war sie fest eingeschlafen.

Am nächsten Morgen wachte Stella erst gegen elf auf. Sie sprang schnell unter die Dusche und zog sich einen Bikini unter ihr Sommerkleid. Nach dem Besuch im Hotel Colombo wollte sie zum Strand gehen, sich ein wenig sonnen und im Meer schwimmen. Wenn sie sich schon in einem bekannten Badeort befand, wollte sie nicht als Weißbrot zurück nach Köln kommen.

Nachdem sie unten bei Ilaria einen Cappuccino getrunken und ein mit Marmelade gefülltes *cornetto* gegessen hatte, machte sie sich auf den Weg zum Hotel Colombo. Matteo musste arbeiten. Er konnte sie diesmal nicht begleiten, aber sie hatten sich für den Abend verabredet. Er hatte sie in seine Wohnung eingeladen und wollte dort für sie kochen.

Als Stella nach einem zwanzigminütigen Fußmarsch vor dem Eingang des Hotels stand, beschleunigte sich erneut ihr Herzschlag. Würden wenigstens ihre Großeltern sie anhören? Entschlossen straffte sie die Schultern und betrat die Hotelhalle. Bis auf ein Ehepaar, das auf einer grauen Sitzgruppe saß und in einem Reiseführer blätterte, war der Eingangsbereich leer. Hinter dem Rezeptionstresen saß diesmal nicht der Angestellte vom letzten Mal, sondern ein älterer Mann. Er trug das silbergraue lockige Haar aus der Stirn gekämmt. Eine Lesebrille thronte vorn auf seiner Nasenspitze. Die Sonne hatte tiefe Furchen auf seiner braun gebrannten Gesichtshaut hinterlassen. Hinter ihm stand eine ungefähr gleichaltrige Frau und hatte ihre Hände auf seine Schultern gelegt. Sie war schlank, trug ein dunkelblaues ärmelloses Kleid. Auf ihrer Brust baumelte eine Kette mit einem silbernen Anhänger in Form eines Baumes. Sie trug das dunkle Haar modisch kurz geschnitten. Ein grauer Ansatz verriet, dass sie bei der Farbe nachgeholfen hatte. Sie blickten beide konzentriert auf den vor ihnen stehenden Computerbildschirm. Konnten das ihre Großeltern sein? Stella leckte sich nervös über die trockenen Lippen und trat an den Tresen heran.

„*Buongiorno, signori*", sagte sie laut, woraufhin die beiden unverzüglich aufblickten.

„*Buongiorno, signora.* Brauchen Sie ein Zimmer?" Der Mann bedachte sie mit einem professionellen Lächeln.

„Nein, ich … eh, nein. Sind Sie Fabio Colombo?" Stella verfluchte sich innerlich dafür, dass ihre Stimme zitterte.

„Ja. Der bin ich. Was kann ich für Sie tun?" Ihr Großvater zog die rechte Augenbraue nach oben.

Genau wie ich es so oft mache, dachte Stella.

„Ich bin … eh … ich heiße Stella. Stella Lehmann. Ich bin Ihre Enkeltochter." Ihr Herz raste. Jede Faser ihres Körpers war zum Zerbersten angespannt.

Ein Schatten legte sich über das Gesicht ihres Großvaters. Er holte so tief Luft, dass Stella sah, wie sich die Knöpfe seines weißen Hemdes spannten.

„Jetzt wagen Sie es auch noch, hierherzukommen?", donnerte er los. „Unsere Tochter hat uns erzählt, dass Sie bei ihr oben in Arnasco waren. Hören Sie auf, unsere Familie zu belästigen!" Er hatte sich von seinem Stuhl erhoben und lehnte sich bedrohlich über den Tresen. „Unsere Enkeltochter Stella ist als Baby verstorben und ihre Schwester studiert seit zwei Jahren in Amerika. Also verschwinden Sie und lassen Sie uns in Ruhe!"

„Glauben Sie, ich habe mir das alles nur ausgedacht?" Stellas Blick flackerte. „Ich habe bei meinem Vater in Deutschland gelebt. Bis zu seinem Tod habe ich geglaubt, dass meine Mutter bei meiner Geburt gestorben ist. Er hat mir einen Brief hinterlassen, in dem er geschrieben hat, dass es eine Lüge war und sie in Italien lebt."

„Hören Sie, es tut mir leid, dass Ihr Vater gestorben ist, aber Ihre Familiengeschichten interessieren mich nicht. Gehen Sie und lassen Sie sich hier nie wieder blicken!"

Doch diesmal wollte sich Stella nicht so leicht abwimmeln lassen. „Schau mir ins Gesicht! Siehst du keine Ähnlichkeit mit meiner Mutter oder mit meiner Schwester?"

„Nein. Verschwinden Sie endlich! Oder ich hole die Polizei!“

„Und du, *nonna?*“ Stella wandte sich nun direkt an ihre Großmutter. „Erkennst du nicht irgendetwas Vertrautes an mir? Warum will mir keiner sagen, was damals passiert ist?“ Rosanna Farnese blickte sie verstört an. Stella kam es vor, als ob Tränen in ihren Augen schimmerten.

„Rosanna, geh nach oben, du darfst dich nicht aufregen“, befahl Fabio seiner Frau. „Ich werde allein mit dieser Person fertig.“

Doch Stellas Großmutter machte keinerlei Anstalten, der Aufforderung ihres Mannes nachzukommen. Immer noch starrte sie Stella an.

„Geh nach oben, Rosanna! Sofort!“, wiederholte Fabio und rüttelte am Arm seiner Frau. Da endlich schien sie aus der Lethargie zu erwachen und kam dem Befehl ihres Mannes nach, jedoch nicht, ohne sich noch einmal nach Stella umzudrehen.

„So, und jetzt wieder zu Ihnen“, dröhnte Fabios Stimme. Seine Gesichtshaut hatte eine ungesunde rötliche Farbe angenommen.

„Ich weiß nicht, warum ich nicht bei Giuliana geblieben bin“, fiel Stella ihm ins Wort, „und ich weiß auch nicht, warum mein Vater mich all die Jahre angelogen hat. Aber er hat sich das nicht einfach so aus den Fingern gesogen. Ich habe sogar ein Foto von Giuliana und meinem Vater. Es wurde unten am Strand aufgenommen.“

„Hören Sie, keine Ahnung, was Ihr Vater Ihnen für Lügenmärchen aufgetischt hat, aber meine Tochter Giuliana hat Filippo Rossi geheiratet, ist kurz nach der Hochzeit schwanger geworden und hat Zwillingsmädchen bekommen.

Leider Gottes ist eines der Babys an plötzlichem Kindstod gestorben." Fabio hielt einen Moment inne und räusperte sich. „Stella lag eines Morgens tot in ihrem Bettchen. Ich habe es mit eigenen Augen gesehen und die Beerdigung organisiert, weil meine Tochter und mein Schwiegersohn vor lauter Trauer nicht mehr ein noch aus wussten."

„Aber wie kann das sein, wenn ich doch hier quicklebendig vor Ihnen stehe?" Stella sah ihren Großvater verzweifelt an.

„Wollen Sie etwa behaupten, ich lüge?" Fabio verengte die Augen. „Ich weiß nicht, wer Sie sind, aber Sie sind auf keinen Fall meine Enkeltochter Stella. Und jetzt verlassen Sie auf der Stelle mein Hotel und am besten das Land. Wenn Sie sich noch einmal in irgendeiner Form einem Mitglied meiner Familie nähern, werde ich Sie anzeigen und ins Gefängnis bringen. Haben Sie das verstanden?" Seine dunklen Augen funkelten vor Wut.

Stella schüttelte fassungslos den Kopf. Mit was für schrecklichen Menschen war sie verwandt?

„Okay, ich gehe und werde Sie in Ruhe lassen. Mir sind noch nie in meinem Leben so unsympathische Personen wie Sie und Ihre Tochter begegnet." Stella stieß geräuschvoll den Atem aus. „Ich verzichte darauf, solche Menschen als meine Verwandten zu bezeichnen. Lieber bleibe ich bis an mein Lebensende allein." Sie warf ihrem Großvater einen letzten wütenden Blick zu, bevor sie sich umdrehte und die Hotelhalle verließ. Rasch überquerte sie die Strandpromenade, lehnte sich an die Ballustrade und atmete tief ein. Sie war kein Stückchen weitergekommen, hatte lediglich erneut hören müssen, dass sie nicht die sein konnte, die sie seit dreiunddreißig Jahren zu sein glaubte. Doch wer war sie, wenn nicht Stella Maria Lehmann? Vielleicht Antonietta, die

Schwester, die nicht gestorben war? Aber hatte ihr Großvater nicht gesagt, dass seine andere Enkeltochter in den USA lebte und dort studierte? Zum hundertsten Mal fragte sich Stella, was damals passiert war. Warum hatte ihr Vater sein Geheimnis nicht mit ins Grab genommen, anstatt sie mit solch lückenhaften Informationen zurückzulassen? Sie versuchte zu schlucken, doch ihr Mund war wie ausgetrocknet. Sie brauchte jetzt unbedingt etwas Kaltes zu trinken. Da sie genau neben dem Eingang zum *Bagni Colombo* stand, durchquerte sie den Torbogen und stieg die vier Stufen zum Sandstrand hinunter. Rasch ging sie zwischen den Reihen der gelb-blau-gestreiften Sonnenliegen hindurch bis zum Wasser. Der Strand war gut besucht, fast alle Liegen waren belegt. Am Ufer bauten Kinder Sandburgen, ein junges Pärchen spielte Volleyball. Ein braun gebrannter Mann pries lautstark Kokosnussstücke zum Verkauf an, die in einem Korb lagen und die er, bevor er sie seinen Käufern überreichte, in einen Wassereimer tauchte.

Stella zog ihre Gummischlappen aus und watete bis zu den Knöcheln ins Meer. Das Wasser hatte eine angenehme Temperatur, sodass sie sich schon darauf freute, sich später ganz in die Fluten zu stürzen. Sie lief ein paar Schritte am Meer entlang. Hier musste ungefähr die Stelle gewesen sein, wo ihre Eltern damals an dem Tretboot gelehnt hatten. Der Blick auf die Bucht und die gelb-blau gestreiften Liegen und Sonnenschirme war der gleiche. Sie seufzte und stapfte durch den warmen Sand bis zu der Strandbar, die sich rechts neben den Liegestuhlreihen befand und bestellte sich eine Cola.

Gierig trank sie das halbe Glas leer, nachdem die junge Kellnerin – in Shorts und Bikinioberteil gekleidet – ihr das Getränk und eine kleine Schale mit Nüssen an den

Tisch gebracht hatte. Wie sollte es jetzt weitergehen? Ihre Nachforschungen waren wohl an dieser Stelle beendet, sie wusste nicht, wen sie sonst noch über die Geschehnisse der Vergangenheit befragen konnte. Das hieß im Klartext, dass sie zurück nach Köln fahren und ihr bisherigen Leben wieder aufnehmen würde, so als ob nichts passiert wäre. Sie würde Jonas heiraten, wahrscheinlich irgendwann, weil sie es leid war, mit ihm darüber zu diskutieren, ihr Café aufgeben und als Hausfrau und Mutter in einem modernen Vorstadtbungalow versauern. Aber war es das, was sie wollte? Zumindest hätte sie an Jonas' Seite ihr sicheres Auskommen, ein Leben ohne Tiefen, aber auch ohne Höhen. Und er hatte ihr am vergangenen Abend am Telefon noch gesagt, ihm wäre es egal, wer ihre Eltern waren.

Allerdings war sich Stella auch darüber im Klaren, dass sie, wenn sie zurück nach Köln führe, Matteo niemals wiedersähe. Der Gedanke versetzte ihr einen Stich im Herzen. Sie musste sich eingestehen, dass sie sich ein bisschen in den sympathischen Italiener verliebt hatte. Seine Küsse hatten Gefühle in ihr ausgelöst, die sie bei Jonas schon lange nicht mehr gespürt hatte. Sie freute sich auf den Abend mit Matteo, auch wenn sie wusste, dass es wahrscheinlich ihr letzter gemeinsamer sein würde.

„*Ciao,* Stella, wie schön, dich noch mal zu treffen“, riss sie eine Stimme aus den Gedanken. Stella blickte auf und sah in das fröhliche Gesicht der jungen Frau, die sie vor ein paar Tagen in dem leerstehenden Ladenlokal getroffen hatte.

„*Ciao*, das ist ein toller Zufall. Setz dich doch zu mir!“, forderte sie Tonina auf.

Diese kam der Einladung sofort nach und holte ihr Getränk vom Nebentisch, wo sie zuvor gesessen hatte.

„Genießt du die Sonne? Das Wasser ist herrlich heute.“ Ihre dunklen Locken, die sie mit einem Band aus der Stirn gebunden hatte, waren noch feucht vom letzten Bad im Meer. Sie trug ein buntes Tuch, dessen Enden sie über dem Busen zusammengeknotet hatte und das ebenfalls feuchte Flecke aufwies, da sie anscheinend den nassen Bikini noch darunter trug. „Ich hatte genug vom Streichen und dem ekligen Farbgeruch.“ Sie verzog ihr Gesicht. „Und du? Genießt du die Zeit am Meer? Wie lange bleibst du noch?“

„Leider nicht mehr lange. Spätestens Ende der Woche fahre ich zurück.“ Stella zuckte mit den Achseln. „Ich könnte ohne Weiteres noch ein paar Wochen bleiben. Aber ich kann mein Café nicht so lange allein lassen.“

„Das ist schade. Aber du kommst doch sicher wieder.“ Es klang mehr wie eine Feststellung als wie eine Frage. „Die meisten Leute, die einmal hier waren, kommen immer wieder nach Alassio zurück, weil der Ort sie verzaubert.“ Tonina lächelte verzückt.

„Ich weiß noch nicht.“ Stella zog die Schultern hoch. „Vielleicht irgendwann mit meinem Mann, wenn er es möchte. Ich werde noch in diesem Jahr heiraten“, fügte sie erklärend hinzu.

„Oh, wie toll“, freute sich Tonina. „Ist dein Zukünftiger aus Deutschland?“

Stella nickte. Für einen kurzen Moment stellte sie sich vor, dass sie nicht Jonas, sondern Matteo heiraten würde.

„Und du? Bist du verliebt, verlobt oder verheiratet?“, wollte sie wissen.

„Weder noch. Zum Leidwesen meines Großvaters bin ich glücklicher Single. Und ich habe auch nicht vor, das in absehbarer Zeit zu ändern.“ Tonina trank einen Schluck aus ihrem Crodinoglas. „Wenn es nach meinem Großvater ginge, müsste ich schon längst verheiratet sein, zwei *bambini* haben und nebenbei im Familienunternehmen arbeiten. Es gibt nämlich keinen männlichen Erben bei uns in der Familie.“ Sie seufzte. „Da ich weder zu dem einen noch zu dem anderen bereit bin, habe ich zur Zeit keine guten Karten bei meinen Großeltern.“

„Was arbeitest du denn?“, fragte Stella neugierig und steckte sich eine Nuss in den Mund.

„Ich habe Kunstgeschichte studiert, aber noch keinen Job gefunden. Neben der Miete von dem Ladenlokal male ich und verkaufe ab und zu ein paar meiner Bilder, außerdem unterstützt mich meine Mutter, wenn es mal eng ist. Sie wollte immer, dass ich das lerne, wozu ich Lust habe, und nicht von meinem Großvater zu irgendetwas gezwungen werde.“

„Das ist toll.“ Ein Hauch von Traurigkeit legte sich über Stellas Gesicht. „So eine Mutter hätte ich auch gern gehabt.“

„Wieso, war deine nicht nett?“

„Ich habe sie nicht gekannt. Sie ist bei meiner Geburt gestorben.“ So würde es für Stella von nun an wieder sein.

„Oh, das tut mir leid.“ Tonina griff nach Stellas Hand und drückte sie.

„Jetzt aber mal eine andere Frage. Ich hoffe, es ist nicht zu persönlich“, lenkte Stella vom Thema ab. „Wenn du keinen richtigen Job hast, wie kommt es dann, dass dir das Ladenlokal in der Stadt gehört? Hast du das von deinen Großeltern bekommen?“

„Oh Gott, nein.“ Tonina lachte auf. „Mein Großvater sitzt auf seinem Geld. Der würde zu Lebzeiten nie etwas rausrücken. Ich habe das Ladenlokal von meinem Vater geerbt. Er ist leider vor einigen Jahren gestorben.“

Jetzt war es an Stella, Mitleid zu bekunden.

„Ich hatte es bis vor ein paar Wochen an ein Immobilienbüro vermietet, aber das ist pleitegegangen“, fuhr Tonina fort. „Da habe ich die Gelegenheit genutzt, ein bisschen zu renovieren.“

„Warum machst du nicht ein Kunstcafé auf?“, schlug Stella vor. „So wie ich mein Literaturcafé mit Büchern und Autorenlesungen kombiniere, könntest du ein Café mit einer Galerie verbinden und dort deine eigenen Bilder ausstellen.“

„Gar keine schlechte Idee, muss ich mal drüber nachdenken.“ Tonina nickte zustimmend. „Vielleicht später, im Moment glaube ich eher nicht. Da bräuchte ich zu viel Kapital, und das habe ich nicht. Ich muss jetzt erst mal so schnell wie möglich neue Mieter finden, damit ich wieder Einnahmen habe.“

„Bestimmt wirst du das. Die Lage ist sehr gut und der Innenhof ist spitze. Wenn ich hier leben würde, würde ich das Lokal sofort mieten.“

„Dann bleib doch hier und mach es!“ Tonina blickte Stella herausfordernd an.

„Vorstellen könnte ich es mir sehr gut … Aber nein, das würde nicht gehen. Mein Leben findet in Deutschland statt. Da hab ich meine Arbeit, und dort wohnt mein Verlobter. Jonas würde niemals seine Heimat verlassen, um in einem anderen Land zu leben, dazu ist er viel zu deutsch.“ Sie zog die rechte Augenbraue hoch.

„Siehst du, deshalb bin ich lieber Single“, rief Tonina. „Da kann ich machen, was ich will, und keiner schreibt mir vor, wie und wo ich zu leben habe.“

„Es hat alles seine Vor- und Nachteile. Einen festen Partner zu haben, mit dem man alles teilt und der einen liebt, ist auch etwas Schönes“, befand Stella. „Wie spät ist es eigentlich?“

Tonina blickte auf ihre Armbanduhr. „Halb sechs.“

„Ach du jemine. Ich muss los.“ Rasch trank sie den letzten Schluck aus ihrem Colaglas.

„Warum hast du es so eilig? Du bist doch im Urlaub.“ Tonina schüttelte lachend den Kopf.

„Ich bin nachher bei einem Freund zum Essen eingeladen. Da will ich noch in Ruhe duschen und mich fertig machen“, erklärte Stella.

„Bei einem Freund?“ Tonina hob im Spaß den Zeigefinger. „Das lass aber nicht deinen Verlobten wissen!“

„Keine Sorge. Er ist der Neffe der Besitzer der Pension, in der ich wohne.“ Stella stand auf und griff nach ihrer Strandtasche. „So, *cara mia*, wir werden uns wahrscheinlich nicht mehr sehen, bevor ich fahre. Ich halte dir die Daumen, dass du dein Lokal bald wieder vermietest. Wäre schön, wenn wir uns ab und zu über Whatsapp schreiben könnten.“

„Auf jeden Fall.“ Auch Tonina hatte sich nun von ihrem Stuhl erhoben. „Es war toll, dich kennengelernt zu haben. Ich hoffe, wir sehen uns irgendwann wieder.“

„Wenn nicht hier, dann vielleicht in Deutschland. Komm mich doch besuchen!“, schlug Stella vor.

„Wer weiß, vielleicht mache ich das. Ich wünsche dir eine gute Fahrt. Melde dich, wenn du wieder in Köln bist.“ Tonina schlang ihre Arme um Stella und küsste sie rechts und links auf die Wangen.

Stella winkte ihr noch einmal zu und stieg die Stufen zur Strandpromenade hinauf. Schade, dass sie die Freundschaft zu Tonina nicht mehr vertiefen konnte. Die Italienerin war ihr bereits nach so kurzer Zeit ans Herz gewachsen.

Kapitel 16

Alassio, Sommer 1986

Giuliana und Robert sahen sich in der nächsten Zeit so oft es ging. In ihrer Mittagspause düste Giuliana mit ihrer Vespa zum Strand des Campingplatzes, wo sie sich sonnten und im Meer schwammen. Nach ihrer Abendschicht trafen sie sich ebenfalls auf dem Campingplatz und genossen die Sonnenuntergänge und die Aussicht aufs Meer. An Giulianas freien Abenden fuhren sie meistens in die Nachbarorte, um der Gefahr zu entgehen, in Alassio von einem Bekannten ihres Vaters gesehen zu werden – so wie auch an diesem Abend.

„*Ciao, bello!*" Giuliana setzte sich auf den Beifahrersitz des Busses und gab Robert einen Kuss. „Was wollen wir machen? Worauf hast du Lust?"

„Ich habe auf jeden Fall Hunger." Robert startete den Bus und warf Giuliana einen bewundernden Blick zu. „Du siehst toll aus. Vielleicht sollte ich am besten dich vernaschen."

Giuliana grinste und zog an ihrem eng anliegenden Minikleid. „Wir könnten nach Cervo fahren", überging sie seine Bemerkung. „Die Altstadt liegt auf einem Hügel, da müssten wir den Bus unten parken und zu Fuß hochgehen. Aber es lohnt sich. Die Aussicht von oben ist toll."

„Hört sich gut an! Solange wir irgendetwas Essbares bekommen."

„Da oben gibt es eine kleine Osteria, die machen die besten Spaghetti alle vongole, die du dir vorstellen kannst."

„Mm. Überredet.“ Robert rieb sich über seinen Bauch. „Dann erklär mal, wie wir dorthin kommen.“

Kurz darauf fuhren sie auf der Küstenstraße durch Laiguelia, umrundeten das *Capo Mele* mit dem Leuchtturm, passierten Andora und das daran anschließende *Capo Mimosa,* bis sie Cervo erreichten. Es dauerte eine Weile, bis sie am Fuß der Altstadt einen Parkplatz für den Bus fanden.

Hand in Hand begannen sie wenig später mit dem Aufstieg durch die engen mittelalterlichen Gassen, die mit runden Flusssteinen gepflastert waren. Ab und zu hielten sie an und genossen die Aussicht über die Bucht, in die sich der neuere Teil von Cervo sowie die Orte San Bartolomeo und Diano Marina schmiegten.

„Hier haben sich übrigens im Mittelalter Piraten versteckt“, sagte Giuliana und lehnte sich an eine Mauer, da sie von dem Anstieg außer Puste war.

„Ach ja? Ich stelle mir gerade vor, wir beide würden in so einem alten Haus wohnen.“ Robert zeigte auf das gegenüberliegende Gebäude, an dessen Natursteinfassade ein Jasmin emporrangte, der einen süßlichen Geruch verströmte. „Wir würden jeden Abend auf dem Balkon sitzen, Vasco Rossi hören und Rotwein trinken.“

Giuliana lachte. „Und die Nachbarn würden uns ständig wegen Lärmbelästigung anzeigen. Vergiss es!“

„Spielverderberin.“ Robert lachte ebenfalls, zog Giuliana an sich und küsste sie.

Zehn Minuten später hatten sie endlich den Platz vor der Kirche erreicht. In einer von der Piazza abzweigenden Gasse befand sich die Osteria. Sie hatten Glück und bekamen einen der letzten freien Tische auf der Terrasse mit Blick auf das Meer. Sie bestellten Rotwein, Pasta und einen Salat.

„Ich kann mir gar nicht vorstellen, irgendwann wieder in Köln zu sein“, sagte Robert und prostete Giuliana mit seinem Rotweinglas zu.

„Ich auch nicht, und ich möchte auch im Moment nicht darüber nachdenken.“ Giuliana zog die Stirn in Falten. „Lass uns den Abend genießen. Ich habe übrigens meinen Eltern erzählt, dass ich bei Fiorangela übernachte.“ Sie warf ihm einen vielversprechenden Blick zu.

„Ach ja?“ Robert lächelte verschmitzt. „Soll ich dich nach dem Essen dorthin fahren?“

„Vielleicht fällt dir ja noch etwas anderes ein.“

„Könnte sein. Vielleicht magst du lieber mit Meeresrauschen unter einem hellblauen Sternenhimmel schlafen.“

Giuliana nickte. Der Gedanke daran, später in Roberts Armen zu liegen und von ihm überall gestreichelt zu werden, verursachte ihr ein wohliges Kribbeln. Seit ihrer ersten gemeinsamen Nacht in Roberts Bus hatten sie noch einige Male miteinander geschlafen.

„*Due spaghetti alle vongole e la insalata mista. Avete bisogno di qualcos'altro?*“, erklang die Stimme des jungen Kellners, der zwei dampfende, verführerisch duftende Teller und eine Salatplatte vor sie hinstellte und fragte, ob sie noch etwas brauchten.

„Nein danke, wir haben alles.“ Giuliana lächelte dem Ober freundlich zu.

„*Buon appetito!*“, wünschte er ihnen noch, bevor er an den Nebentisch gerufen wurde.

„Mm, das ist gut“, schwärmte Robert, nachdem die erste Gabel mit den aufgedrehten Spaghetti in seinem Mund verschwunden war.

„Sag ich doch. Ich weiß nicht, ob es an den kleinen

Tomaten liegt, die sie mit in der Soße kochen, oder vielleicht am Weißwein. Soll ich den Salat anmachen?"

Als Robert mit vollem Mund nickte, gab Giuliana Salz, Pfeffer, Balsamico und Olivenöl über den gemischten Salat.

„Sag mal, was ich dich schon länger fragen wollte: War es eigentlich deine Entscheidung, auf die Hotelfachschule zu gehen? Oder hättest du lieber etwas anderes gemacht?" Robert blickte sie neugierig an, bevor er sich wieder den Muscheln auf seinem Teller widmete. „Du hast letztens mal gesagt, du würdest gern mit Tieren arbeiten."

„Es war die Idee meines Vaters. Er möchte, dass seine einzige Tochter irgendwann das Hotel übernimmt."

„So was Ähnliches habe ich mir gedacht. Aber ist es auch dein Wunsch?"

Giuliana spickte eine Olive auf ihre Gabel und schüttelte den Kopf. „Eigentlich nicht. Ich sehe ja, wie sich meine Eltern zu Sklaven des Hotels gemacht haben. Sie haben überhaupt keine Freizeit. Ich stelle mir mein Leben anders vor. Mein Traum war es immer, bei einem Tierarzt zu arbeiten. Ich liebe Tiere, obwohl mir meine Eltern nie erlaubt haben, selbst eins zu haben." Sie schürzte die Lippen. „Fiorangela hat früher einen Hund gehabt, mit dem habe ich stundenlang gespielt. Er ist leider im letzten Jahr gestorben."

„Wenn das schon immer dein Traum war, dann solltest du dafür kämpfen", befand Robert. „Rede mit deinem Vater und sage ihm, was du dir für deine Zukunft vorstellst."

Giuliana zuckte mit den Schultern. „Was meinst du, wie oft ich das schon gemacht habe? Aber du kennst meinen Vater nicht. Wenn er sich etwas in den Kopf gesetzt hat, dann wird das auch so durchgezogen. Das Hotel ist schon seit mehreren Generationen in Familienbesitz, und daher muss eben als Nächstes seine Tochter das Ruder übernehmen, wenn er schon keinen Sohn hat." Sie zog eine Grimasse. „Du glaubst nicht, wie oft ich es schon verflucht habe, dass ich keinen älteren Bruder habe, oder von mir aus auch einen jüngeren. Aber meine Mutter konnte nach mir keine Kinder mehr bekommen."

„Und warum wartest du nicht, bis du volljährig bist, und machst dann dein eigenes Ding?", schlug Robert vor.

„Das könnte ich nicht. Das würde meinen Eltern das Herz brechen." Giuliana stieß einen tiefen Seufzer aus. „Ich werde mich wohl in mein Schicksal fügen müssen. Zumindest läuft das Hotel gut, und wir haben keine finanziellen Probleme. Und du? Wolltest du schon immer Lehrer werden?"

Robert steckte sich die letzte Spaghettigabel in den Mund und stellte den leeren Teller beiseite.

„Ja. Gott sei Dank fanden meine Eltern die Idee auch gut und haben mich beim Studium unterstützt."

„Da hast du Glück gehabt." Stella lächelte.

„Ich habe mir fest vorgenommen, ein Lehrer zu werden, dem es nicht nur darum geht, sein Pensum durchzuboxen, sondern einer, der sich auch mit den Problemen seiner Schüler befasst."

„Das wirst du bestimmt sein." Stella griff über den Tisch nach Roberts Händen und drückte sie. Doch dann ließ sie ihn schlagartig los. „Guck jetzt nicht nach rechts", zischte sie.

„Warum? Was ist los?" Robert blickte sie fragend an.

„Da vorn ist Maria Grazia, eine ehemalige Hotelangestellte. Ich hoffe, sie erkennt mich nicht."

Die mollige grauhaarige Frau trug ein Sommerkleid, das ihr mindestens zwei Nummern zu klein war, und redete ununterbrochen auf ein neben ihr stehendes, jüngeres Paar ein.

„Die Dicke da vorn?", raunte Robert.

„Ja, aber du sollst jetzt nicht hingucken."

„Giuliana? Bist du das?", ertönte eine schrill klingende Stimme und zerstörte Giulianas Hoffnung. „Wir haben uns ja ewig nicht gesehen. *Ciao, cara mia.*" Maria Grazia kam auf ihren Tisch zu und drückte Giuliana zwei Küsse auf die Wangen. „Wie geht es deinen Eltern?"

„Gut. Wie immer arbeiten sie viel." Giuliana verzog die Mundwinkel nach oben.

„Bestell Ihnen bitte viele Grüße von mir. Wer ist das, dein Freund?" Sie zeigte mit ihrem dicklichen Zeigefinger auf Robert.

„Ein Bekannter, der hier Urlaub macht", erklärte Giuliana rasch.

„*Buonasera, signore.* Ich habe auch Besuch. Meine Tochter und mein Schwiegersohn sind hier. Sie wohnen in Milano." Maria Grazia winkte dem Paar zu. „Du kennst doch Claudia noch. Leider sehe ich sie nur zweimal im Jahr. Einmal im Sommer hier bei uns, und an Weihnachten fahren wir nach Milano."

Giuliana warf Robert einen genervten Blick zu und verdrehte die Augen. „Dann wünschen wir euch einen schönen Abend", versuchte sie das Gespräch zu beenden. „Wir werden jetzt mal schauen, was wir zum Nachtisch bestellen." Demonstrativ griff sie nach der Speisekarte, die der Kellner auf dem Tisch liegen gelassen hatte.

„Ja, macht das! War schön, dich getroffen zu haben. *Ciao, cara.*" Maria Grazia beugte sich erneut zu Giuliana herab und küsste sie. „Und nicht die Grüße an deine Eltern vergessen. Sag deiner Mutter, dass wir uns bald mal wieder auf einen *Caffè* treffen müssen."

„Ja, mache ich. *Ciao*, Maria Grazia." Giuliana hob noch einmal die Hand zum Gruß, öffnete die Karte und bedachte die ehemalige Hotelangestellte keines Blickes mehr, sodass diese endlich zurück zu ihren Kindern ging, die mittlerweile an einem frei gewordenen Tisch Platz genommen hatten.

„Ich habe zwar kein Wort verstanden, aber sie scheint eine Nervensäge zu sein", meinte Robert und grinste.

„Allerdings. Jetzt kann ich nur hoffen, dass sie nicht irgendwann meinen Eltern über den Weg läuft." Giuliana klappte die Karte wieder zu. „Lass uns lieber gehen! Wir können uns auf dem Weg nach unten noch irgendwo ein Eis kaufen."

Sie bestellten die Rechnung, und nachdem sie bezahlt hatten, warteten sie auf den Augenblick, in dem Maria Grazia in die Speisekarte vertieft war, und verließen rasch das Lokal. Hand in Hand rannten sie ohne Unterbrechung bis zu der *Piazza*. Vor der Kirche hielten sie an und brachen in Gelächter aus.

„Die hätte es sonst noch fertiggebracht, uns auf einen Kaffee einzuladen", gluckste Giuliana außer Atem.

Gemäßigten Schrittes machten sie sich auf den Rückweg zum Bus. Sie hielten nur einmal kurz in einem Eiscafé an, wo sie sich den verpassten Nachtisch kauften. Die Sonne war mittlerweile untergegangen. Ein Sternenmeer funkelte am Himmel und unten in der Bucht spiegelten sich die Lichter der Häuser im Wasser. Auf dem Rückweg nach Alassio legte Robert die neue Vasco-Rossi-Kassette ein, die er sich nach dem Konzert gekauft hatte. Sie drehten die Autoscheiben herunter, sangen laut mit und genossen die warme Meeresbrise. Immer wieder blickten sie sich lachend an, doch tief in ihrem Inneren wussten sie, dass dieses Glücksgefühl vergänglich sein würde.

Eine Woche später, als Giuliana nach ihrer Mittagsschicht die Wohnungstür aufschloss, erklang die Stimme ihrer Mutter aus dem Wohnzimmer. „Giuliana, komm doch mal bitte her!"

Giuliana seufzte. Sie wollte sich so schnell wie möglich umziehen und zu Robert fahren, da sie ihre erste Surfstunde bekommen sollte.

„Was ist, *mamma*? Ich habe nicht viel Zeit", antwortete sie ungeduldig und steckte ihren Kopf zur Tür hinein.

Ihre Mutter saß auf der Couch und blickte sie ernst an.

„Hast du nicht vergessen, mir etwas auszurichten?"

Giuliana zuckte zusammen. „Nein, wieso?" Zögerlich betrat sie den Raum. Sie ahnte, was nun kommen würde.

„Du solltest mir doch Grüße von Maria Grazia bestellen. Ich habe sie heute Morgen auf dem Markt gesehen."

„Ach ja, *scusami*, das habe ich ganz vergessen", tat Giuliana schuldbewusst. „Ihre Tochter ist zu Besuch aus Mailand."

„Ja, das hat sie mir erzählt. Ihr habt euch oben in Cervo getroffen. Mit wem warst du dort?"

Porca miseria! Genau diese Situation hatte Giuliana vermeiden wollen. Ihr Unbehagen verstärkte sich.

„Mit einem Bekannten."

Ihre Mutter runzelte die Stirn. „Maria Grazia hat gesagt, es war ein junger Mann mit blonden Locken, der wie ein Ausländer aussah." Sie stand vom Sofa auf und umfasste Giulianas Schultern. „Es war doch nicht dieser Deutsche, mit dem dich dein Vater vor dem Hotel erwischt hat?"

„Nicht alle, die blonde Locken haben, sind deshalb schon gleich Ausländer", protestierte Giuliana. „Es gibt auch genug italienische Männer mit blonden Haaren, Stefano zum Beispiel." Sie blickte ihrer Mutter trotzig ins Gesicht.

„Also willst du mir sagen, es war nicht der Deutsche?“

„Ja. Er war es nicht.“ Giuliana presste die Lippen zusammen.

„Das glaube ich dir nicht!“ Rosanna schüttelte den Kopf. „Ich erkenne genau, wenn du mich anlügst. Sag mir die Wahrheit, Giuliana! Mit mir kannst du doch über alles reden.“

„Also gut, er war es“, brachte sie schließlich hervor. „Aber es war sein letzter Abend. Er ist am nächsten Morgen zurück nach Deutschland gefahren und wollte mich noch mal zum Essen einladen, weil ich ihm den Campingplatz empfohlen hatte. Ehrlich, *mamma.*“ Es gelang ihr, dem ernsten Blick ihrer Mutter zu begegnen, ohne mit der Wimper zu zucken. „Bitte sag *papà* nichts!“, bat sie.

„Ich hoffe, es stimmt, was du erzählst, und du wirst ihn nicht wiedersehen. Denn wenn dein Vater das herausbekommt, möchte ich nicht in deiner Haut stecken, und in der des Deutschen auch nicht.“ Rosanna setzte sich wieder auf das Sofa. „Also gut, ich werde nichts sagen. Aber du musst mir fest versprechen, keinerlei Kontakt mehr zu ihm zu haben.“

„Ja, mache ich! Danke, *mamma*! Du bist die Beste.“ Giuliana setzte sich kurz neben Rosanna, umarmte sie und gab ihr einen Kuss. Wie gut, dass ihre Mutter nicht ahnte, dass sie das Versprechen nicht halten würde.

Kapitel 17

Alassio 2020

Matteos Wohnung befand sich in erster Meereslinie in der obersten Etage eines terracottafarbenen, dreistöckigen Gebäudes. Im Erdgeschoss gab es eine Eisdiele mit direktem Zugang zur Strandpromenade. Stella hatte auf dem Rückweg zur Pension noch einen Abstecher in einen Spirituosenladen gemacht und eine Flasche Wein als Mitbringsel besorgt. Die drückte sie nun Matteo in die Hand.

„Wow, das ist ein guter Tropfen", lobte er, nachdem er die Flasche vom Papier befreit und auf der Küchentheke abgestellt hatte.

„Dann hat der Verkäufer mich gut beraten", freute Stella sich. „Ich habe nämlich nicht viel Ahnung von Wein, und von italienischem schon gar nicht. Schön hast du es hier." Sie blickte sich bewundernd in dem offenen Wohnbereich um, der aus einer um einen Kamin gruppierten, gemütlichen Sofalandschaft, einem hellen Holzesstisch mit Rattanstühlen und einer offenen dunkelgrauen Lackküche bestand. Gegenüber dem Esstisch stand eine Glasvitrine, in der zahlreiche Whiskyflaschen und verschiedene Harley-Davidson-Modelle ausgestellt waren. An den hellen Wänden hingen vergrößerte Fotografien von amerikanischen Landschaften, ein Filmposter von Easy Rider und ein Leuchtschild mit dem Harley-Davidson-Schriftzug.

„Ich hoffe, du hast Hunger mitgebracht." Matteo deutete in Richtung des Herdes, auf dem zwei Töpfe und eine Pfanne standen.

„Allerdings. Wenn ich es genau überlege, habe ich außer einem Croissant heute Morgen und ein paar Nüssen vorhin am Strand noch nichts gegessen."

„Magst du einen Campari Orange als Aperitiv?", fragte er, und als Stella nickte, bereitete er die Getränke in der Küche zu.

„Komm, jetzt zeige ich dir das Schmuckstück meiner Wohnung. Nur deshalb habe ich sie gekauft." Er reichte Stella den Drink, durchquerte das Wohnzimmer und betrat durch eine Schiebetür den Balkon, der gerade einmal groß genug war, dass darauf ein kleiner Tisch und zwei Stühle Platz fanden. Allerdings sah Stella auf der rechten Seite eine Wendeltreppe. Neugierig stieg sie hinter Matteo die engen Stufen hinauf, und der Anblick, der sich ihr am Ende der Treppe bot, ließ sie in laute Begeisterungsrufe ausbrechen. Es war, als ob sie eine andere Welt beträte. Vor ihr lag eine großzügige Dachterrasse, die Matteo mit riesigen Pflanzenkübeln in eine grüne Oase verwandelt hatte. Um die Stämme der Palmen hatte er Lichterketten gewickelt und zudem steckten in jedem Terracottatopf Solarleuchten, die später, wenn es dunkler wäre, sanftes Licht verbreiten würden. Über die Hälfte der Terrasse war ein helles Segeltuch gespannt. Neben einem schön eingedeckten Esstisch mit vier Stühlen gab es noch eine aus Paletten gebaute Sitzgarnitur und eine Art überdachtes Sonnenbett, das wie ein Himmelbett von weißem fließendem Stoff umrahmt und mit bunten Kissen dekoriert war. In einer Ecke stand sogar ein Whirlpool. Zur Meerseite hin war die Terrasse durch eine Glaswand begrenzt, sodass nichts den fantastischen Blick über das Wasser und die Bucht schmälerte. Rechts und links hingegen schützten geflochtene Holzwände gegen die Blicke der Nachbarn.

„Mein Gott, ist das schön. Hier gehe ich nicht mehr weg." Stella lief vor bis zur Glasbalustrade und blickte nach unten. Auf der Promenade herrschte reger Betrieb. Die letzten Strandgänger gingen zurück in ihre Wohnungen oder Hotels, und schick angezogene Touristen waren bereits auf dem Weg in die an der Promenade liegenden Restaurants. An den Stränden begannen die Bademeister mit den Säuberungsarbeiten, damit die Liegen und Sonnenschirme am nächsten Morgen wieder wie mit dem Lineal gezogen in Reih und Glied standen.

„Freut mich, dass es dir gefällt." Matteo war hinter Stella getreten und hauchte ihr einen Kuss in den Nacken. Ein angenehmer Schauer lief über ihre Haut.

„Hier kann ich nach einem anstrengenden Tag wunderbar entspannen." Er drehte sich um und blickte zu dem Sonnenbett. „Manchmal, wenn es mir im Sommer zu heiß ist, schlafe ich sogar hier oben."

„Wirst du nicht von Mücken aufgefressen?", fragte Stella.

„Nein, ich ziehe einfach die Vorhänge zu. Setz dich schon mal hin! Ich kümmere mich um die Vorspeise, und dann kannst du mir erzählen, wie es dir heute im Hotel Colombo ergangen ist."

Die Erwähnung des Namens riss Stella unvermittelt aus der angenehmen, relaxten Stimmung, in der sie sich befunden hatte. Eigentlich hatte sie keine Lust, über ihre Familie zu reden, aber es war auch verständlich, dass Matteo wissen wollte, was sie erreicht hatte.

„Okay. Soll ich nicht mit runter kommen und dir helfen?", schlug sie vor.

„Nein, du bist mein Gast. Trink deinen Campari und genieße die Aussicht! Ich bin gleich wieder da." Er umfasste ihr Gesicht und drückte ihr einen Kuss auf die Lippen, bevor er die Wendeltreppe hinunterstieg und Stella nicht umhinkonnte, seine knackige Kehrseite in der engen Jeans zu bewundern.

Sie setzte sich und trank einen Schluck aus ihrem Glas. Sie liebte den bitteren Geschmack des Campari. Mit der Tischdeko hatte sich Matteo viel Mühe gegeben. Auf hellblauen Sets standen blütenweiße Teller. Dahinter für jeden ein Wein- und ein Wasserglas. Aus den farblich passenden Servietten hatte er Taschen für das Besteck gefaltet. Ein Windlicht und eine Vase mit frischen Blumen standen in der Mitte des Tisches.

Kurz darauf kam Matteo wieder zurück. In der einen Hand balancierte er zwei Teller mit Pasta, in der anderen trug er einen Korb mit frischem Weißbrot.

„*Fettuccine alla putanesca.*" Er stellte die Teller auf dem Tisch ab. „Ich hole noch eben den Wein, bin sofort zurück", sagte er, verschwand wieder nach unten und kam wenig später mit Stellas Rotweinflasche, einem Öffner und einer Kristallkaraffe mit Wasser zurück. Geschickt entkorkte er den Wein, schenkte die Gläser voll und setzte sich. „*Salute, cara mia.* Auf einen schönen Abend!" Er nahm sein Glas in die Hand und prostete Stella zu.

„*Salute!* Es riecht superlecker. Was ist alles in der Soße drin?", wollte sie wissen.

„Tomaten, Sardellen, Kapern und Chili auf frischer Pasta."

„Wie, die Nudeln hast du auch selbst gemacht?" Stella kam aus dem Staunen nicht heraus.

„Sagen wir mal selbst gekauft, in Serafinas Pastaladen." Matteo grinste spitzbübisch. „Aber es ist nicht so, dass ich das nicht auch könnte, ich hatte nur nicht genug Zeit. *Buon appetito!*"

Stella steckte sich den ersten Bissen in den Mund und verzog das Gesicht vor Wonne. „Sehr gut!", lobte sie. „Meine Güte, zu Hause muss ich erst mal eine Diät machen."

„Ich finde, bei dir sitzt jedes Pfund am richtigen Fleck", schmeichelte Matteo. „Also, jetzt erzähl mal! Konntest du mit deinen Großeltern reden?"

Stella trank rasch einen Schluck Wein, bevor sie zu erzählen anfing.

„Im Grunde genommen bin ich genauso schlau wie vorher", sagte sie, als sie ihren Bericht beendet hatte. „Alle behaupten steif und fest, dass Stella als Baby gestorben ist und ich nicht die bin, die ich behaupte zu sein." Sie zog die Schultern hoch. „Mein Großvater hat mir sogar gedroht, mich anzuzeigen und ins Gefängnis zu bringen, wenn ich seine Familie nicht in Ruhe lasse."

„Meine Güte, das ist schlimm." Matteo griff nach Stellas Hand und drückte sie. „Und deine Großmutter? Hast du die auch gesehen?"

„Ja, sie stand auch hinter dem Rezeptionstresen, aber mein Großvater hat sie gleich weggeschickt. Das war merkwürdig, zumal sie mich die ganze Zeit über angestarrt hat. Es sah sogar aus, als ob sie Tränen in den Augen hatte."

„Vielleicht weiß sie etwas. Versuch noch mal, sie allein irgendwo abzufangen", schlug Matteo vor.

„Ach, ich weiß nicht, das bringt bestimmt auch nichts", resümierte Stella.

„Was ist nur damals nach deiner Geburt passiert? Hast du im Nachlass deines Vaters nichts anderes mehr gefunden, was dir Aufschluss geben könnte?"

„Nein.“ Stella schüttelte den Kopf. „Nur den Brief, den Anhänger und das Foto. Und es gibt auch keinen mehr, den ich fragen könnte. Die Eltern meines Vaters sind auch schon tot. Und er hatte keine Geschwister.“ Sie nahm sich ein Stückchen Brot, wischte damit den letzten Rest Soße von ihrem Teller und steckte es in den Mund. „Das war megalecker“, lobte sie, als sie den Bissen runtergeschluckt hatte. „Ich denke, ich werde mich damit abfinden müssen, nie zu erfahren, was sich damals wirklich abgespielt hat. Ich habe dreiunddreißig Jahre ohne meine Mutter gelebt, dann werde ich es auch für den Rest meines Lebens tun.“

„Schade, aber es bleibt dir nichts anderes übrig. Was willst du jetzt machen?“

„Ich fahre zurück nach Deutschland und lebe mein Leben weiter wie bisher. So, und nun will ich nicht mehr darüber reden und das Essen genießen. Was gibt es als Hauptspeise?“, fragte sie und grinste frech.

Matteo stellte die beiden leeren Teller ineinander und stand auf. „Ah, lass dich überraschen. Bin gleich zurück.“

Nachdem sie noch ein köstliches *Saltimbocca alla Romana* und ein cremiges *Tiramisu* verspeist und dazu noch eine zweite Flasche Wein geleert hatten, lehnte sich Stella zurück und warf die Serviette auf den Tisch.

„Ich platze gleich. Es würde mich nicht wundern, wenn ich nachher auf der Wendeltreppe stecken bleibe.“

„Dann muss ich dich auf den Balkon abseilen“, scherzte Matteo.

„Sehr witzig!“ Stella stand auf, streckte sich und blickte über die Bucht. Mittlerweile war die Sonne untergegangen, ein leichter orangener Schein war noch zu sehen, der die

Silhouetten der Palmen und Häuser wie ein schwarzer Scherenschnitt aussehen ließ. Über dem Meer glänzte der Vollmond und zauberte eine silbrig glitzernde Spur auf dem Wasser. Mit einem Mal standen Stella wieder die Begegnungen mit ihrer Mutter und ihren Großeltern vor Augen. Wie abweisend sie sich ihr gegenüber verhalten hatten, als ob sie eine Betrügerin wäre. Sie konnte nicht verhindern, dass ihre Schultern zu beben anfingen und ihr Tränen über die Wangen liefen. Da sie so in ihren Kummer vertieft war, bemerkte sie zunächst nicht, wie Matteo hinter sie trat. Sanft umfasste er ihre Schultern, drehte sie zu sich herum und wischte über ihr Gesicht.

„Nicht weinen!", flüsterte er. „Deine komischen Verwandten sind es nicht wert, dass du ihretwegen auch nur eine Träne vergießt."

„Ich weiß, aber es tut trotzdem weh, so behandelt zu werden."

Matteo zog sie in seine Arme, strich ihr mit einer zärtlichen Geste die Locken aus dem Gesicht und näherte sich ihrem Mund. Er berührte ihn ganz vorsichtig und sanft, liebkoste mit seiner Zunge ihre Lippen, und als Stella sie ein wenig öffnete, wurde sein Kuss fordernder und leidenschaftlicher. Sein Dreitagebart kratzte an ihrer Haut, doch es störte sie nicht, im Gegenteil, es gefiel ihr sogar. Genau wie der herbe Duft nach Zitrone und Kräutern, den er verströmte. Sie griff mit ihrer rechten Hand in seine offenen Haare, die sich so weich anfühlten, als ob sie Seide berührte. Während sie nicht aufhörten, sich zu küssen, spürte Stella, wie Matteos Hände über ihren Rücken streichelten und auf ihrem Po liegen blieben. Sie genoss seine Berührungen, obwohl sich irgendwo in ihrem Unterbewusstsein das schlechte Gewissen zu regen begann. Matteos Lippen lösten sich von den ihren und wanderten bis zu ihrem Hals.

„Wollen wir es uns ein bisschen bequemer machen?“, flüsterte er und knabberte sanft an ihrem Ohrläppchen. Ein prickelnder Schauer durchzog Stellas Körper.

Als sie nickte, hob er sie auf seine Arme und trug sie zu dem Sonnenbett. Vosichtig legte er sie auf die weiche Matratze und beugte sich über sie. Seine dunklen Augen funkelten, als er sie ansah. Keiner sagte ein Wort, während sich ihre Blicke ineinander verfingen.

„Hier könnte ich ewig bleiben“, seufzte Stella schließlich.

„Dann mach es doch!“ Matteo fuhr mit seinen Fingern sanft die Konturen ihres Gesichts nach. „Bitte geh noch nicht zurück nach Deutschland! Bleib hier bei mir“, bat er sie und begann, kleine Küsse auf ihren Hals und ihr Dekolleté zu tupfen. „Ich habe mich in dich verliebt, Stella.“ Er hielt inne und blickte ihr erneut tief in die Augen. Dann küsste er sie wieder auf den Mund, sodass Stella nicht antworten musste. Sie fühlte sich wie von einem Strudel ergriffen, konnte keinen klaren Gedanken fassen, während Matteo fortfuhr, sie so unbeschreiblich gut zu küssen. Seine Hand wanderte langsam tiefer und schob sich unter ihr Seidentop. Als er ihre rechte Brust umschloss, stöhnte sie leise. *Steh auf und geh, bevor es zu spät ist,* erklang eine Stimme irgendwo in ihrem Kopf. Doch es gab kein Zurück mehr. Sie wollte es, wollte ihn, wollte ihn spüren und schmecken. Rasch richtete sie sich auf, zog ihm das T-Shirt über den Kopf und warf es neben der Liege auf den Boden. Danach streifte sie ihr eigenes Top ab und spürte Matteos bewundernde Blicke.

„Deine Figur ist perfekt!“, flüsterte er.

„Deine auch.“ Stella lächelte und strich über seine muskulöse Brust bis hinunter zu seinem festen Bauch.

Matteo zog sie an sich und begann wieder, sie zu küssen,

während seine Hände die Erkundungsreise auf ihrem Körper fortsetzten. Ein letztes Mal versuchte die mahnende Stimme aus ihrem Unterbewusstsein an die Oberfläche zu gelangen, doch Stella hörte sie nicht mehr, zu tief war sie bereits in den Strudel der Gefühle und der Leidenschaft hineingezogen worden.

Stella erwachte, als die Sonne hinter der Isola Gallinara aus dem Meer emporstieg und auf dem Himmel wie mit einem unsichtbaren Pinsel ein rot-oranges Farbspektakel zeichnete. Eine Möwe flog laut kreischend über das Haus. Matteo schlief noch. Er hatte seinen Arm um Stellas Taille gelegt. Sein Gesicht wirkte vollkommen entspannt. Die langen, nach oben gebogenen Wimpern warfen Schatten unter seine geschlossenen Augen. Es war wunderschön gewesen, mit ihm zu schlafen. Matteo war ein zärtlicher Liebhaber, der sich sehr darum bemüht hatte, dass auch sie auf ihre Kosten gekommen war, und er hatte ihr gesagt, dass er sich in sie verliebt hatte. Alles hätte perfekt sein können, wenn es da nicht einen klitzekleinen Hinderungsgrund für eine gemeinsame Zukunft mit Matteo gegeben hätte: Sie war verlobt und würde noch in diesem Jahr heiraten. Was hatte sie nur getan? Sie hatte Jonas betrogen und im Grunde genommen auch Matteo, indem sie ihm verschwiegen hatte, dass sie sich in einer festen Beziehung befand. Und noch schlimmer war, dass auch sie sich eingestehen musste, sich in Matteo verliebt zu haben. Wie sollte sie ihn wieder vergessen und, als wenn nichts geschehen wäre, Jonas heiraten? Mit einem Mal fühlte sie sich eingeengt. Es war, als ob ihr jemand die Luft zum Atmen nähme. Sie musste weg von hier und versuchen, einen klaren Kopf zu bekommen. Sie hielt Matteos Handgelenk fest, rutschte nach vorn und ließ seinen Arm wieder vorsichtig auf die Matratze sinken. Rasch griff sie nach ihrem Top und dem Jeansrock und zog sich an. Nachdem sie noch einen Blick auf den schlafenden Matteo geworfen hatte, ging sie.

Sie brauchte ungefähr eine halbe Stunde bis zur Pension. Erschöpft legte sie sich auf ihr Bett, und obwohl sie sich nur einen Moment ausruhen wollte, schlief sie kurz darauf ein. Als sie wieder aufwachte, war sie nass geschwitzt. Die Luft stand in dem kleinen Zimmer. Es war schon nach halb elf. Nachdem sie geduscht hatte, schaute sie auf ihr Handy und sah, dass ihr sowohl Matteo als auch Jonas eine Whatsapp-Nachricht geschickt hatten. Sie las zuerst Matteos Nachricht.

Warum hast du mich nicht geweckt, als du gegangen bist? Es war toll mit dir. Ich bin nachher in der Sprachschule. Rufe dich an, wenn meine Kurse zu Ende sind. Vielleicht können wir heute Nachmittag zum Strand gehen und im Meer schwimmen. Ich freue mich auf dich!

Jonas fragte zum wiederholten Mal, wann sie endlich genug vom Detektivspielen hätte und nach Hause kommen würde.

Sie hatte nicht die Kraft, auch nur einem der beiden zu antworten. Sie fühlte sich wie ein Tau, an dem an beiden Enden in unterschiedliche Richtungen gezogen wurde. Vielleicht sollte sie mit irgendjemandem reden. Manchmal half das, die Dinge aus einem anderen Blickwinkel zu betrachten. Francesca, sie würde Francesca anrufen. Die Italienerin hatte ihr schon oft gute Ratschläge gegeben, wenn sie mit ihr über ihre Probleme gesprochen hatte. Da Sonntag war, war das Café geschlossen, und sie wäre sicherlich zu Hause. Stella setzte sich aufs Bett und wählte Francescas Handynummer. Es klingelte eine ganze Weile, und Stella wollte schon enttäuscht auflegen, als sie am anderen Ende der Leitung Francescas Stimme vernahm. Sie klang ein wenig außer Atem.

„*Ciao,* Cesca“, begrüßte Stella sie. „Wo habe ich dich hergeholt?“

„Aus dem Garten, *cara mia.* Wie schön, deine Stimme zu hören. Wie geht es dir? Gibt es etwas Neues von deiner Familie?“

„Allerdings.“ Stella schnaubte die Luft durch die Nase. Rasch berichtete sie der Freundin von den Begegnungen mit ihrer Mutter und ihren Großeltern. Als sie an der Stelle angelangt war, wie sie in Arnasco vor ihrem eigenen Grab gestanden hatte, musste sie erneut schlucken.

„*Dio mio*, wie furchtbar, seinen eigenen Namen auf einem Grabstein zu lesen.“ Francesca hörte sich wirklich geschockt an. „Schade, dass ich dich nicht nach Alassio begleitet habe, ich hätte deinem Großvater ordentlich den Kopf gewaschen.“

„Er war nicht besonders sympathisch“, seufzte Stella. „Und meine Mutter ehrlich gesagt auch nicht.“

„Das tut mir leid, meine Liebe. Wo du doch so gehofft hast, eine Familie zu finden. Sei nicht traurig! Du hast immer noch mich und Jonas. Übrigens, gestern war dein Verlobter im Café. Er hatte noch jemanden dabei. Sie haben einen Kaffee getrunken. Keine Sorge, es war ein Mann.“ Francesca lachte kurz auf. „Luna und ich haben schon gedacht, du hättest Jonas vorbeigeschickt, um uns zu kontrollieren.“

„Ganz bestimmt nicht!“, protestierte Stella. „Ihr wisst doch, dass ich euch voll und ganz vertraue. Vielleicht war er gerade in der Nähe mit seinem Kunden“, vermutete sie.

„Ja, kann sein. Was ist nun dein Plan?“, fragte Francesca.

„Tja, eigentlich sollte ich die Sache hier abbrechen und zurück nach Köln kommen. Ich muss akzeptieren, dass ich nie ein Teil meiner italienischen Familie sein werde."

„Das hört sich an, als ob es da noch ein Aber gäbe", mutmaßte Francesca.

„Das gibt es tatsächlich." Stella machte eine kurze Pause, bevor sie fortfuhr. „Ich habe jemanden kennengelernt, gleich an meinem ersten Tag. Er heißt Matteo. Ich wohne in der Pension seiner Verwandten. Weißt du, er hat mir sehr geholfen bei der Suche nach meiner Mutter, und wir sind uns irgendwie näher gekommen. Er ist so nett und sieht auch noch Bombe aus", schwärmte sie.

„Oh je", ertönte es am anderen Ende der Leitung. „Hast du dich etwa verliebt, Stella?"

„Ich glaube ja."

„Aber ihr habt doch nicht miteinander ge…"

„Doch, gestern abend", gab Stella kleinlaut zu. „Deshalb fühle ich mich ja so schlecht. Ich weiß, dass ich Jonas betrogen habe, aber trotzdem bereue ich nicht, mit Matteo geschlafen zu haben, Cesca. Es war toll. Und jetzt weiß ich nicht, was ich tun soll."

„Meine Güte, Kind, was machst du für Sachen? Ich vermute mal, dass dieser Matteo nichts von Jonas' Existenz weiß, oder?"

„Nein. Ich habe auch nie vorgehabt, es so weit kommen zu lassen", versuchte sich Stella zu verteidigen. „Aber gestern Abend auf seiner Dachterrasse, ich weiß auch nicht, der Mond schien über dem Meer. Wir haben zwei Flaschen Wein getrunken, und dann bin ich auf einmal ganz traurig geworden, wegen meiner Familie. Matteo hat mich in den Arm genommen, um mich zu trösten. Da ist es dann passiert."

Es blieb einen Moment lang still am anderen Ende der Leitung.

„Cesca, bist du noch dran?“, fragte Stella schließlich.

„Ja, ich überlege gerade. Das ist eine schwierige Situation“, stellte sie fest. „Bist du bereit, zurückzukommen und Matteo zu vergessen? Du kannst Jonas alles verschweigen und so tun, als ob das alles nie geschehen wäre, oder du beichtest es ihm, und dann kann es passieren, dass er dir nicht verzeiht und Schluss mit dir macht. Andererseits müsstest du ständig mit dieser Lüge leben, wenn du nichts sagst.“

„Ich weiß nicht, ob ich Matteo einfach so vergessen kann oder will“, sagte Stella. „Im Moment weiß ich nicht einmal, ob ich Jonas überhaupt noch heiraten will, selbst wenn das mit Matteo nicht gewesen wäre. Ich bin mir nicht mehr sicher, ob ich den Rest meines Lebens mit ihm verbringen will“, seufzte Stella. „Er engt mich zu sehr ein, und dann diese ständigen Diskussionen über mein Café, das ich seiner Meinung nach aufgeben soll.“

„Was das betrifft, musst du dich durchsetzen“, riet Francesca. „Er hat seine Arbeit und du hast deine. Ich würde an deiner Stelle erst einmal mit Matteo reden und ihm von deinen Gefühlen zu ihm erzählen, aber auch, dass du nicht ehrlich zu ihm warst. Wenn du ihm wichtig bist, wird er es verstehen und dir Zeit geben, dich zu entscheiden.“

„Ja“, überlegte Stella. „Das sollte ich vielleicht machen.“

„Ich rate dir, auf jeden Fall auf dein Herz zu hören, *cara*. Sonst endest du in einer Ehe, in der du womöglich nicht glücklich sein wirst. Nimm dir all die Zeit, die du brauchst, um dich zu entscheiden, und überstürze nichts!“

„Ach, Cesca, was würde ich nur ohne dich machen?“

„Sei nur immer schön nett zu mir, damit ich dir noch lange erhalten bleibe“, erwiderte Francesca und lachte.

„Also, dann werde ich jetzt erst mal mit Matteo reden“, beschloss Stella. „Das bin ich ihm schuldig. Ich erzähle dir dann, wie er reagiert hat.“

„Mach das, *cara mia*! Fühl dich umarmt und geknutscht!“ Stella vernahm ein paar Kussgeräusche.

„Du auch“, sagte sie. „Ist im Café alles in Ordnung?“

„Ja, außer, dass die Stammkunden ständig nach dir fragen“, erklärte Francesca. „Rebecca Hansen möchte gern eine Lesung bei uns abhalten und ihren neuen Roman vorstellen. Du sollst dich sofort bei ihr melden, wenn du wieder da bist.“

„Ok, das mache ich. Grüß alle von mir und gib Luna einen dicken Kuss! *Ciao,* Cesca. Bis bald.“

Stella wischte über den roten Hörer auf dem Display und warf das Handy neben sich aufs Bett. Höre auf dein Herz!, hatte Francesca ihr geraten. Wenn das so einfach wäre! Sie konnte sich nicht vorstellen, zurück nach Köln zu fahren und Matteo nie mehr wiederzusehen, aber es brach ihr auch das Herz, wenn sie sich vorstellte, Jonas sagen zu müssen, dass sie sich in einen anderen verliebt hätte. Sie stand auf, steckte das Handy in ihre Handtasche und machte sich auf den Weg zu Matteos Sprachschule. Ihr Herz klopfte wie wild bei dem Gedanken daran, ihm gleich von Jonas erzählen zu müssen und nicht zu wissen, ob er sie verstehen oder vielleicht zum Teufel jagen würde.

Kurz darauf betrat sie den Eingangsbereich der Sprachschule. Er war leer, aber im Nebenzimmer waren Stimmen zu hören, eine weibliche und eine männliche, die ganz nach

Matteo klang. Die weibliche Person brach soeben in ein Gekicher aus. Dann kam es Stella so vor, als vernähme sie Kussgeräusche. Ihr Unbehagen verstärkte sich.

„Ich habe dich so vermisst, *tesoro*", sagte die weibliche Stimme und erneut erklang das Geräusch eines Kusses. „Ich werde dich nie wieder so lange allein lassen."

Die Tür zu dem Raum war nur angelehnt. Auf Zehenspitzen schlich sich Stella heran, zog sie ein Stück weiter auf und spähte durch den Spalt. Das Blut gefror ihr in den Adern, als sie Matteo erblickte, in einer innigen Umarmung mit einer jungen Frau, die ihm erneut einen Kuss auf die Lippen drückte.

Also hatte auch er sie angelogen, als er ihr sagte, er hätte zurzeit keine Beziehung, und sie, Stella, anscheinend nur als harmlosen Sommerflirt benutzt hatte, mit dem man ein paarmal ins Bett hüpfte, um der Langeweile des Sexlebens mit seiner festen Partnerin entgegenzuwirken. Obwohl Stella Matteo auch nicht die Wahrheit gesagt hatte, tat es ihr weh, ihn so mit seiner Freundin zu sehen. Sie unterdrückte ein Schluchzen, lief hinaus auf den Gehweg, die Straße hinunter, bis sie die Sprachschule nicht mehr sehen konnte. Erst dann hielt sie an, lehnte sich an die nächstbeste Hauswand und atmete tief ein und aus. Nie im Leben hätte sie damit gerechnet, dass Matteo auch nur einer dieser italienischen Machos war, die wahrscheinlich am Ende des Sommers mit ihren Freunden die Strichlisten verglichen, wer die meisten Touristinnen flachgelegt hatte.

Zumindest hatte ihr Matteo nun die Entscheidung abgenommen. Sie würde so schnell wie möglich nach Köln in ihr altes Leben zurückkehren.

Kapitel 18

Als Stella zum ersten Mal die Worte „Köln-Zentrum" auf den Ausfahrtschildern der Autobahn las, wusste sie nicht, ob sie weinen oder lachen sollte. Gleich nachdem sie Matteo in der Sprachschule in inniger Umarmung mit seiner Freundin gesehen hatte, war sie zurück in die Pension gegangen, hatte ihre Sachen gepackt und bei Michele das Zimmer bezahlt. Sie hatte ihm erzählt, dass es ein Problem in ihrem Café in Deutschland gäbe, das ihre sofortige Rückkehr erforderte.

Auf der Fahrt hatte sie genug Zeit gehabt, in Ruhe über alles nachzudenken. Was ihre Familie betraf, so hatte sie ihr Möglichstes versucht, um mit den verbliebenen Mitgliedern in Kontakt zu treten. Anscheinend würde ihr dies aber nun für immer und ewig verwehrt bleiben, da alle – aus welchem Grund auch immer – glaubten, sie wäre als Baby gestorben. Und die Sache mit Matteo hatte ihr gezeigt, dass sie sich noch einmal Gedanken über ihre Gefühle zu Jonas machen musste, ob sie wirklich so stark waren, dass sie seine Frau werden und für immer an seiner Seite leben wollte. Matteo hatte einige Male versucht, sie auf dem Handy zu erreichen, jedoch war Stella nicht rangegangen. Die Erklärung, die sie seinem Onkel gegeben hatte, musste reichen.

Sie war traurig, dass sie Alassio wieder verlassen musste. Trotz der unschönen Sachen, die sie in Italien erlebt hatte, war ihr der Küstenort und die gesamte Gegend der Riviera dei Fiori in der kurzen Zeit ans Herz gewachsen. Aber jetzt musste sie sich erst einmal wieder auf ihr Schmökercafé konzentrieren. Schließlich stand ihr in Kürze der Umzug bevor.

Dazu musste sie zunächst ein geeignetes neues Lokal finden, das am besten nicht zu weit von der jetzigen Location entfernt läge, damit sie ihre Stammkunden aus dem Viertel nicht verlieren würde. All dies bedeutete viel Arbeit, würde sie aber auch von den Erlebnissen in Italien ablenken. Sie hatte Jonas nicht gesagt, dass sie sich auf der Rückfahrt befand, als er sie am Abend angerufen hatte, da sie ihn überraschen wollte. Sie war die Nacht durchgefahren, hatte nur angehalten, um zu tanken, und einmal, um einen Kaffee zu trinken. Zum Glück war zwei Stunden zuvor die Sonne aufgegangen. Stella mochte es lieber, im Hellen zu fahren.

Eine halbe Stunde später parkte sie vor dem Gebäude, in dem sich Jonas' Penthouse befand. Sie fuhr mit dem Fahrstuhl nach oben, schloss die Tür mit ihrem Schlüssel auf und betrat die Wohnung. Da es erst halb sieben war, lag Jonas sicherlich noch im Bett. Er stand meistens gegen sieben Uhr auf. Sie schlich sich durch den Flur ins Schlafzimmer und tatsächlich, er schlief noch, nur mit einem dünnen Laken zugedeckt. Stella schlüpfte aus ihren Chucks und kuschelte sich dicht neben ihn. Jonas gab ein brummendes Geräusch von sich, wachte aber nicht auf. Erst, als die Weckmelodie seines Handys erklang, das neben ihm auf dem Nachttisch lag, schlug er die Augen auf und bemerkte, dass er nicht allein in seinem Bett war.

„Stella." Er richtete sich auf und grinste wie ein kleiner Junge, dem man einen ganzen Eimer voll Süßigkeiten vor die Nase gestellt hatte. „Warum hast du nicht gesagt, dass du kommst?" Er zog sie in seine Arme und küsste sie.

„Es war ein spontaner Entschluss. Da ich in Italien nichts mehr ausrichten konnte."

„Schön, dass du wieder da bist. Meine Mutter hat schon

ein paarmal angerufen und gefragt, wann du zurück bist, damit ihr dein Brautkleid aussuchen könnt." Er setzte sich im Bett auf. „Sie hat gesagt, du brauchst dir keine Sorgen zu machen, weil das mit deiner eigenen Mutter nicht geklappt hat, sie wird sich um alles kümmern. Ist das nicht nett?"

Stella stöhnte innerlich. Anscheinend hatte Jonas ihren Misserfolg bereits brühwarm seiner Mutter erzählt. Und die krakenartige Fürsorge ihrer Schwiegermutter in spe, die die perfekte Wedding-Planerin spielen wollte, war das Letzte, was sie nun brauchte.

„Immer mit der Ruhe", versuchte sie Jonas zu bremsen. „Zunächst einmal muss ich mich jetzt um ein neues Ladenlokal für das Schmökercafé kümmern."

„Nicht schon wieder das Café!", protestierte Jonas. „Konzentriere dich doch bitte endlich auf unsere Hochzeit! Das ist wichtiger."

„Ich bin eine Frau. Ich kann zwei Dinge auf einmal tun." Sie grinste ihn frech an. „Lass uns nicht gleich wieder über mein Café diskutieren!", bat sie. „Unsere Hochzeit ist wichtig, aber mein Café auch. Ich verspreche dir, mich um beide Sachen gleich gut zu kümmern." Sie rutschte vor bis zur Bettkante. „Ich werde jetzt in meine Wohnung fahren und eine Runde schlafen. Sehen wir uns heute Abend? Oder musst du mit Kunden essen gehen?"

„Ich glaube nicht. Aber ich sage dir noch Bescheid. Schön, dass du wieder da bist", wiederholte er. „Leider muss ich heute pünktlich in der Agentur sein, sonst hätten wir uns noch ein Stündchen ins Bett kuscheln können."

„Kannst du nicht Frau Glauber anrufen und sagen, dass du später kommst?" Stella strich mit der flachen Hand über Jonas' Brust.

„Nein, das geht nicht! Die Kunden von meinem Neun-Uhr-Termin sind nur noch bis heute in Köln."

„Schade. Dann sehen wir uns hoffentlich heute Abend. Ruf mich später an und sag mir, wo wir uns treffen." Stella gab Jonas noch einen letzten Kuss, bevor sie aufstand und das Zimmer verließ.

Nachdem sie ein paar Stunden geschlafen hatte, fuhr Stella am Nachmittag ins Schmökercafé. Das Mittagsgeschäft war bereits vorbei, sodass nur noch zwei Tische besetzt waren, als sie das Café betrat. Luna und Francesca fielen ihr freudestrahlend um den Hals.

„Endlich ist unsere Chefin wieder da", rief Luna. „Ich hoffe, du hast uns auch vermisst."

„Aber natürlich. Und besonders deinen Latte macchiato, Luna. Obwohl der Kaffee in Italien auch nicht zu verachten ist. Machst du mir einen?"

„Klar. Für dich auch einen, Cesca?" Als diese bejahte, ging Luna wieder hinter die Theke und machte sich an der Kaffeemaschine zu schaffen.

Stella und Francesca setzten sich währenddessen an einen der Tische.

„Wie ist dein Gespräch mit Matteo verlaufen?", wollte Francesca sogleich wissen. „War er sauer, als du ihm von Jonas erzählt hast?"

Stella verengte die Augen. „So weit bin ich gar nicht gekommen. Der feine Herr war gerade dabei, mit seiner Freundin rumzuknutschen. Da wollte ich lieber nicht stören." Obwohl ihre Stimme spöttisch klingen sollte, war der Schmerz herauszuhören, den Stella immer noch bei dem Gedanken an das, was sie gesehen hatte, empfand.

„*Porca miseria.*“ Francesca schüttelte den Kopf. „*Che stronzo!* Aber woher willst du wissen, ob es seine Freundin war, wenn du nicht mit ihm geredet hast?“, überlegte sie.

„Weil die Tussi gesagt hat, dass sie Matteo vermisst hätte und ihn nie wieder so lange allein lassen würde. Wahrscheinlich wollte er mich nur als kurzen Überbrückungsflirt benutzen, bis seine Freundin von wo auch immer wieder zurückgekommen wäre.“

„*Poverina.* Und jetzt? Willst du trotzdem Jonas heiraten?“ Francesca blickte sie fragend an.

Stella zuckte mit den Achseln. „Ich denke schon. Es ist ja nicht so, dass ich ihn nicht mehr liebe. Ich bin mir nur nicht sicher, ob mir das Leben, dass ich an seiner Seite führen würde, noch gefallen würde. Ich habe mich so frei gefühlt in Italien. Da scheint alles so viel lockerer zu sein. Bei Jonas habe ich ständig das Gefühl, dass er mich einengt.“

Francesca nickte verständnisvoll.

„Und dann diese ewigen Diskussionen über das Schmökercafé“, fuhr Stella fort. „Er will nicht einsehen, dass das Café für mich genauso wichtig ist wie für ihn seine Agentur.“

„Redet ihr über Jonas?“ Luna kam mit dem Kaffee an den Tisch, nachdem sie zuvor bei den verbliebenen Gästen abkassiert hatte. Sie stellte eine Tasse vor Stella und eine vor Francesca ab und setzte sich.

„Und du trinkst keinen?“, fragte Stella.

„Nee. Hatte schon genug heute. Sonst krieg ich noch einen Koffeinschock. Also, Wahnsinn, was du in Italien erlebt hast. Erst erfährst du, dass du noch eine Zwillingsschwester hast, und dann stehst du vor deinem eigenen Grab. Ich krieg jetzt noch eine Gänsehaut.“ Sie rieb sich über die Arme.

„Ja, das war gruselig.“ Stella schüttelte sich. „Am meisten

nervt mich, dass ich nicht herausfinden konnte, was damals passiert ist. Es muss irgendeinen Grund haben, warum meine Mutter und meine Großeltern der festen Überzeugung sind, ich wäre als Baby gestorben." Sie seufzte. „Und meine Schwester habe ich auch nicht gesehen. Sie soll angeblich in Amerika studieren. Ich weiß nicht, ob ich das glauben soll. Irgendwie will ich diesen Leuten gar nichts glauben." Stella trank einen Schluck Kaffee und wischte sich den Milchschaum von der Oberlippe. „Dafür habe ich aber eine nette Italienerin kennengelernt. Sie vermietet ein Ladenlokal in Alassio. Das wäre perfekt für ein zweites Schmökercafé." Stella lächelte beim Gedanken an Tonina. „Sie will mich vielleicht irgenwann mal hier in Köln besuchen kommen."

„Mach doch eine Filiale in Alassio auf!", schlug Francesca vor.

„Gute Idee!", befand Luna. „Ich melde mich freiwillig als Geschäftsführerin. Nach Italien wollte ich schon immer mal."

„Das glaube ich dir." Stella grinste. „Aber du kannst dann hier in Köln Geschäftsführerin sein, nach Italien gehe ich."

„Ach ja? Und was machst du mit Jonas?"

„Den nehme ich mit oder auch nicht. Aber jetzt mal ein ganz anderes Thema. Wir müssen schnellstmöglich ein neues Ladenlokal finden."

„Am besten irgendetwas hier in der Nähe", meinte Luna.

„Ja, das wäre gut. Ich werde gleich morgen ein paar Immobilienmakler abklappern. Hoffentlich wird etwas Entsprechendes angeboten. Ich darf gar nicht an die ganze Arbeit denken, die ich durch den Umzug haben werde." Stella stöhnte.

„Dann muss dein Verlobter auch mal mit anpacken", bemerkte Francesca trocken.

„Träum schön weiter!“ Stella lachte auf. „Jonas kann doch seine Agentur nicht vernachlässigen. Nein, darum werde ich mich schon selbst kümmern.“ Während sie einen weiteren Schluck von ihrem Latte macchiato nahm, ertönte der Piepton, der ihr anzeigte, dass sie eine Whatsapp-Nachricht erhalten hatte. Sie holte ihr Telefon aus der Tasche und sah, dass gleich mehrere Nachrichten eingegangen waren. Eine war von Matteo, eine weitere von Jonas und eine dritte von Tonina. Diese öffnete sie als Erstes. Die Italienerin wollte wissen, ob Stella gut in Deutschland angekommen wäre, und schrieb, wie schade sie es gefunden hätte, dass Stella nicht noch länger in Alassio geblieben wäre. Rasch antwortete Stella ihr, bevor sie Matteos Nachricht las. Er fragte erneut, warum Stella weggefahren wäre, ohne sich noch einmal bei ihm gemeldet zu haben, was es für ein Problem in ihrem Café gäbe, und beteuerte, dass er sie gern so schnell wie möglich wiedersehen wollte.

Wer's glaubt, wird selig! Stella zog die Stirn in Falten und schloss die Nachricht wieder. Jonas schrieb, dass er einen Tisch im *Rodeo* bestellt hätte und sie um acht Uhr in ihrer Wohnung abholen würde. Stella blieb noch bis zum Schluss im Café, plauderte mit Stammgästen und warf einen ersten Blick auf die Post, die Luna in einer Schublade hinter der Theke gesammelt hatte. Neben Rechnungen und unwichtigen Reklamesendungen war auch ein weiterer Brief ihres Vermieters gekommen, in dem er sie noch einmal höflichst darauf hinwies, dass sie das Ladenlokal bis zum dreißigsten September zu räumen hätte und an diesem Tag die Übergabe erfolgen würde. Wenn sich alles in einem zufriedenstellenden Zustand befände, würde er ihr die Mietkaution innerhalb der darauffolgenden Tage auf ihr Konto überweisen.

Als Stella sich später auf dem Weg zurück in ihre Wohnung befand, überkam sie mit einem Mal eine tiefe Trauer. Sie vermisste Alassio, das Meer … und Matteo. Warum hatte er sie belogen und ihr verschwiegen, dass er eine Freundin hatte? Ebenso konnte sie sich selbst fragen, warum sie ihm nicht gesagt hatte, dass sie verlobt war. Und trotzdem hatte es ihr wehgetan, zu sehen, wie er die andere Frau umarmt hatte. Wie sagte man so schön? Besser ein Ende mit Schrecken als ein Schrecken ohne Ende. Sie musste versuchen, in ihr altes Leben zurückzufinden. Aber wieso verursachte ihr dann der Gedanke an die bevorstehende Hochzeit mit Jonas mit einem Mal Bauchschmerzen?

Kapitel 19

Alassio, Sommer 1986

Die Erkenntnis traf Giuliana wie ein Pfeil mitten ins Herz. Es war einen Tag vor *Ferragosto* und sie hatte soeben mit Fiorangela telefoniert. Die Freundin hatte das gemeinsame Abendessen abgesagt. Sie hätten zum ersten Mal zu viert ausgehen wollen, Giuliana, Robert, Fiorangela und Massimo Doch Fiorangela hatte am Morgen ihre Tage bekommen und litt unter starken Bauchschmerzen.

Hätte sie nicht auch längst ihre Regel haben müssen?, überlegte Giuliana. Normalerweise war es bei ihr immer Ende des Monats so weit, doch wenn sie genau nachdachte, war ihre Regel im Juli ausgeblieben. Sie merkte, wie ihr das Blut in den Kopf schoss. Es konnte doch nichts passiert sein? Sie hatten immer ein Kondom benutzt, nur beim ersten Mal nicht, da Robert gedacht hatte, sie nähme die Pille. Vielleicht war auch nur ihr Hormonhaushalt durcheinandergeraten. Das Hotel war jetzt im August komplett ausgebucht, alle waren gestresst, und sie arbeitete mehr Stunden als sonst. Wenn sie sich mit Robert traf, hatte sie jedes Mal Angst, dass ihr Vater sie erwischte, und dann war da auch noch die Tatsache, dass der Sommer dem Ende entgegenging und Robert in absehbarer Zeit zurück nach Deutschland fahren musste. Wahrscheinlich hatte all dies dazu beigetragen, dass sich ihre Tage diesmal verspäteten, versucht sie sich einzureden. Sie musste Geduld haben. Schon etwas beruhigter ging sie nach unten, um mit der Abendschicht zu beginnen.

Die Tage vergingen und nichts passierte. Dann musste sich Giuliana an einem Morgen übergeben. Sie dachte zunächst, dass der Fisch, den sie am Abend zuvor mit Robert gegessen hätte, verdorben gewesen wäre. Doch als ihr am nächsten Morgen erneut übel wurde, verstärkte sich ihr Unbehagen und verwandelte sich in blanke Angst. Sie schaffte es irgendwie, die Morgenschicht durchzustehen. In der Mittagspause fuhr sie hoch zu Fiorangela. Sie wusste, dass die Freundin in ihrer eigenen Pause meistens nach Hause ging, und hoffte, dass dies auch an diesem Tag so wäre.

„*Ciao,* Giuli. Was machst du hier? Triffst du dich nicht mit Robert?" Fiorangela begrüsste sie mit zwei Wangenküssen.

„Nein, ich muss mit dir reden."

„Ist was passiert? Du siehst so ernst aus. Hast du dich mit Robert gestritten?"

Giuliana schüttelte den Kopf.

„Komm, wir setzen uns auf die Terrasse", forderte Fiorangela sie auf. „Und jetzt erzähl, was los ist!"

„Ich habe meine Tage nicht bekommen", begann Giuliana. „Ich hätte sie schon Ende Juli haben müssen und seit zwei Tagen ist mir morgens schlecht."

Fiorangela zog die Stirn in Falten. „Vielleicht hast du dich verrechnet. Ihr habt doch hoffentlich verhütet?"

„Ja, mit Kondomen. Nur beim ersten Mal nicht."

„*Porca miseria!* Das ist nicht gut. Hast du schon einen Schwangerschaftstest gemacht?"

„Nein." Giuliana brach in Tränen aus. „Mein Vater bringt mich um, wenn ich schwanger bin."

Fiorangela zog Giuliana in ihre Arme. „Immer mit der Ruhe! Als Erstes musst du einen Test machen. Vielleicht ist alles nur falscher Alarm."

„Bestimmt nicht“, gab Giuliana sich pessimistisch. „Warum ist mir dann morgens schlecht? Das ist doch auch ein Zeichen.“

„Wir werden es gleich wissen.“ Fiorangela wischte Giuliana die Tränen aus dem Gesicht. „Ich habe noch einen Test. Kannst du dich erinnern, als ich mit Giorgio zusammen war, da habe ich auch mal gedacht, ich sei schwanger. Letztendlich hab ich den Test doch nicht gebraucht, weil ich meine Tage bekommen habe. Lass uns nach oben gehen!“

Giuliana tat einen tiefen Seufzer und folgte ihrer Freundin ins Haus. Oben in ihrem Zimmer zog Fiorangela zwei Bücher aus dem Regal, griff in die Lücke und holte eine längliche Schachtel hervor. Darin war ein Plastikstäbchen, das auf der oberen Seite ein Sichtfenster aufwies.

„Da musst du draufpinkeln“, erklärte Fiorangela. „Dann erscheint nach ein paar Minuten in dem kleinen Fenster ein Pluszeichen, wenn du schwanger bist, oder ein Minus, wenn nicht. Ich glaube aber, es ist besser, wenn man das frühmorgens macht. Willst du den Test lieber mit nach Hause nehmen und ihn morgen früh machen?“

Giuliana schüttelte sofort den Kopf. „Nein. Ich will es jetzt machen. Mit dir zusammen.“

„Okay. Dann komm!“

Die beiden Mädchen verließen Fiorangelas Zimmer und gingen in das gegenüberliegende Bad. Fiorangela setzte sich auf den Badewannenrand, während Giuliana auf das Teststäbchen pinkelte. Danach legte sie es vorsichtig ins Waschbecken, klappte den Toilettendeckel herunter und setzte sich ebenfalls.

„*Dio mio*, das sind die schrecklichsten Minuten meines Lebens“, stöhnte sie und wippte mit ihrem rechten Fuß auf und ab. „*Santa Maria del cielo*, bitte lass mich nicht im Stich und mach, dass dieser Test negativ ist! Ich verspreche dir auch, dass ich jeden Tag zehn Ave Maria beten werde." Sie wollte die Hoffnung nicht aufgeben, obwohl sie tief in ihrem Inneren bereits wusste, wie das Ergebnis ausfallen würde. „Ich trau mich nicht, hinzusehen. Guck du mal, Fio!", bat sie die Freundin.

Fiorangela stand auf und blickte auf das Stäbchen.

„Noch nichts zu erkennen." Sie setzte sich wieder.

„Das ist schlimmer als eine Folter im Mittelalter." Giuliana kaute nervös an ihrem Daumennagel. „Jetzt müsste aber die Minute vorbei sein. Guck noch mal!"

Fiorangela stand erneut auf und nahm das Stäbchen in die Hand. „Jetzt kann ich was erkennen", sagte sie.

„Und was ist es? Plus oder Minus? Jetzt sag schon!" Giuliana sog scharf die Luft ein.

„*Cazzo!* Ich glaube, es ist positiv." Fiorangela reichte ihr das Stäbchen.

Da war es. In dem Sichtfenster leuchtete ihr – noch ein wenig blass, aber doch schon gut zu erkennen – ein rosafarbenes Pluszeichen entgegen.

„Ich bin erledigt." Giuliana sank in sich zusammen und fing bitterlich an zu weinen. „Ich sag's dir, mein Vater bringt mich um", wiederholte sie zwischen den Schluchzern. „Nicht nur, dass ich ihn die ganze Zeit angelogen habe, jetzt habe ich auch noch die Familienehre beschmutzt."

Fiorangela kniete sich vor Giuliana und umarmte sie.

„Wir werden bestimmt eine Lösung finden", versuchte sie Giuliana zu trösten. „Heiratet doch einfach!", schlug sie vor. „Dann ist das Baby wenigstens nicht unehelich."

„Vergiss es! *Papà* würde es niemals zulassen, das ich einen Deutschen heirate. Mein Leben ist ruiniert."

„Sag nicht so was, Giuli! Du musst jetzt Ruhe bewahren." Fiorangela strich ihr die Locken hinters Ohr. „Komm, wir gehen wieder runter auf die Terrasse und trinken etwas. Dann überlegen wir, was du machen kannst."

„Okay." Giuliana nahm das Teststäbchen, schob es zurück in die Schachtel und steckte diese in ihre Hosentasche.

Kurz darauf saßen sie neben dem Haus vor einer eisgekühlten Cola.

„Du musst es als Erstes Robert sagen. Er war schließlich auch beteiligt an der Sache", befand Fiorangela.

„Aber er will dann bestimmt mit meinen Eltern reden."

„Und wenn schon! Sie werden ihm schon nicht den Kopf abreißen."

„Da kennst du aber meinen Vater schlecht. Nein, es geht auf keinen Fall, dass Robert mit ihm spricht." Giuliana raufte sich die Locken. „Am besten wäre es, ich würde jemanden finden, der mir das Baby wegmacht, bevor man mir ansieht, dass ich schwanger bin."

„Aber wer, Giuli? Nicht, dass du an irgend so einen Scharlatan gerätst und dir passiert was, oder du kannst danach nie wieder Kinder bekommen. Bitte tu das nicht!", flehte Fiorangela. „Sollen wir meine Mutter einweihen?", schlug sie vor. „Sie würde bestimmt nichts sagen, und vielleicht könnte sie dir einen besseren Rat geben."

„Ich weiß gar nichts mehr, Fio. Ich werde erst mal eine Nacht drüber schlafen." Giuliana trank ihre Cola aus und stand auf. „Ich muss los. Danke für deine Hilfe." Sie umarmte Fiorangela und drückte ihr einen Kuss auf die Wange. „Erzähle bitte deiner Mutter noch nichts!", bat sie.

„Nein. Keine Sorge! Und du mach keinen Blödsinn. Wir reden morgen weiter."

Während ihrer Abendschicht war Giuliana so nervös, dass es sogar Massimo auffiel. Sie vergaß Bestellungen und schüttete einem Gast ein Bier über die Hose. Sobald der letzte Hotelgast gegangen war und sie die Tische für das Frühstück am nächsten Morgen neu eingedeckt hatten, machte sie sich auf den Weg zu Robert. Sie hatte sich dazu entschlossen, ihm von der Schwangerschaft zu erzählen, ihn aber zu bitten, erst einmal nicht mit ihren Eltern zu reden.

„Ich muss dir was sagen, Robby", begann sie, als sie nebeneinander im Bulli lagen.

„Was denn?", murmelte Robert und hörte nicht auf, kleine Küsse auf ihren Hals und ihr Dekolleté zu verteilen . „Hat das nicht Zeit bis nachher?"

„Nein, hat es nicht!" Giuliana setzte sich abrupt auf, zog die Beine an und umschlang ihre Knie mit den Armen. „Ich bin schwanger, Robby."

„Was?" Nun setzte sich auch Robert auf. „Wie kann das sein? Wir haben doch mit Kondomen verhütet."

„Ja, außer bei unserem ersten Mal."

„Scheiße, stimmt. Bist du dir ganz sicher?"

Giuliana nickte. „Ich habe vorhin einen Test gemacht. Was sollen wir tun, Robby?" Ihr kamen wieder die Tränen. „Mein Vater wird uns beiden den Hals umdrehen."

„Gar nichts wird er. Ich werde mit ihm reden."

„Nein! Das darfst du auf keinen Fall! Bitte, Robby, versprich mir, dass du nicht zu ihm gehst, bevor ich nicht mit ihm gesprochen habe!" Giuliana nahm seine Hände und drückte sie.

„Wir werden heiraten, Giuli!" Enschlossen blickte Robert sie an. „Und wenn dein Vater es nicht erlaubt, dann gehst du trotzdem mit mir nach Deutschland. Ich lasse dich nicht im

Stich. Wir werden zurechtkommen. Mein Lehrergehalt wird schon ausreichen, um eine Familie zu ernähren." Er zog sie in seine Arme.

Jetzt flossen Giulianas Tränen erst recht. Es war ein schönes Gefühl, zu wissen, dass Robert zu ihr hielt, egal was passierte, und sie das Ganze nicht allein durchstehen musste.

„Ich will dabei sein, wenn du mit deinem Vater sprichst", sagte er. „Er soll wissen, dass ich zu unserem Kind stehe."

„Es ist aber vielleicht besser, wenn ich zuerst allein ..."

„Nein, wir machen es zusammen", beharrte Robert und küsste sie auf den Mund.

„Also gut. Aber ich muss das Ganze erst ein bisschen sacken lassen und den Mut aufbringen, mit meinen Eltern zu reden. Am besten übermorgen. Sei dann gegen vier vor dem Hotel."

„Ich werde da sein." Sie küssten sich erneut und sanken zurück in die Kissen.

Doch es sollte alles anders kommen, als sie es geplant hatten. Am nächsten Tag, als Giuliana nach ihrer Mittagsschicht hoch in die Wohnung kam, wurde sie bereits von ihren Eltern erwartet und ins Wohnzimmer beordert.

„Was ist?", fragte sie genervt. „Ich bin kaputt und will mich hinlegen."

„Jetzt nicht!" Ihr Vater schaute sie ernst an. „Erst erklärst du uns, was das hier zu bedeuten hat."

Als Giulianas Blick auf den Gegenstand fiel, den Fabio in der Hand hielt, wich ihr sämtliche Farbe aus dem Gesicht.

Kapitel 20

Köln 2020

Die nächsten Tage verbrachte Stella damit, sich intensiv um ein neues Ladenlokal für ihr Schmökercafé zu kümmern. Sie surfte auf verschiedenen Immobilienforen im Internet und suchte mehrere Makler auf. Aber nichts, was man ihr zeigte, hielt einem Vergleich mit den jetzigen Räumlichkeiten stand. Die Zeit rann dahin wie der Sand in einem Stundenglas und der Tag der Räumung rückte immer näher. Zusätzlich zu all dem Stress machte ihr Jonas weiterhin Druck mit den Hochzeitsvorbereitungen, sodass sie schließlich zustimmte, mit seiner Mutter einen Termin in einem Brautmodengeschäft auszumachen. Obwohl sie Francesca zur Verstärkung mitnahm, waren die zwei Stunden, die sie in dem Laden verbrachten, eine reine Tortur. Jonas' Mutter Renate hatte einen komplett anderen Geschmack als Stella. Stella schwebte ein schlichter, gradliniger Schnitt vor, wohingegen Renate es pompös mit viel Tüll und Glitzer liebte. Sie war trotz Stellas Protest nicht davon abzubringen, dass ihre Schwiegertochter in spe ein Prinzessinnenkleid nach dem anderen anprobieren musste, und juchzte lautstark vor Entzücken, während Francesca und Stella nur die Augen verdrehten.

„Jetzt lassen Sie doch Stella auch mal ein Kleid nach ihrem eigenen Geschmack aussuchen“, wurde es Francesca schließlich zu bunt. Doch an den Kleidern, die Stella auswählte, ließ Renate kein gutes Haar. Am Schluss war Stella fertig mit den Nerven und sie verließen das Geschäft unverrichteter Dinge.

„Keine Sorge, meine Liebe, es gibt noch Dutzende Brautmodenläden in Köln“, tröstete Renate sie. „Wir könnten auch mal in Düsseldorf schauen, auf der Kö kenne ich einen tollen Laden. Die Tochter meiner Freundin Gisela hat dort ein ganz bezauberndes Kleid gekauft.“

„Ich werde schon was finden, Renate. Auf jeden Fall muss es in erster Linie mir gefallen und natürlich Jonas.“ *Und dich werde ich bestimmt nicht noch mal mitnehmen,* fügte Stella in Gedanken hinzu.

Nachdem es ihnen gelungen war, Renate loszuwerden, gingen Stella und Francesca noch in ein Bistro am Rudolfplatz.

„Mir wird das ganze Theater zu viel“, stöhnte Stella, nachdem sie sich mit einem kühlen Kölsch zugeprostet hatten. „Ich glaube, ich will Jonas nicht mehr heiraten. Ich habe Angst, dass ich nicht mehr ich sein kann, wenn ich seine Frau bin, dass ich alles, was mir lieb ist, aufgeben muss.“ Sie zog die Stirn in Falten. „Verstehst du, was ich meine?“

Francesca nickte.

„Nachdem ich aus Italien zurück bin, ist dieses Gefühl noch stärker geworden. Ich denke, meine Liebe zu Jonas ist nicht intesiv genug, sonst hätte ich doch nicht für Matteo ebenfalls Gefühle entwickelt.“

„Dann darfst du Jonas nicht heiraten. Sag, es geht dir alles zu schnell und du willst die Hochzeit auf nächstes Jahr verschieben“, riet ihr Francesca. „Zieh von mir aus mit ihm zusammen in das neue Haus und probier aus, ob es mit euch auch klappt, wenn ihr so nah aufeinanderhockt, bevor du dich endgültig durch eine Heirat an ihn bindest.“

„Das würde ich ja gern, aber er macht mir permanent Druck.“

„Das darfst du nicht zulassen! Red mit ihm! Wenn es nötig ist, sag, dass es zwischen euch aus ist, wenn er dir nicht mehr Zeit lässt. Über diese mögliche Konsequenz musst du dir natürlich im Klaren sein."

„Ich weiß. Aber meine Nerven sind zurzeit im Keller, die Enttäuschung in Italien mit meiner Familie und Matteo, der Stress mit dem Schmökercafé." Resigniert seufzte Stella auf. „Manchmal denke ich, ob Jonas vielleicht doch recht hat und ich das Café aufgeben sollte."

„Nein! Das Schmökercafé ist dein Baby. Du hast dir den Erfolg hart erarbeitet." Gereizt verzog Francesca die Lippen. „So etwas will ich nie wieder von dir hören!"

„Du hast recht. Ich werde mir von Jonas nicht einreden lassen, das Café sei nicht gut für mich."

„Das ist *la mia bambina.*" Francesca strich ihr lächelnd über den Arm. „Red mit ihm! Je eher, desto besser!"

„Ja, das mache ich. Heute schlafe ich in meiner Wohnung, weil er ein Geschäftsessen hat. Aber gleich morgen, wenn das Mittagsgeschäft vorbei ist, fahre ich zu ihm in die Agentur."

„*Va bene, cara mia*, ich komme am späten Nachmittag ins Café. Dann kannst du mir erzählen, wie es gelaufen ist. Und jetzt bring mich alte Frau bitte nach Hause. Der Tag war anstrengend."

„Klar mach ich. Sorry, dass Renate so genervt hat – die Traumschwiegermutter schlechthin." Sie brachen beide in Gelächter aus.

Am nächsten Tag, nachdem sie den größten Ansturm bewältigt hatten und Luna allein klarkommen würde, fuhr Stella zu Jonas in die Agentur. Sie hatten am Morgen telefoniert, so wie sie es immer taten, wenn sie getrennt geschlafen hatten, und Stella hatte ihm gesagt, dass sie vorbeikäme, um mit ihm zu reden. Allerdings war er noch nicht von seinem vorherigen Termin zurück, als Stella sich bei Frau Glauber anmeldete.

„Ich warte in Jonas' Büro auf ihn", verkündete Stella, marschierte an Frau Glaubers Schreibtisch vorbei, ohne auf den Protest der Sekretärin zu achten, und schloss die Tür hinter sich. Jonas' Büro war hypermodern eingerichtet. Sein Schreibtisch bestand aus einer großen Acrylplatte, die auf Metallfüßen zu schweben schien. An einer Wand war ein Whiteboard für seine Präsentationen angebracht. Vor der Fensterfront, durch die man auf das Rheinufer blicken konnte, stand ein Ledersofa. An den übrigen Wänden hingen Bilder eines bekannten hiesigen Künstlers, der zu Jonas' Kunden zählte.

Stella setzte sich auf den wuchtigen Lederdrehsessel hinter dem Schreibtisch, schaute durch die Fenster und überlegte, wie sie das Gespräch gleich beginnen sollte. Da fiel ihr Blick auf die Papiere, die vor Jonas' Tastatur lagen. Es schienen ausgedruckte E-Mails zu sein. Eigentlich war es nicht Stellas Art, in anderer Leutes Sachen herumzuschnüffeln, aber bei dem obersten Blatt sprang ihr eine Adresse ins Auge: Steinweg 48. Dort befand sich das Schmökercafé. Stella nahm das Papier in die Hand und las die E-Mail. Sie war von einem Rolf Jünger, der sich bei Jonas dafür bedankte, dass dieser alles mit dem Vermieter des Ladenlokals im Steinweg 48 geklärt hätte, und er – Rolf Jünger – die Räumlichkeiten ab dem ersten Oktober mieten könnte.

Stella wollte nicht glauben, was dort geschrieben stand. Das würde bedeuten, dass sie die Kündigung ihres Vermieters Jonas zu verdanken hatte. Von wegen Eigenbedarf! Sie schlug mit der Faust auf die Acrylplatte, ihre grünen Augen funkelten vor Wut. Wie hatte er ihr das antun können? Zumal er doch gar kein Makler war. Er wollte sie anscheinend nur dazu bringen, das Café aufzugeben. Der ganze Stress der letzten Zeit hätte nicht sein müssen.

Da öffnete sich die Bürotür.

„Stella, Schatz, es tut mir leid. Der Termin mit den Kunden hat etwas länger gedauert.“ Jonas durchquerte den Raum und wollte Stella in seine Arme ziehen.

Doch diese erhob sich und hielt ihm stattdessen die E-Mail vor das Gesicht.

„Was hat das zu bedeuten, Jonas? Kannst du mir das bitte mal erklären?“

„Hast du in meinen Papieren herumgeschnüffelt?“, fragte er, und seine Stimme klang kalt.

„Nein. Das Blatt lag offen auf deinem Schreibtisch und mir ist die Adresse ins Auge gesprungen. Steinweg 48. Das ist zufällig auch die Adresse von meinem Schmökercafé. Aber das weißt du ja. Wie es aussieht, hast du den Deal mit dem neuen Mieter eingefädelt. Wie konntest du das nur tun, Jonas?“ Sie verengte die Augen.

„Stella, das war doch nur zu deinem Besten, damit du endlich einsiehst, dass du dieses Café nicht brauchst.“ Er ergriff ihre Hände. „Wenn du meine Frau bist, wirst du nie wieder arbeiten müssen. Wir werden ein tolles Leben haben in unserem neuen Haus.“

Stella schüttelte seine Hände ab. „Zu meinem Besten? Was ist das für ein Blödsinn? Hast du geglaubt, ich gebe einfach so auf? Anscheinend kennst du mich überhaupt nicht. Das Café wird immer ein wichtiger Teil meines Lebens sein. Versteh das doch endlich!“ Sie holte tief Luft. „Jonas, ich will dich nicht mehr heiraten. Ich kann so nicht weitermachen. Diese Aktion hat dem Ganzen die Krone aufgesetzt." Sie zog ihren Verlobungsring vom Finger und legte ihn auf die Schreibtischplatte. „Du und ich, wir sind einfach zu verschieden. Leb wohl, Jonas!", verabschiedete sie sich. Dann drehte sie sich um, verließ den Raum und ging an der pikiert dreinblickenden Frau Glauber vorbei in Richtung Ausgang.

„Stella, warte doch! Lass uns reden! Ich habe es doch nur gut gemeint", hörte sie Jonas rufen. Doch sie ging unbeirrt weiter.

„Stella, wenn du jetzt gehst, dann ist es wirklich aus. Sei vernünftig und komm zurück!"

Sie begann zu rennen und hielt erst an, als sie ihr Auto erreicht hatte. Atemlos lehnte sie sich gegen die Fahrertür. Hatte sie soeben wirklich mit Jonas Schluss gemacht? Oder hatte sie vorschnell gehandelt? Nein, das, was er sich mit dem Café geleistet hatte, war absolut unvertretbar. Es ließ sich mit nichts entschuldigen. Er wollte nur ihr Bestes – was für ein Blödsinn! Das Beste für sich selbst, wie immer. Doch da hatte er die Rechnung ohne sie gemacht. Jetzt war endgültig Schluss mit der Bevormunderei. Es war an der Zeit, dass sie wieder ihr eigenes Leben führte, ihre eigenen Entscheidungen traf. Mit einem Mal fühlte sich Stella befreit, so, als ob man ihr eine große Last von den Schultern genommen hätte. Es war Zeit für einen Neubeginn. Sie musste sich genau überlegen, wie es nun weitergehen sollte. Irgendwo tief in ihrem Inneren blitzte eine erste Idee auf. Noch war es nur ein Hauch von einem Gedanken, den ihr Geist kaum zu fassen bekam, ein Gedanke, der jedoch in den nächsten Tagen weiter Form annehmen sollte und ihr schon bald klar und deutlich vor Augen stehen würde.

Stella stieg in ihr Auto und fuhr auf direktem Weg zum Schmökercafé. Francesca war auch schon da. Sie saß neben Luna, die sich gerade ein Sandwich zubereitet hatte.

„*Ciao, cara.* Wie ist dein Gespräch mit Jonas gelaufen? Du siehst ein bisschen blass aus“, befand Francesca.

„Ich habe Schluss gemacht“, verkündete Stella.

„Wie jetzt? Schluss mit Jonas?“ Luna blickte sie mit großen Augen an. „Warum? Was ist passiert?“

Stella ließ sich auf einem der freien Stühle am Tisch nieder und zog ihre Jacke aus.

„Ihr könnt euch nicht vorstellen, was ich gerade herausgefunden habe.“ Sie machte eine kurze Pause. „Die Kündigung des Mietvertrags vom Schmökercafé habe ich Jonas zu verdanken. Er hat das alles eingefädelt, weil er dachte, ich würde dann aufgeben.“

„Nein. Im Ernst?“ Luna schüttelte ungläubig den Kopf.

„Wie hast du es herausgefunden?“, fragte Francesca.

Rasch erzählte Stella, wie sie die E-Mail des neuen Mieters auf Jonas’ Schreibtisch enteckt und ihren Verlobten zur Rede gestellt hatte. „Er hätte es nur zu meinem Besten getan, war seine Ausrede. Dabei weiß er genau, wie sehr mir das Schmökercafé am Herzen liegt. Das kann ich ihm nicht verzeihen. Wir passen einfach nicht zusammen. Punkt und Schluss!“

„Jetzt verstehe ich auch, warum Jonas hier war, als du in Italien warst“, überlegte Luna. „Der Typ, den er dabei hatte, war bestimmt der neue Mieter. Wenn ich das gewusst hätte, hätte ich die beiden hochkant wieder rausgeschmissen“, echauffierte sie sich.

„Wie soll es jetzt weitergehen?“, wollte Francesca wissen. „Du weißt, auf uns kannst du immer zählen, egal was passiert.“

„Auf jeden Fall!“, stimmte auch Luna zu.

„Danke.“ Gerührt drückte Stella die Hände ihrer Freundinnen. „Ich werde in Ruhe über alles nachdenken. Bis spätestens nächste Woche muss ich ein neues Ladenlokal gefunden haben, sonst sitzen wir auf der Straße.“ Sie zog die Schultern hoch. „Morgen Nachmittag habe ich noch einen Besichtigungstermin hier im Viertel. Allerdings ist die Quadratmeterzahl bei Weitem niedriger. Ich schaue es mir aber trotzdem an. Wir werden Abstriche machen müssen. Dieses Lokal hier war eben perfekt.“ Sie massierte sich mit den Fingern ihre Schläfen. „Mir dröhnt der Kopf. Ich fühle mich, als ob ich an einem vierstündigen Mathematikwettbewerb teilgenommen hätte. Ich fahre am besten nach Hause und lege mich hin. Kommst du allein zurecht, Luna? Ist ja nicht mehr lange, bis du zuschließen kannst.“

„Klar, kein Problem. Ruh dich aus!“ Luna stand auf, umarmte Stella kurz und trug den leeren Teller in die Küche.

„Soll ich dich begleiten, *tesoro*?“ Francesca strich Stella über die Locken.

„Danke, das ist lieb von dir. Aber ich komme schon klar. Ihr seid die Besten! Wenn ich euch nicht hätte!“ Sie gab Francesca noch einen Kuss auf die Wange, bevor sie das Café verließ.

Kapitel 21

Alassio, vier Wochen später

Stella trat auf den Balkon ihrer kleinen Wohnung, die sie vor zwei Tagen gemietet hatte. Zwischen den Häusern blitzte sogar ein blauer Streifen Meer. Das Appartement war nicht besonders groß. Es bestand aus einem Zimmer mit einer integrierten Küchenecke, das ihr gleichzeitig als Wohn- und Schlafraum dienen musste, und einem kleinen Duschbad. Aber fürs Erste würde es reichen.

Sie atmete tief durch und hielt ihr Gesicht der Sonne entgegen. Die war zwar jetzt, Anfang Oktober, nicht mehr so stark wie im Sommer, doch kein Vergleich zu dem deutschen Nieselwetter, das ihr den Abschied von Köln um einiges leichter gemacht hatte. Noch immer konnte sie nicht glauben, dass sie wieder hier war und in Köln alles hinter sich gelassen hatte, um in Italien einen Neuanfang zu wagen. Die Entscheidung war letztendlich schnell gefallen, da es ihr nicht gelungen war, ein gleichwertiges Ladenlokal für das Schmökercafé zu finden. Als dann auch noch Luna ausgefallen war, weil man bei ihrer Mutter Krebs festgestellt hatte und sie ihren Vater im elterlichen Betrieb unterstützen musste, gab es für Stella keinen Grund mehr, in Köln zu bleiben. Sie hatte die Möbel ihrer Wohnung, das Inventar des Cafés und die Bücher erst einmal eingelagert. Die Sachen würde sie später mit einer Spedition nach Alassio holen. Denn eines stand für Stella fest: Sie würde auf jeden Fall wieder ein kleines Café eröffnen. Mittlerweile war ihr auch das Erbe ihres Vaters ausbezahlt worden. Seine Wohnung, die nun ebenfalls ihr gehörte, hatte sie vermietet, was ihr eine weitere monatliche Einnahmequelle sicherte.

Sie hatte sich noch einmal mit Jonas getroffen, um ihre Sachen aus seiner Wohnung zu holen und ihm seine zurückzubringen. Ihre Wut auf ihn war zwar in der Zwischenzeit verraucht, aber sie hatte fünf Jahre ihres Lebens an ihn verschwendet. Fünf Jahre, in denen sie nach und nach aufgegeben hatte, eine eigene Meinung zu haben, weil es bequemer gewesen war, nachzugeben, als stundenlang zu diskutieren.

Jonas hatte natürlich versucht, sie umzustimmen. Doch Stella war nicht mehr von ihrer Entscheidung abzubringen. Ihr war immer klarer geworden, dass sie mit Jonas nicht glücklich werden würde. Jetzt würde sie erst einmal nichts überstürzen und sich in aller Ruhe in Italien ein neues Leben aufbauen. Und wenn alles wieder in geregelten Bahnen liefe, dann würde sie sich erneut mit ihrer Familie befassen. Vielleicht gelänge es ihr ja, ihre Schwester ausfindig zu machen. Sie waren schließlich Zwillinge, da müsste es doch irgendein besonderes Band zwischen ihnen geben.

Ein verführerischer Geruch nach geschmorten Tomaten, Zwiebeln und Basilikum wehte zu ihr herüber. Eine ihrer Nachbarinnen bereitete schon den *sugo* für die Spaghetti zum Mittagessen vor.

Ob ihr irgendwann Matteo über den Weg laufen würde?, überlegte Stella. Sie war sich nicht sicher, wie sie reagieren würde. Die Enttäuschung saß noch zu tief.

Sie ging wieder hinein und schloss die Balkontür. In einer halben Stunde war sie mit Tonina verabredet. Die Italienerin hatte sich riesig gefreut, als Stella ihr erzählt hatte, sie käme zurück nach Alassio und würde diesmal bleiben. Tonina hatte zurückgeschrieben, dass sie Stella ebenfalls tolle Neuigkeiten zu berichten hätte.

Sie hatten sich in einem kleinen *ristorante* an der Strandpromenade verabredet. Tonina saß schon an einem der Tische in der Sonne, als Stella dort eintraf. Es war nicht mehr viel los zu dieser Jahreszeit, auf der Terrasse waren nur zwei Tische besetzt. Auf der Promenade spazierten ein paar ältere Leute und die Strände waren auch schon winterfest gemacht – die bunten Liegen und Sonnenschirme in trockenen Lagerräumen verstaut, die Holzkabinen abgebaut. Nun gehörte das Meer wieder den Kytesurfern, die an den Wochenenden aus Milano und Torino an die Küste kamen, um mit den Herbstwinden über die Wellen zu fliegen.

Die beiden jungen Frauen umarmten sich, küssten sich rechts und links auf die Wangen und setzten sich.

„Ich habe mich so gefreut, als ich deine Whatsapp gelesen habe, Stella. Was ist mit deinem Verlobten? Kommt er nach?"

Stella verdrehte kurz die Augen. „Wir haben uns getrennt. Es passte nicht mehr."

„Oh. Das tut mir leid. Und dein Café?", wollte Tonina weiter wissen.

„Der Vermieter hatte mir ja schon im Sommer gekündigt. Als ich wieder in Köln war, habe ich versucht, auf die Schnelle ein neues Ladenlokal zu finden. Das ist aber in Köln nicht so einfach, und dann hatte auch noch meine Angestellte ein Familienproblem und musste gehen." Stella zuckte lächelnd mit den Achseln. „Das war wohl der berühmte Wink des Schicksals, und jetzt bin ich hier, bereit für einen kompletten Neuanfang."

„Ich freue mich, dass du hier bist. Du wirst deine Entscheidung bestimmt nicht bereuen. Willst du wieder ein Café aufmachen?"

Bevor Stella auf Toninas Frage antwortete, nahmen sie die Speisekarten entgegen, die der Kellner ihnen reichte, und bestellten die Getränke.

„Ich würde gern wieder ein Café eröffnen. Also, wenn du dein Lokal noch nicht vermietet hast, können wir vielleicht ins Geschäft kommen." Stella blickte Tonina fragend an.

„Tja, das sind die Neuigkeiten, von denen ich dir geschrieben hatte", begann die Italienerin zögerlich. „Ich habe mich entschlossen, deine Idee mit dem Kunstcafé, die du mir im Sommer in den Kopf gepflanzt hattest, umzusetzen und in meinem Lokal eins aufzumachen. Wenn alles klappt, will ich in zwei Wochen eröffnen."

„Das ist ja toll", freute sich Stella. „Wenn du Hilfe brauchst, kannst du jederzeit auf mich zählen."

„Super! Du könntest mir vielleicht noch ein paar Tipps für den letzten Schliff geben. Ich habe zwar vorher schon mal im Hotel meiner Eltern ausgeholfen, aber das hier ist doch etwas anderes. Wenn du Lust hast, können wir nach dem Essen rübergehen und ich zeige dir, was ich bis jetzt gemacht habe", schlug Tonina vor.

„Klar, gern", stimmte Stella zu.

Als der Kellner die Getränke brachte und nach ihrer Essensbestellung fragte, hatten sie noch nicht einmal in die Karte hineingeschaut.

„*Ci serve ancora un momento*", vertröstete Tonina ihn.

Später, während des Essens fragte sie Stella, warum sie sich von ihrem Verlobten getrennt hätte, und so erzählte Stella ihr, weshalb es mit Jonas nicht mehr gutgegangen war, und auch von seinem letzten Fauxpas, der das Fass zum Überlaufen gebracht hatte.

„*Dio mio*! Von dem Kerl hätte ich mich auch getrennt." Tonina schüttelte fassungslos den Kopf. „Du wirst bestimmt bald einen feurigen *italiano* kennenlernen, so hübsch wie du bist."

„Das habe ich bereits, als ich das letzte Mal hier war", gestand Stella. „Leider war es auch ein Reinfall." Rasch berichtete sie Tonina, wie es ihr mit Matteo ergangen war. „Er hat eine Sprachschule hier in Alassio. Kennst du ihn zufällig?"

Tonina schüttelte den Kopf. „Nein. Sagt mir nichts."

Den weiteren Reinfall bezüglich der Suche nach ihrer Familie ließ sie erst einmal unerwähnt. Das würde sie Tonina erzählen, wenn sie sich ein bisschen besser kannten.

Nach dem Essen liefen sie zu Toninas Ladenlokal, das nur ein paar Querstraßen weiter lag. In der Zwischenzeit hatte sich dort einiges getan. An der Außenfassade hatte Tonina begonnen, den Schriftzug *Café Arte di Alassio* in großen bunten Lettern zu malen. Im Innenbereich hatte sie an der rechten Wand eine Theke einbauen lassen. Die Möblierung bestand aus Bistrotischen und Stühlen, die alle verschieden waren. An den hellgelb gestrichenen Wände hingen Toninas Kunstwerke. Einige standen auch auf Staffeleien. Selbst in dem begrünten Innenhof hingen Bilder an den Natursteinwänden.

„Das sieht klasse aus!", begeisterte sich Stella. „Sind die alle von dir?"

„Ja. Allerdings habe ich vor, auch Bilder von anderen Künstlern auszustellen, wenn das Café erst mal auf ist und es sich herumgesprochen hat", erklärte Tonina.

„Es wird bestimmt ein Erfolg. Ich freue mich für dich."

Während der nächsten Tage ging Stella zu Fuß von ihrer Wohnung bis zum Café Arte und half Tonina bei den letzten Vorbereitungen vor der Eröffnung. Dabei kam sie auch jeden Morgen an einer Kirche vorbei. Als das Portal einmal offenstand, beschloss Stella, hineinzugehen. Sie war zwar nicht besonders religiös, aber sie mochte die ruhige, erhabene Stimmung, die in den Gotteshäusern vorherrschte. Wie bei den meisten katholischen Kirchen war auch das Innere von Sant'Ambrogio mit Wand- und Deckenmalereien und viel Gold üppig ausgestattet. Kühle und Stille umhüllten Stella wie ein schützender Mantel, als sie eintrat. In der Luft schwebte der Geruch nach Weihrauch. Sie zündete eine Kerze für ihren Vater an, setzte sich einen Moment auf eine der Holzbänke und genoss die Ruhe. Einige Reihen schräg vor ihr kniete eine Frau, die im Gebet vertieft die Perlen eines Rosenkranzes durch ihre Finger gleiten ließ. Kurz darauf spürte Stella die Berührung einer Hand auf ihrer Schulter. Es war die Frau, die ihr Gebet beendet hatte und jetzt neben ihrer Bank stehen geblieben war.

„Stella, bist du das?", fragte sie leise.

Stella blickte auf und erkannte Ilaria.

„Ilaria, wie geht es dir?" Erfreut ergriff sie die Hand von Matteos Tante.

„Bis auf meine Arthrose ganz gut. Machst du wieder Urlaub in Alassio?"

„Nein. Komm, lass uns rausgehen!", forderte Stella Ilaria auf. „Dann erzähle ich es dir."

Vor dem Kirchenportal umarmten sich die beiden Frauen. Stella setzte sich rasch die Sonnenbrille auf, weil die Helligkeit sie nach dem Dämmerlicht in der Kirche blendete.

„Ich habe meine Zelte in Deutschland abgebrochen und lebe jetzt in Alassio", erzählte sie.

„Wirklich? Das ist toll."

„Ich helfe gerade einer Freundin. Sie macht in ein paar Tagen ein Café auf", fuhr Stella fort. „Das Café Arte di Alassio. Vielleicht hast du schon davon gehört. Die Besitzerin ist Kunstmalerin und stellt im Café auch ihre Bilder aus."

„Ich glaube, ich habe irgendwo ein Poster hängen sehen."

„Geht es Michele auch gut?", erkundigte sich Stella.

„Ja. Die Pension ist ab nächste Woche den Winter über geschlossen. Da wird Michele von morgens bis abends fischen gehen, und ich habe das Wohnzimmer für mich." Ilaria lachte. „Matteo war übrigens sehr traurig, dass er sich damals nicht mehr von dir verabschieden konnte."

Bei der Erwähnung seines Namens verdunkelte sich Stellas Miene.

Wer's glaubt, wird selig, dachte sie und sagte stattdessen: „Ja, das ging alles sehr schnell."

„Er heiratet in zwei Wochen. Seine Jugendliebe. Die beiden sind schon seit der Schulzeit zusammen."

Stella musste sich zusammenreißen, damit ihr die Gesichtszüge nicht vollends entglitten. „Wie schön für ihn."

„Dabei war ich mir fast sicher, dass er sich im Sommer ein bisschen in dich verguckt hatte." Ilaria kicherte albern. „Na ja, Matteos Eltern sind sehr glücklich, dass er endlich heiratet. Sie hoffen, dass er sie so schnell wie möglich zu Großeltern macht."

Stella verspürte keinerlei Lust, sich weiter die Neuigkeiten über Matteos Familienplanung anzuhören. „*Scusami,* Ilaria. Ich muss los. Meine Freundin wartet auf mich. War nett, dich getroffen zu haben."

„Ja. Fand ich auch. Soll ich Matteo von dir grüßen? Wenn ich ihm erzähle, dass du jetzt hier wohnst, will er dich bestimmt zur Hochzeit einladen."

Ohne auf Ilarias Frage zu antworten, winkte Stella ihr noch einmal zu, und lief los. Sie hielt erst wieder an, als sie das Café erreicht hatte. Tonina stand auf einer Leiter und setzte die letzten Pinselstriche des Schriftzugs.

„Hey, was ist los? Du siehst aus, als wäre dir gerade ein Alien begegnet." Die Italienerin blickte sie neugierig an.

„Ich habe Matteos Tante getroffen. Sie hat mir erzählt, dass er bald heiratet."

„Und das tut dir weh?"

„Ein bisschen." Stella zuckte mit den Achseln.

Tonina kletterte von der Leiter herunter. „Vielleicht solltest du um ihn kämpfen, wenn du noch etwas für ihn empfindest." Sie klopfte mit dem Holzende des Pinsels auf Stellas Schulter. „Du scheinst ihm ja damals auch nicht gleichgültig gewesen zu sein."

„Nein. Er hat seine Entscheidung getroffen. Ich will nichts mehr mit ihm zu tun haben", beharrte Stella. „Ich werde jetzt die Liste für deine Erstbestellung anfertigen. Und danach fange ich an, die Gläser und das Geschirr zu spülen, bevor wir es einräumen." Sie ging hinein und setzt sich an einen der Tische.

Später, als die Liste fertig war und sie begann, die Gläser, die sie zuvor alle in heißem Wasser gespült hatte, abzutrocknen, betrat ein Mann das Café.

„Tut mir leid, aber wir haben noch geschlossen. Das Café macht erst in …" Die letzten Worte blieben ihr im Hals stecken. Vor ihr stand Matteo. Er sah fantastisch aus in seiner hellen Jeans, dem Harley-T-Shirt und der dunklen

Lederjacke. Augenblicklich beschleunigte sich Stellas Herzschlag.

„Was willst du hier?“, fragte sie und ihre Stimme klang nicht eben freudlich.

„*Ciao,* Stella. Meine Tante hat mir erzählt, dass sie dich getroffen hat und du ihr gesagt hast, dass du jetzt in Alassio wohnst. Warum hast du dich nicht gemeldet? Wir hätten doch mal essen gehen können.“ Der Blick aus seinen karamellfarbenen Augen verursachte ihr eine Gänsehaut.

„Und deine Verlobte hätten wir mitgenommen?“, spottete Stella und verschränkte die Arme vor der Brust. „Nein danke! Ich denke, du gehst jetzt besser. Alles Gute für dich. Ich hoffe, du wirst glücklich.“

„Ich versteh dich nicht. Ich versteh auch nicht, warum du damals nicht auf meine Whatsapps und Anrufe reagiert hast.“ Resigniert seufzte er auf.

„Was gibt es da nicht zu verstehen? Ich musste zurück nach Deutschland, und du hast dein Leben mit deiner Verlobten geplant. Sei doch froh, dass ich mich nicht mehr gemeldet habe. Wie gesagt, alles Gute für deine Hochzeit. Ich muss jetzt hier weitermachen. Und lass mich bitte in Zukunft in Ruhe.“ Sie griff nach dem Handtuch und fuhr fort, die Gläser zu polieren.

Matteo schüttelte verständnislos den Kopf und verließ das Café, ohne ein weiteres Wort zu verlieren.

„Aua, verdammter Mist.“ Stella blickte auf das Glas in ihrer Hand, das in zwei Hälften gebrochen war.

„Hast du dir wehgetan?“, fragte Tonina besorgt, die gerade hereinkam.

„Nein. Aber leider ist das Glas kaputt. Ich werde es dir ersetzen.“

„Auf jeden Fall. Da bestehe ich drauf." Tonina zog an einer von Stellas langen Locken. „War das gerade Matteo?", wollte sie wissen.

Stella nickte grimmig.

„Der ist aber Zucker." Sie grinste und wischte sich über die Stirn. Dabei hinterließen ihre Finger einen blauen Farbstreifen auf ihrer Haut.

„Ja, ich hatte ganz vergessen, wie gut er aussieht." Stella seufzte. „Aber ich muss ihn vergessen. Ich werde mich bestimmt nicht in eine feste Beziehung drängen."

„Tja, schade. Aber andere Mütter haben auch schöne Söhne." Tonina grinste Stella an und setzte sich an einen der Tische. „Ich brauch mal eine Pause", stöhnte sie. „Wenn ich jetzt schon so müde bin, wie soll es nur werden, wenn das Café offen ist?"

Sie stand kurz auf, ging hinter die Theke und kam mit einem Kästchen zurück.

„Endlich ist meine Kette repariert. Hat lange genug gedauert." Sie öffnete die kleine Schmuckdose. „Mir hat richtig etwas gefehlt ohne meinen Glücksbringer. Meine Mutter hat ihn mir geschenkt, als ich noch ein Baby war."

Vorsichtig nahm sie die Kette heraus, an deren Ende ein Anhänger baumelte.

Als Stella erkannte, was er darstellte, schrie sie auf.

Kapitel 22

Alassio, Sommer 1986

Giuliana starrte immer noch auf das Plastikstäbchen, das ihr Vater ihr unter die Nase hielt. Es war der Schwangerschaftstest.

„Wo hast du das her?" Giuliana verengte die Augen. „Habt ihr etwa in meinem Zimmer herumgeschnüffelt?"

„Deine Mutter hat deine Unterwäscheschublade aufgeräumt. Gehört dieses Ding dir, Giuliana?" Ihr Vater blickte sie grimmig an. Ihre Mutter saß auf der Couch und knetete nervös ihre Finger.

Für einen kurzen Augenblick überlegte Giuliana, ob sie ihre Eltern anlügen und vorgeben sollte, dass der Test einer Freundin gehörte, doch dann entschloss sie sich, die Wahrheit zu sagen. Robert und sie hatten eh vorgehabt, am nächsten Tag mit ihnen zu reden. Also nickte sie und brachte ein leises „Ja" über die Lippen.

„Red lauter! Ich kann dich nicht verstehen." Fabio baute sich drohend vor Giuliana auf.

„Ja. Das ist mein Teststäbchen und ja, ich bin schwanger", schrie sie. „Es tut mir leid. Ich habe das nicht gewollt."

„*Ma Gesù Cristo.* Giuliana, wie konnte das passieren", schluchzte Rosanna. „Was sollen nur die Leute von uns denken?"

„Wer ist der Vater? Ich bring den Kerl um." Fabio raufte sich die Haare. Plötzlich nahm sein Gesicht die Farbe eines Feuerlöschers an. Die Ader an seinen Schläfen trat hervor.

„*Porca puttana!* Es war dieser Deutsche, dieser *crucco,* hab ich recht? Ich wusste gleich, dass dieser *maledetto stronzo* nichts Gutes im Schilde führt."

„*Calmati, Fabio!* Du darfst dich nicht so aufregen. Denk an dein Herz!" Rosanna war neben ihren Mann getreten und legte in einer beschwichtigenden Geste ihre Hand auf seinen Arm.

„Lass mich! Hol mir lieber einen Grappa! Den brauche ich jetzt", forderte Fabio seine Frau barsch auf, die ohne zu zögern in die Küche lief.

„Robert ist kein *stronzo*", verteidigte Giuliana ihren Freund. „Er will mich heiraten und für mich und unser Kind sorgen."

„Dass ich nicht lache! Sobald er merkt, dass es ernst wird, wird er sich verpissen, und du stehst allein da mit einem unehelichen Kind. Die deutschen Männer sind so. Sie kommen hierher und denken, sie können mit unseren italienischen Mädchen und Frauen machen, was sie wollen." Fabio schlug mit der Faust auf den Esstisch. „Wie konntest du uns das nur antun, Giuliana? Haben wir dich nicht so erzogen, das ein Mädchen sich nicht dem erstbesten Dahergelaufenen an den Hals wirft und sich wie eine *puttana* benimmt?"

„Ich habe mich nicht wie eine Nutte benommen. Ich liebe Robert, und er liebt mich", beharrte sie trotzig. „Und wir werden heiraten!"

„Ha, bevor ich meine Tochter einem *crucco* zur Frau gebe, sorge ich eher dafür, dass der Kerl mit einem großen Stein an den Füßen auf dem Grund des Mittelmeers enden wird."

„*Papà*, sag doch nicht so was! Hör Robert doch wenigstens an! Er möchte mit euch reden!"

„Der Kerl soll es bloß nicht wagen, hier aufzutauchen!"

Rasch kippte Fabio den Grappa hinunter, den Rosanna ihm gebracht hatte. „Und du gehst jetzt auf dein Zimmer! Da bleibst du erst mal, bis ich dir sage, wie es weitergeht. Hast du mich verstanden?“ Drohend hob er seinen Zeigefinger.

Giuliana schluchzte auf, lief in ihr Zimmer und warf sich aufs Bett. Sie hörte noch, wie ihr Vater ihr folgte und ihre Zimmertür von außen abschloss. Sie sprang wieder auf und rüttelte an der Klinke.

„Mach die Tür auf, *papà*“, schrie sie und hämmerte dagegen. „Was soll das? Warum sperrst du mich ein?“

Doch ihr Vater gab keine Antwort. Es war still im Zimmer. Nur das Ticken des Weckers, der auf ihrem Nachttisch stand, war zu hören. Giuliana ging zurück zu ihrem Bett und rollte sich wie ein Embryo darauf zusammen. Wie sollte es nun weitergehen? Obwohl sie tief in ihrem Inneren sicher gewesen war, dass ihr Vater genau so reagieren würde, hatte sie doch ein wenig Hoffnung gehegt, dass er Robert zumindest angehört hätte. Und ihre Mutter war wieder einmal stumm wie ein Fisch gewesen und hatte sich nicht getraut, ihrem Mann zu widersprechen.

Es musste ihr irgendwie gelingen, Robert zu benachrichtigen. Er durfte auf keinen Fall hierherkommen. In der jetzigen Situation traute sie ihrem Vater alles zu.

Heiße Tränen tropften auf Giulianas Kopfkissen. Sie konnte nicht aufhören zu weinen, bis sie irgendwann vor Erschöpfung einschlief.

Sie erwachte durch das Geräusch des sich im Schloss drehenden Schlüssels. Ein rascher Blick auf ihre Uhr verriet ihr, dass es bereits sechs Uhr war. Normalerweise hätte sie längst unten im Restaurant sein müssen. Die Tür öffnete sich und ihre Mutter kam herein. Sie trug ein Tablett mit einem Glas Lemonsoda und zwei mit Tomaten und Basilikum belegten, gerösteten Broten.

„Du hast bestimmt Hunger“, sagte sie und stellte das Tablett auf dem Schreibtisch ab.

Giuliana schüttelte den Kopf. „Nein, ich muss runter ins Restaurant. Meine Schicht hat schon angefangen.“

„Die nächsten Tage brauchst du nicht zu arbeiten. Dein Vater hat unten Bescheid gesagt, dass du krank bist.“ Sie setzte sich neben Giuliana aufs Bett und strich ihr eine Locke aus dem Gesicht. „Warum hast du dich bloß mit diesem deutschen Jungen eingelassen. Du hattest mir doch versprochen, ihn nicht mehr wiederzusehen.“

Giuliana zuckte mit den Achseln und schwieg.

„Iss etwas, Kind!“ Rosanna holte den Teller mit den Brotscheiben und hielt ihn Giuliana hin. „Dein Vater wird bestimmt eine Lösung finden.“

„Es gibt schon eine!“, sagte Giuliana. „Ich werde Robert heiraten.“

„Das wird dein Vater niemals zulassen.“

„Warum nicht? Was ist so schlimm daran? Dass Robert Deutscher ist?“

Rosanna nickte. „Du weißt, er wird keinen Ausländer in unserer Familie dulden. Du wirst einmal jemanden aus unserer Gegend heiraten, der auch aus der Hotelbranche kommt. So hatte es dein Vater schon immer geplant.“

„Ach, weißt du, *mamma,* das macht doch alles keinen Sinn. In unserem Hotel hofiert *papà* die Ausländer und nimmt ihr Geld, aber für seine Tochter sind sie ihm nicht gut genug.“

„Du musst tun, was dein Vater sagt. Er weiß schon, was gut für dich ist. Und jetzt iss!“

„Ich will aber nichts essen und ich will nicht das tun, was *papà* sagt.“ Giuliana sprang aus dem Bett und stieß dabei gegen den Teller, sodass die Brote auf dem Fußboden landeten. „Ich werde bei Robert bleiben und wenn es sein muss, werde ich mit ihm nach Deutschland gehen.“ Sie bückte sich, hob die Brote auf und wischte die Tomaten mit einem Papiertaschentuch auf. „Tut mir leid. Das hab ich nicht extra gemacht“, entschuldigte sie sich.

„Du bleibst in deinem Zimmer, bis du wieder zur Vernunft gekommen bist“, bestimmte Rosanna. „Ich werde dir neue Brote machen.“ Sie nahm den Teller mit den verunglückten Resten und verließ den Raum, den sie sogleich von außen wieder zuschloss.

Giuliana schmiss sich auf ihr Bett und brüllte ihre Wut in ihr Kopfkissen. Wie konnte es sein, dass ihre eigenen Eltern sie wie eine Gefangene einsperrten? Es musste ihr irgendwie gelingen, Robert zu benachrichtigen. Die einzige Möglichkeit, die ihr spontan einfiel, war, Massimo abzufangen, wenn er das Hotel nach seiner Abendschicht verließ. Ihr Fenster ging auf die Straßenseite hinaus, dort, wo sich der Haupteingang des Hotels befand. Sie musste versuchen, ihn von hier oben aus zu rufen, wenn er aus dem Hotel herauskam, in der Hoffnung, dass ihre Eltern es nicht bemerken würden.

Wenig später brachte ihr Rosanna neue Brote. Ihre Mutter empfand anscheinend doch so etwas wie Mitleid für sie. Sie zog Giuliana in die Arme und strich ihr zärtlich über die Locken. Da konnte Giuliana die Tränen nicht zurückhalten und weinte bitterlich an der Brust ihrer Mutter.

„Mach dir keine Sorgen, *bambola.* Es wird alles wieder gut“, versuchte Rosanna ihre Tochter zu trösten.

„Kannst du die Tür nicht offen lassen, *mamma?*“, bat

Giuliana sie. „Was ist, wenn ich ins Bad muss? Mir ist seit ein paar Tagen morgens immer schlecht."

„Dann rufst du mich und ich mache dir auf. Ich habe deinem Vater fest versprechen müssen, deine Tür zugeperrt zu lassen. Es wird nicht für lange sein."

„Bitte, *mammina*. Er muss es doch nicht merken."

Doch ihre Mutter ließ sich nicht erweichen. „Es tut mir leid, aber du wolltest nicht auf uns hören, jetzt musst du die Konsequenzen tragen. Dein Vater wird es nicht zulassen, dass das Ansehen des Hotels beschmutzt wird."

„Ist ihm das Hotel wichtiger als das Glück seiner Tochter?" Giuliana blickte ihre Mutter verzweifelt an.

Diese zog nur die Schultern hoch und ging zur Tür. Vorher drehte sie sich noch einmal um. „Wenn du ins Bad musst, rufst du mich."

Dann war Giuliana wieder allein in ihrem abgesperrten Zimmer. Sie aß die Brote, trank die Lemonsoda und setzte sich danach an ihren Schreibtisch, um eine Nachricht an Robert zu verfassen. Sie schrieb ihm, was vorgefallen war, und dass er auf keinen Fall ins Hotel kommen sollte. Sobald man sie wieder aus ihrem Zimmer herausließe, würde sie versuchen, mit ihrer Vespa zum Campingplatz zu fahren und dann würden sie gemeinsam überlegen, was sie am besten tun könnten. Sie faltete das Blatt zusammen und legte es in eine kleine Dose. Auf den Deckel klebte sie einen weiteren Zettel mit einer Nachricht an Massimo, in der sie ihm erklärte, um was sie ihn bat. Kurz vor zehn stellte sie sich an das geöffnete Fenster und blickte nach unten. In der Zwischenzeit hatte ihre Mutter ihr einen Teller Spaghetti al sugo gebracht und sie war einmal im Bad gewesen. Als sie wieder herauskam und von ihrer Mutter weder etwas zu hören noch zu sehen war, hatte sie sich zur Wohnungstür geschlichen. Doch zu ihrer großen Enttäuschung war auch diese verschlossen gewesen und der Schlüssel hatte nicht im Schloss gesteckt.

Giuliana beobachtete die Menschen, die unten auf der Straße vorbeigingen. Endlich entdeckte sie Massimo, der gegen zwanzig nach zehn das Hotel verließ. Wie immer trug er eine Baseball-Kappe auf seinen dunklen Locken. Giuliana steckte zwei Finger in den Mund und pfiff so laut sie konnte. Beim zweiten Mal schaute er endlich in ihre Richtung. Sie deutete ihm mit Gesten an, dass sie ihm etwas zuwerfen würde, woraufhin er näher kam und die Schachtel auffing. Giuliana beobachtete, wie er ihre Nachricht las und schließlich ein Daumen-hoch-Zeichen machte. Erleichtert winkte Giuliana und blickte ihm nach, bis er aus ihrem Blickfeld verschwunden war. Jetzt konnte sie nur hoffen, dass Massimo auch wirklich ihre Nachricht an Robert weiterleitete und sie so schnell wie möglich aus ihrem häuslichen Gefängnis herauskam.

Am nächsten Tag fuhr ihr Vater sie und ihre Mutter nach Albenga zu einem Frauenarzt, der Giulianas Schwangerschaft bestätigte. Danach musste sie wieder in ihr Zimmer.

Weitere Tage vergingen und nichts passierte. Giuliana wurde immer ungeduldiger. Da endlich holte ihre Mutter sie ins Wohnzimmer. Fabio saß bereits auf der Couch und sah sie zufrieden lächelnd an, als sie hinter Rosanna den Raum betrat.

„Setz dich, mein Kind!“ Er deutete auf den freien Sessel.

Giuliana ließ sich auf dem dunkelbraunen Cordsessel nieder und sah ihren Vater neugierig an.

„Ich habe die perfekte Lösung gefunden. Es ist bereits

alles abgesprochen." Fabio machte eine bedeutungsschwere Pause. „Giuliana, du wirst Filippo Rossi heiraten und das Kind als seins ausgeben."

Kapitel 23

Alassio, Oktober 2020

„Was ist los? Du bist ja ganz blass geworden. Geht es dir nicht gut?“ Tonina blickte Stella besorgt an.

„Kann ich das mal aus der Nähe sehen?“ Stellas Stimme klang heiser.

„Klar!“ Tonina reichte ihr die Kette.

Eine Gänsehaut überzog Stellas Haut. Der Anhänger war das Gegenstück zu dem halbierten Herzen, das sie in der Kiste ihres Vaters gefunden hatte. Auf der Rückseite war die gleiche Inschrift eingraviert. Nur die Angfangsbuchstaben der jeweiligen Namen waren verschieden. Bei ihrem stand ein S wie Stella, bei Toninas Anhänger ein A.

„Steht das A für Antonietta?“, fragte Stella.

„Ja. Woher weißt du das? Tonina ist nur mein Spitzname. Eigentlich heiße ich Antonietta. Den Anhänger hat mir meine Mutter geschenkt, als ich noch ganz klein war. Das Gegenstück gehörte meiner Zwillingsschwester. Aber sie ist schon als Baby gestorben. Ihr Anhänger ist leider Gottes irgendwie verloren gegangen.“

Stella räusperte sich, griff in ihre Tasche und holte die kleine Schmuckdose heraus.

„Er ist nicht verloren gegangen. Hier ist er!“ Sie zog die Kette heraus und hielt die beiden Anhänger aneinander. Sie passten perfekt zusammen und bildeten ein komplettes Herz.

Nun war es an Tonina zu erblassen.

„Wo hast du das her?“

„Es gehört mir. Ich habe es von meiner Mutter bekommen. Mein Vater hat mir jahrelang vorgemacht, sie wäre angeblich bei meiner Geburt gestorben. Als er im Frühjahr selbst gestorben ist, habe ich beim Ausräumen seiner Wohnung eine Kiste gefunden. Da drin waren der Anhänger, ein Foto von Giuliana und meinem Vater, als sie jung waren, und ein Brief, in dem mein Vater mir erklärt, dass meine Mutter eben nicht bei meiner Geburt gestorben ist, sondern in Alassio lebt.

„Stopp, wie heißt deine Mutter?", unterbrach Tonina sie.

„Giuliana. Giuliana Colombo." Stella lehnte sich zurück und holte tief Luft. „Deshalb war ich auch Anfang des Sommers schon mal hier und habe Nachforschungen angestellt. Dabei habe ich herausgefunden, dass ich noch eine Zwillingsschwester habe, die Antonietta Rossi heißt."

„Wahnsinn! Wie ich! Und meine Mutter heißt Giuliana Colombo. Das kann kein Zufall sein." Tonina schüttelte ungläubig den Kopf. „Jetzt verstehe ich. Du bist die – um es mit den Worten meiner Mutter auszudrücken – ‚Verrückte', die gesagt hat, sie wäre ihre Tochter."

Stella nickte. „Sie hat mich noch nicht mal angehört und gleich aus dem Hotel gejagt. Dein Großvater hat mir sogar mit der Polizei gedroht. Nicht besonders nett, deine Verwandten."

„Unsere Verwandten! *Dio mio*, du bist meine Schwester." Tonina stand auf und umarmte Stella. Dabei liefen ihnen beiden die Tränen die Wangen hinunter. „Zeig mir mal das Foto! Hast du es hier?", fragte Tonina schließlich.

Stella holte es aus ihrer Tasche und gab es Tonina.

„Du siehst wirklich aus wie *mamma*, als sie jung war. Dass mir das nicht vorher aufgefallen ist." Tonina lachte. „Und dein Name – Stella. Ich wusste ja, dass meine Schwester so hieß."

„Wir sehen uns aber nicht sehr ähnlich", befand Stella. „Meine Nase ist klein und rund, deine sieht römisch aus. Meine Augen sind grün, deine blau. Nur unsere dunklen Haare sind gleich. Aber deine wirken irgendwie lockiger als meine. Das liegt bestimmt daran, dass du sie kürzer und stufiger trägst."

„Ich denke mal, wir sind zweieiige Zwillinge", vermutete Tonina. „Oh mein Gott", sie jauchzte laut auf. „Ich kann es immer noch nicht glauben. „Wo bist du all die Jahre gewesen?"

„Ich war in Köln und du warst hier in Alassio."

„Aber wieso haben wir geglaubt, du bist tot? Es gibt doch sogar ein Grab auf dem Friedhof in Arnasco. Ich weiß noch, als Kind war ich oft mit *mamma* da und sie hat geweint. Sie hat gesagt, du wärst ein Engel und würdest mich immer beschützen."

Erneut flossen bei Stella die Tränen und auch Toninas Augen wurden wieder feucht. Sie umarmten einander so fest, als müssten sie all das nachholen, was sie die ganzen Jahre über versäumt hatten.

„Und der blonde Mann auf dem Foto ist dein Vater?", fragte Tonina, als sie sich voneinander gelöst hatten. „Wenn er dein Vater ist, dann muss er ja auch meiner sein."

„Ja. Das ist aber alles so undurchsichtig. In der Geburtsurkunde ist nämlich nicht er als unser Vater eingetragen, sondern Filippo Rossi."

„Mein Vater. Hm, irgendetwas ist damals passiert und vertuscht worden. Das müssen wir herausfinden."

„Mein Gefühl sagt mir, dass unser Großvater daran nicht unbeteiligt war", überlegte Stella. „Immerhin hat er mich angelogen und behauptet, du wärst in die USA gegangen und würdest dort studieren."

„Das hat er gesagt?" Tonina zog eine Augenbraue hoch. „Warum?"

„Keine Ahnung. Vielleicht wollte er nicht, dass ich nach dir suche."

„Wir müssen als Erstes mit *mamma* reden."

„Und wenn sie mich immer noch für eine Betrügerin hält", zweifelte Stella. „Es hat mir sehr weh getan, wie sie mich abgefertigt hat."

„Das glaube ich dir. Aber versetz dich auch mal in ihre Lage! Da steht plötzlich eine Frau vor ihr und behauptet, sie wäre ihre Tochter, obwohl sie genau weiß, dass die schon lange tot ist. *Mamma* hat gedacht, du erlaubst dir einen bösen Scherz mit ihr." Sie legte ihre Hand auf Stellas Arm. „Lass mich nur machen! Ich spreche erst mal allein mit ihr", beschloss Tonina.

„Okay. Das ist vielleicht besser."

Sie saßen noch bis in die frühen Abendstunden zusammen und erzählten sich, was sie in den letzten Jahren erlebt hatten. Eine Frage stand auch danach noch immer im Raum: Wer war ihr Vater? Robert Lehmann oder Filippo Rossi?

Die Antwort darauf würde nur ihre Mutter kennen.

Als Stella am nächsten Morgen wach wurde, überkam sie ein Glücksgefühl. Sie hatte ihre Schwester gefunden und diesmal war sie nicht abgewiesen worden, sondern Tonina hatte ihr geglaubt. Sie würden nun zu zweit versuchen, herauszufinden, was damals geschehen war, denn auch Tonina wollte es unbedingt wissen. Bevor sie sich wieder auf den Weg zum Café machte, rief sie Francesca in Köln an und erzählte ihr von den Neuigkeiten. Die Italienerin freute sich für sie und sagte, sie könnte es kaum abwarten, bald selbst nach Alassio zu kommen und alles mit eigenen Augen zu sehen.

Ihre Schwester erwartete Stella bereits sehnsüchtig am Café und schloss sie in die Arme, als Stella dort ankam.

„Stella, mir ist heute Nacht eine tolle Idee gekommen. Warum führen wir das Café Arte nicht gemeinsam?“ Sie strahlte über das ganze Gesicht. „Du willst irgendwann dein eigenes Café aufmachen, und ich werde es mit meinem bestimmt nicht allein schaffen und müsste mir Angestellte suchen. Da bietet es sich doch an, dass wir das Ganze zusammen aufziehen, und Kunst und Literatur passen doch prima zusammen. Was hälst du von der Idee?“

„Ich dachte schon, du fragst nie.“ Stella stahlte ebenfalls.

„Dann bist du einverstanden?“

„Ja, natürlich. Wir werden das Café Arte zum bestgehenden Café an der ganzen Küste machen“, schwärmte Stella. „Mach doch schon mal eine Aufstellung der Kosten, die bisher angefallen sind. Die Hälfte werde ich übernehmen. Geteilte Kosten und geteilter Gewinn.“

„Um ehrlich zu sein, würde mir so ein Geldsegen gerade recht kommen“, sagte Tonina. „Meine Ressourcen sind nämlich mittlerweile erschöpft, und ich habe mir schon den Kopf darüber zerbrochen, wie ich es anstellen soll, damit ich nicht *nonno* oder *mamma* um Hilfe bitten muss.“

„Das brauchst du jetzt nicht mehr.“

„Nein, Gott sei Dank“, freute sich Tonina. „Heute im Laufe des Vormittags kommen die Getränke. Könntest du im Café bleiben und die Lieferung entgegennehmen? Ich wollte hoch nach Arnasco zu *mamma* fahren und mit ihr reden.“

„Ja, kann ich machen. Und du denkst, sie wird diesmal glauben, dass ich ihre Tochter bin?“, bezweifelte Stella.

„Das wird sie. Gib mir bitte deinen Anhänger und auch das Foto, wo dein Vater drauf ist. Wenn sie die Sachen sieht, muss sie es einfach glauben.“

Stella öffnete den Verschluss der Kette, die sie seit dem vergangenen Tag um den Hals trug, und reichte sie Tonina.

„Warum hast du ihr das nicht schon im Sommer gezeigt?“, wunderte sich Tonina.

„Ich hatte gar nicht die Gelegenheit dazu, sie hat mich ja sofort rausgeschmissen.“

Tonina umarmte ihre Schwester. „Du wirst schon sehen, es wird alles gut.“ Sie gab ihr einen Kuss auf die Wange. „Ich fahr dann mal. Bis später.“

Die nächsten Stunden zogen sich endlos in die Länge. Jedes Mal, wenn Stella an ihre Mutter dachte, fuhr ein Adrenalinstoß durch ihren Körper. Würde es Tonina gelingen, Giuliana davon zu überzeugen, dass Stella ihre totgelaubte Tochter war? Die Getränkelieferung brachte ein wenig Abwechslung. Stella hakte jeden einzelnen Posten auf dem Lieferschein ab und räumte die Softdrinks in die Kühltruhen ein. Als sie fertig war, nahm sie sich eine Cola und setzte sich an einen der Tische. Sie ließ ihren Blick durch den Raum schweifen und überlegte, wo sie noch das eine oder andere Bücherregal unterbringen könnten. Mitten in ihre gedankliche Planung platzte Toninas fröhliche Stimme.

„Ich bin zurück, Stella. Und schau mal, wen ich mitgebracht habe!“

Stella drehte ihren Kopf in Richtung Eingangstür und spürte, wie sich die Geschwindigkeit ihres Herzschlags in

Nullkommanichts verdreifachte, als sie neben einer strahlenden Tonina Giuliana erblickte, deren Augen feucht schimmerten.

Kapitel 24

Alassio, Sommer 1986

Giuliana starrte ihren Vater an, als ob er ihr soeben verkündet hätte, sie im Kloster der Heiligen Klarissen angemeldet zu haben.

„Was soll ich machen? Filippo Rossi heiraten?“ Sie sprang aus dem Sessel hoch. „Das kann nicht dein Ernst sein. Du weißt doch, dass ich ihn nicht leiden kann.“

„Papperlapapp! Das ist doch jetzt völlig egal. Wenn ihr erst verheiratet seit, wirst du schon noch Gefühle für ihn entwickeln. Wichtig ist jetzt erst mal, dass dein Kind einen Vater bekommt.“

„Mein Kind hat einen Vater!“, schrie Giuliana. „Einen, der für uns sorgen wird.“

„*Il tedesco* wird nicht der Vater meines Enkelkindes sein. Damit das klar ist! Du wirst Filippo Rossi heiraten und zunächst mit ihm in Arnasco leben. Somit wird wenigstens nicht der gute Ruf unserer Familie beschmutzt.“

„Ich will ihn aber nicht heiraten, und ich will auch nicht in Arnasco wohnen. Was soll ich in diesem Kaff da oben in den Bergen, wo es außer Olivenbäumen nichts gibt. Bitte *papà*“, schluchzte Giuliana. „Tu mir das nicht an!“

„Wie ich bereits gesagt habe, es ist schon alles mit den Rossis abgesprochen. Ich habe Alfredos Sohn Anteile am Hotel zugesichert, um ihnen die ganze Sache noch schmackhafter zu machen. Es gibt kein Zurück mehr.“ Fabio strich sich nervös durch die Haare. „Du siehst, ich habe Opfer gebracht. Also wirst du auch eins bringen und zum Wohle der Familie und des Hotels Fabios Frau werden."

„Dein Vater und ich haben auch geheiratet, weil unsere Eltern es so bestimmt hatten", mischte sich nun Rosanna mit leiser Stimme ein. „Und wie du weiß, sind wir es immer noch."

„Ja, *mamma*, weil du immer alles machst, was *papà* sagt, und keine eigene Meinung hast." Giuliana lachte trocken auf.

„Jetzt reicht es aber, Giuliana! Es gibt nichts mehr zu diskutieren. Du wirst in zwei Wochen Filippo Rossi heiraten und damit basta." Jetzt war auch Fabio aufgesprungen und fuchtelte mit seinem erhobenen Zeigefinger vor ihrem Gesicht herum.

„Nein, das werde ich nicht! Lieber bringe ich mich um." Sie drehte sich um und lief aus dem Zimmer.

„Red nicht so einen Blödsinn!", rief Fabio ihr nach. „Du wirst schon sehen, Filippo wird dich auf Händen tragen. Er hat mir gesagt, dass er dich liebt."

Giuliana kam zurück ins Zimmer. „Aber ich liebe ihn nicht! Versteh das doch, *papà*! Ich liebe Robert und Robert liebt mich und wir bekommen ein Kind – unser Kind."

„Du wirst tun, was ich sage", bestimmte Fabio. „Du bist noch nicht volljährig. Der Deutsche war übrigens gestern im Hotel und hat mit mir gesprochen."

„Was? Robert war da? Was hat er gesagt? Warum hast du mich nicht gerufen, *papà*?" Sie schnaubte die Luft durch die Nase.

„Ich habe ihm geraten, dass er dich vergessen soll, und dass du denjenigen heiraten wirst, dem du schon lange versprochen warst."

„Das wird er nicht akzeptieren. Er weiß, dass ich nur ihn liebe."

„Es wird ihm aber nichts anderes übrigbleiben“, gab Fabio zurück. „Ich habe ihm gesagt, dass du Filippos Antrag angenommen hast und dass er zurück nach Deutschland fahren und dich so schnell wie möglich vergessen soll.“

„Warum hast du das getan? Jetzt denkt er bestimmt, dass ich ihn nicht mehr liebe.“ Giulianas Atem ging stoßweise.

„Das wäre das Beste. Er soll dich so schnell wie möglich vergessen. Und jetzt geh zurück auf dein Zimmer!“, befahl Fabio.

Blind vor Tränen rannte Giuliana aus dem Raum und warf sich auf ihr Bett. Von außen wurde erneut der Schlüssel im Schloss herumgedreht. Sie war wieder eingesperrt.

Wie sollte es nun weitergehen? Bliebe ihr wirklich nichts anderes übrig, als den Langweiler Filippo zu heiraten? Wenn sie doch nur mit Robert sprechen und ihm erklären könnte, dass sie nur ihn liebte. Es musste ihr irgendwie gelingen, aus dem Zimmer und der Wohnung herauszukommen. Doch ihre Eltern ließen sie nicht aus den Augen. Auch wenn ihre Zimmertür bald nicht mehr abgeschlossen war, so war es die Eingangstür der Wohnung nach wie vor.

Zwei Tage später, als Fabio mittags nach oben kam, betrat er Giulianas Zimmer. Er hielt einen Brief in der Hand.

„Hier, den hat mir der Deutsche für dich gegeben. Er fährt morgen zurück nach *Germania*.“

Giuliana blickte ihren Vater erstaunt an. „Und du hast den Brief nicht gleich in den Mülleimer geworfen?“

„Nein. Lies, was drin steht, und sag es mir!“, forderte Fabio sie auf.

Giuliana setzte sich im Bett auf. Sie öffnete das Kuvert, holte einen Bogen Papier heraus und begann zu lesen. Als sie das Blatt schließlich auf ihren Schoß sinken ließ, liefen

Tränen an ihren Wangen herab. „Es wird dir gefallen, was Robert schreibt, *papà*", flüsterte sie. „Er sagt, die ganze Sache würde ihm zu viel werden und außerdem hätte sich seine Ex-Freundin wieder bei ihm gemeldet und möchte mit ihm reden, wenn er wieder in Deutschland ist. Er wünscht mir viel Glück mit meinem zukünftigen Ehemann."

„Siehst du, was habe ich dir gesagt", frohlockte Fabio. „Sobald es ernst wird, ziehen solche Kerle den Schwanz ein und hauen ab. Sei froh, dass du jetzt Filippo hast. Er wird deinem Baby ein guter Vater sein."

„Geh jetzt und lass mich allein, *papà*!", forderte Giuliana ihren Vater auf. Sie zerknüllte den Brief in ihrer Faust, ließ sich zurück in die Kissen sinken und begann lautlos zu weinen.

„Er ist es nicht wert, dass du seinetwegen Tränen vergießt, *bambola.*" Fabio beugte sich hinunter und strich seiner Tochter über die Locken. Dann ging er hinaus und schloss die Tür hinter sich zu.

Giuliana drehte sich um und strich das Blatt Papier wieder glatt. Sie konnte nicht glauben, dass Robert sie wirklich im Stich lassen wollte, weil zu Hause seine Ex-Freundin auf ihn wartete. War denn alles nur gelogen gewesen, was er ihr vorgemacht hatte? Vielleicht hatte ihr Vater den Brief auch selbst geschrieben. Aber er war in perfektem Deutsch verfasst, und ihr Vater beherrschte nur die üblichen Worte wie „Guten Tag, Auf Wiedersehen, bis zum nächsten Jahr." Er wäre niemals in der Lage, einen solchen Brief zu schreiben. Also musste er von Robert sein. Sie öffnete ihre Nachttischschublade und zog das Foto heraus, das Robert ihr vor ein paar Tagen noch gegeben hatte – die Aufnahme, die Stefano am Anfang ihrer Beziehung von ihnen am Strand gemacht hatte.

Stefano hatte zweimal auf den Auslöser gedrückt, sodass Robert ein Foto selbst behalten und das andere ihr geschenkt hatte. Während sie auf das Bild starrte, kamen ihr erneut die Tränen. Wie hatte sie nur auf diesen blond gelockten Schönling reinfallen können? Alles nur leere Versprechungen, die er ihr gemacht hatte. In einer plötzlichen Anwandlung von Wut zerriss sie das Foto in lauter Einzelteile und warf sie auf den Boden.

Sie konnte nicht aufhören zu weinen, vor Kummer, vor Enttäuschung, aus Angst vor der Zukunft mit einem Mann, den sie nicht liebte. Irgendwann strich sie mit ihrer Hand über den Bauch. Auch wenn sie Robert nie wiedersähe, ein Teil von ihm würde immer bei ihr sein.

Dann war er da, der Tag, der mit Sicherheit der schlimmste in Guilianas Leben werden würde. Am frühen Morgen half ihre Mutter ihr, das Hochzeitskleid anzuziehen. Es war Rosannas eigenes Brautkleid, und da es zu groß war, hatte ihre Mutter es noch im letzten Moment umgeändert. Vor ein paar Tagen hatte es noch ein Treffen mit Filippo und seinen Eltern gegeben, das Giuliana irgendwie hinter sich gebracht hatte, nachdem Fabio und Rosanna zuvor noch einmal auf sie eingeredet hatten, sich ja den Umständen entsprechend zu benehmen und auf keinen Fall etwas über ihre Schwangerschaft verlauten zu lassen. Sie war sich wie ein Zombi vorgekommen, der immer nur nickte und lächelte. Man hatte sich auf eine Feier im engsten Familienkreis geeinigt. Am Hochzeitsmorgen sollte zunächst die standesamtliche Trauung im Rathaus von Arnasco erfolgen, am Mittag die kirchliche in der kleinen Kirche Nostra Signora Assunta und danach ein Essen im Landhotel der Rossis. An das, was ihr danach noch bevorstand – die Hochzeitsnacht – wollte Giuliana erst gar nicht denken.

„Giuli, du bist dir hoffentlich darüber im Klaren, dass du so schnell wie möglich mit Filippo schlafen musst, damit es mit den neun Monaten ungefähr hinkommt“, sagte Rosanna, während sie die vielen kleinen Perlenknöpfe des Brautkleides im Rücken schloss. „Trotzdem wird es für die anderen sein, als ob du eine Frühgeburt hättest.“

„*Mamma,* musst du mich jetzt daran erinnern?“, stöhnte Giuliana. „Ich bin froh, wenn ich den Tag irgendwie überstehe.“

„Ach, *figlia mia*, ich hätte mir das auch alles anders für dich gewünscht. Du bist unser einziges Kind.“ Rosanna umfasste Giulianas Schultern und drehte sie sanft zu sich herum. Tränen liefen an ihren Wangen hinunter, als sie ihre Tochter in die Arme nahm. Auch Giulina konnte ein Schluchzen nicht unterdrücken.

Da öffnete sich die Tür und eine fröhliche Stimme ertönte: „Hey, was ist hier los? Feiern wir gleich eine Hochzeit oder eine Beerdigung?“

„Fio!“ Mit einem freudigen Aufschrei löste sich Giuliana von ihrer Mutter und fiel ihrer Freundin um den Hals. „Gott sei Dank bist du hier. Ohne dich wäre es nicht dasselbe.“ Jetzt kullerten ihr erst recht die Tränen. Die beiden Mädchen hatten sich, seitdem Giuliana bei Fiorangela im Bad den Schwangerschaftstest gemacht hatte, nicht mehr gesehen. Giuliana hatte zwar ihre Eltern immer wieder angefleht, wenigstens einmal mit ihrer Freundin telefonieren zu dürfen, doch ihr Vater war hart geblieben und hatte ihr jeglichen Kontakt zu ihren Freunden untersagt.

„Ich lasse dich doch nicht ohne mich heiraten. Du siehst

toll aus!", befand Fiorangela und bestaunte Giulianas Kleid. Es war aus weißem Seidentaft, hatte kurze Puffärmel, einen herzförmigen Ausschnitt und fiel glatt bis zum Boden hinunter. Die dunklen Locken hatte Rosanna ihr hochgesteckt und einen langen Spitzenschleier darin befestigt, den bereits ihre Großmutter bei ihrer Hochzeit getragen hatte.

„Du auch, Fio", gab Giuliana das Kompliment zurück.

Fiorangela trug ein rotes langes Kleid mit Volants, das über und über mit Pailletten bestickt war.

„Wie geht es dir, *cara?*", wollte Fiorangela wissen. Rasch deutete Giuliana auf ihren Bauch und fuhr sich danach mit Daumen und Zeigefinger über die Lippen, so als ob sie diese mit einem Reisverschluss verschließen wollte. Zum Glück verstand Fiorangela ihren Hinweiß, nicht auf ihren Zustand anzuspielen. Sie hatte ihren Eltern nämlich nicht gesagt, dass ihre Freundin von ihrer Schwangerschaft wusste.

„Ich bin nervös", gab Giuliana zu.

„Das glaube ich dir. Das wäre ich auch. Ich habe gedacht, ich hör nicht richtig, als dein Vater mich eingeladen hat."

„Giuli, ich schaue mal, wie weit dein Vater ist. Wir müssen gleich los", sagte Rosanna und ging hinaus.

Giuliana wagte ihr Glück kaum zu fassen, dass sie eine kurze Gelegenheit bekam, sich mit Fiorangela allein auszutauschen.

Rasch erzählte sie ihr, was in den letzten beiden Wochen passiert war. „Hat sich Robert vielleicht bei dir gemeldet?", fragte sie.

Fiorangela schüttelte den Kopf. „Nein. Aber ich werde gleich morgen zu dem Campingplatz fahren und nachschauen, ob er noch da ist."

„Gut. Mach das! Trotzdem verstehe ich das nicht. Er hätte

doch denken müssen, dass du Kontakt zu mir hast. „Dann ist es wohl doch wahr, was in dem Brief stand."

„Vielleicht hat er es versucht und den Weg zu unserem Haus nicht mehr gefunden. Er war ja nur einmal bei uns oben. Und wo ich arbeite, wusste er doch auch nicht, oder?"

„Nein. Jetzt ist sowieso alles zu spät. Ich muss einen anderen heiraten, den ich nicht liebe. Oh Fio, wie soll ich das nur alles überstehen. Versprich mir, dass du mich sooft es geht da oben am Ende der Welt besuchen kommst."

Die beiden Freundinnen umarmten einander und erneut flossen Tränen.

„Wir müssen los. Kommt, ihr beiden!" Fabio stand in der Tür. Er trug einen dunkelblauen Anzug. In der Jackentasche steckte eine weiße Nelke. Rosanna war in ein farblich abgestimmtes, kniebedeckendes Organzaensemble gekleidet. Auf ihrem Kopf thronte ein kleiner Facinator.

„*La mia bambola, che bella sei!*" Fabio drückte seine Tochter an sich und gab ihr einen Kuss auf die Stirn.

„Danke, dass Fiorangela bei mir sein darf!", flüsterte Giuliana ihm zu.

Später, als sie am Arm ihres Vaters den Kirchengang in Richtung Altar entlangschritt, wo Filippo bereits auf sie wartete, suchten sich erneut ihre Tränen einen Weg durch den dichten Wimpernkranz. Nur einige wenige Menschen in der Kirche wussten, dass es nicht Tränen der Rührung waren, sondern die Tränen einer verlorenen Liebe.

Kapitel 25

Alassio, Oktober 2020

Sie war gekommen. War das ein gutes Zeichen? Oder würde Giuliana sie wieder nur anschreien, wie bei ihrem vorherigen Aufeinandertreffen? Jede Faser in Stellas Körper war zum Zerbersten angespannt. Ihr Herz raste. Wie in Zeitlupe erhob sie sich von ihrem Stuhl, blieb jedoch davor stehen. Auch ihre Mutter bewegte sich nicht von der Stelle. Wie beim letzten Mal trug Giuliana die von grauen Fäden durchzogenen Locken hochgesteckt. Stella kam es vor, als wäre sie noch schlanker als im Sommer. Oder lag es vielleicht daran, dass sie wieder in dunkle Farben gekleidet war?

Einen Moment lang starrten sie sich nur an. Es war der Moment, den sich Stella so viele Male in ihren Gedanken ausgemalt hatte, und nun bestand die Hoffnung, dass er diesmal ein gutes Ende nähme.

Dann war es, als ob sich ein Knoten gelöst hätte. Ein Lächeln breitete sich auf dem Gesicht ihrer Mutter aus. Giuliana machte einen Schritt auf sie zu, und sie fielen einander in die Arme. Vergessen waren die bösen Worte, die Giuliana ihr beim letzten Mal an den Kopf geworfen hatte. Stella genoss die Umarmung ihrer Mutter, auf die sie all die Jahre hatte verzichten müssen.

„Es tut mir so leid, dass ich dich im Sommer nicht erkannt habe, Stella", schluchzte Giuliana. „*Santo cristo* – ich muss blind gewesen sein." Sie nahm Stellas Gesicht in ihre Hände und verteilte Küsse darauf. „Meine kleine Stella. *La mia angelina, come sei bella.* Wie kann es sein, dass du lebst? Warum musste ich all die Jahre glauben, du seist tot? Ich verstehe das alles nicht." Wieder küsste sie Stella und streichelte über ihre Wangen. Da fiel ihr Blick auf Tonina, die etwas abseits stand. „*Vieni,* Tonina!" Sie streckte ihren rechten Arm nach ihrer anderen Tochter aus und zog nun alle beide an ihre Brust. „*Le mie bambole.*"

Nachdem sie sich noch eine Weile geherzt und geküsst hatten, setzten sie sich an einen der Tische. Tonina weihte die neue Kaffeemaschine ein, die am Abend zuvor aufgestellt worden war. Dann war es an der Zeit, Antworten auf die Fragen zu bekommen, die sowohl die Zwillinge als auch ihre Mutter quälten.

„Wer ist unser biologischer Vater, *mamma*?", fragte Tonina. „Stella sagt, in der Geburtsurkunde steht *papàs* Name, Filippo Rossi. Aber warum ist sie dann bei einem Deutschen aufgewachsen, in dem Glauben, er sei ihr Vater?"

Giuliana sah zunächst auf ihre Finger, die sie ineinander verflochten hatte. Dann hob sie den Blick und räusperte sich. „Ich denke, es ist an der Zeit, dass ihr die Wahrheit erfahrt."

„Allerdings. Jetzt rede schon, *mamma!*", forderte Tonina sie ungeduldig auf.

„Damals, im Sommer 1986, habe ich Robert kennengelernt, bei dem Stella aufgewachsen ist. Er ist mit seinem blauen VW-Camperbus die Küste entlanggefahren und hat auch in Alassio Halt gemacht. Wir haben uns sofort ineinander verliebt." Ein Strahlen erhellte ihr Gesicht. „Es war ein fantastischer Sommer, obwohl ich im Restaurant unseres Hotels gearbeitet habe. Jede freie Minute bin ich mit meiner Vespa zu ihm auf den Campingplatz gefahren. Gleich an unserem ersten gemeinsamen Abend hat uns *nonno* vor dem Hotel erwischt und mir verboten, mich noch mal mit Robert zu treffen."

„Aber du hast dich mit Sicherheit nicht daran gehalten, oder?", vermutete Stella.

„Nein, habe ich nicht." Giuliana lächelte verträumt. „Ich weiß noch, wie wir an einem Abend in Cervo zum Essen waren und eine unserer ehemaligen Hotelangestellten getroffen haben, ein Klatschweib noch dazu. Sie hat sofort meiner Mutter brühwarm erzählt, sie hätte mich mit einem jungen Mann mit blonden Locken gesehen. Eure Großmutter hat sich gedacht, dass es Robert war, und ich musste ihr hoch und heilig versprechen, ihn nicht mehr wiederzusehen, woran ich mich natürlich nicht gehalten habe."

„Und wie ging es weiter?" Tonina nahm einen Schluck Kaffee und leckte sich den Milchschaum von der Oberlippe.

„Tja, dann bemerkte ich irgendwann, dass meine Regel ausgeblieben war."

„Wie, du hast mit dem Deutschen geschlafen? Also *mamma*", tat Tonina empört.

„Das war damals auch nicht anders als heutzutage. Wenn man sich liebte, dann wollte man auch mehr miteinander machen, als sich nur zu küssen. Aber wir haben bei unserem ersten Mal nicht an Verhütung gedacht, und da ist es passiert. Ich war schwanger."

„Dann ist also *papà* nicht mein Vater!", sagte Tonina leise. „Warum hast du mir das nie erzählt? Wieso hast du mich all die Jahre glauben lassen, Filippo wäre mein Vater?"

„Lass *mamma* doch erst mal zu Ende erzählen", bat Stella ihre Schwester.

Giuliana nickte ihr dankbar zu.

„Robert war so süß. Er hat sofort gesagt, dass wir heiraten und er für uns sorgen würde", fuhr sie fort. „Bevor er mit meinen Eltern reden konnte, hatte eure Großmutter in meinem Zimmer den positiven Schwangerschaftstest gefunden. Dann brach die Hölle los. *Nonno* fürchtete um den Ruf der Familie und des Hotels. Er wollte es nicht zulassen, dass ein Deutscher der Vater seines Enkelkindes wäre. Sie sperrten mich tagelang in mein Zimmer ein."

„Das ist ja schrecklich! Und du konntest nicht mehr mit *papà* reden?", wollte Stella wissen.

„Nein. Es gelang mir zwar, ihm eine Nachricht zukommen zu lassen, aber mein Vater hat ihn fortgeschickt und ihm gesagt, ich würde einen anderen heiraten." Sie lachte bitter auf. „Sie verkündeten mir ein paar Tage später, dass sie mich mit Filippo Rossi verheiraten würden und er ab da offiziell als Vater des Babys zu gelten hätte. Ich weigerte mich natürlich, und dann brachte mir euer Großvater einen Brief von Robert. In dem stand, dass ihm alles zu viel wäre und er zurück nach Deutschland führe und sich wieder mit seiner Ex-Freundin versöhnen wollte. Sie hätte ihn um eine Aussprache gebeten. Ich war fix und fertig und habe nur noch geweint."

„Du Arme, das kann ich mir vorstellen." Stella stand auf und umarmte ihre Mutter. Tonina tat es ihrer Schwester gleich.

„Und so habe ich Filippo Rossi geheiratet und musste meinen Eltern hoch und heilig versprechen, niemals jemandem zu verraten, dass er nicht euer Vater war." Sie ergriff Toninas Hände. „Es ist nicht so, dass ich Filippo nicht gemocht habe, *tesoro.* Im Laufe der Jahre ist er mir immer mehr ans Herz gewachsen und irgendwann war es Liebe. Da konnte ich ihm erst recht nicht mehr beichten, dass er nicht euer Vater war, und daher habe ich es auch dir niemals gesagt, Tonina." Sie presste kurz die Lippen zusammen. „Und trotzdem habe ich auch Robert nie vergessen. Du musst mir alles von ihm erzählen, Stella", bat Giuliana. „Es tut mir unendlich leid, dass er schon gestorben ist. Wir haben uns damals wirklich geliebt."

„Es war ein schneller Tod. Er hatte einen Hinterwandherzinfarkt und war sofort tot." Ein trauriges Lächeln huschte über Stellas Lippen beim Gedanken an ihren Vater. „Schön für ihn, aber ein Schock für mich. Ich war plötzlich ganz allein auf der Welt. Dich hielt ich ja ebenfalls für tot und Papas Eltern waren auch schon gestorben."

„Mein armes Kind." Giuliana strich Stella eine Locke aus dem Gesicht. „Jetzt hast du uns. Du bist nicht mehr allein."

„Ja. Du kannst dir bestimmt vorstellen, wie ich mich gefühlt habe, als ich Papas Brief gefunden habe und den Anhänger. Warum hat er mich all die Jahre angelogen? Er hätte mir doch sagen können, dass du noch lebst."

„Ich weiß es auch nicht, *tesoro.* Ich weiß ja noch nicht einmal, warum du bei ihm warst und ich geglaubt habe, *du* wärst tot." Sie schluckte. „Ich musste damals noch einmal ins Krankenhaus, weil sich die Kaiserschnittwunde entzündet hatte. Ihr beiden seid in Alassio bei euren Großeltern geblieben, weil Filippo und seine Eltern einen Geschäftstermin in Deutschland hatten. Zwei Tage später kamen *papà* und *mamma* zu mir ins Krankenhaus und haben mir gesagt, dass *mamma* Stella morgens tot in ihrem Bettchen gefunden hätte. Plötzlicher Kindstod hätten die Ärzte gesagt. Ich war am Boden zerstört und habe mir schlimme Vorwürfe gemacht, weil ich dich allein gelassen habe. Als ich entlassen wurde, war schon alles organisiert. Vom Krankenhaus sind wir direkt zur Trauerfeier auf den Friedhof gefahren. Ich durfte dich nicht einmal mehr ansehen." Tränen schimmerten in Giulianas grünen Augen. „Ich habe das Ganze wie ein Zombie durchgestanden und musste danach monatelang Beruhigungstabletten nehmen."

„Das tut mir so leid. Das muss schrecklich für dich gewesen sein, *mamma*." Wie selbstverständlich kam Stella das Wort über die Lippen. Sie hatte sich so oft gewünscht, dass es jemanden gäbe, den sie so nennen durfte.

„Wir müssen mit den Großeltern reden! Nur sie wissen genau, was damals passiert ist", befand Tonina.

„Ja. Am besten, wir fahren gleich zu ihnen ins Hotel", stimmte Giuliana zu.

Eine viertel Stunde später parkten sie Giulianas blauen Fiat vor dem Hotel und betraten die Eingangshalle. Obwohl Stella ein aufgeregtes Kribbeln verspürte, fühlte sie sich diesmal stark, da sie ihre Mutter und ihre Schwester an ihrer Seite wusste.

Hinter dem Rezeptionstresen saß wieder der junge Mann, mit dem Stella bei ihrem allerersten Besuch im Hotel gesprochen hatte.

„*Ciao,* Davide", begrüßte Giuliana ihn. „Sind meine Eltern oben in der Wohnung?"

„*Buongiorno. Si, signora* Colombo, Ihr Vater ist vor einer halben Stunde nach oben gegangen."

Sie fuhren mit dem Fahrstuhl bis in die letzte Etage. Vor einer Tür am Ende des Ganges blieb Giuliana stehen und zog einen Schlüsselbund aus ihrer Tasche. Sie drückte kurz auf den Klingelknopf neben dem Eingang, bevor sie einen der Schlüssel ins Schloss steckte und die Haustür aufschloss.

„Ist jemand zu Hause?“, rief sie.

„Ja, komm rein!“, erklang eine weibliche Stimme.

Sie durchquerten den Flur, in dem es ein wenig nach abgestandenem Essen roch, und betraten das Wohnzimmer. Fabio und Rosanna saßen auf dem Sofa und schauten eine Quizsendung im Fernsehen an.

„Giuli, wie schön. Und Tonina auch. Kommt rein und setzt euch“, rief Rosanna. „Wen habt ihr da mitgebracht?“

„Aber das ist doch, also das ist doch diese Frau, die im Sommer schon einmal hier war und uns irgendwelche Lügengeschichten aufgetischt hat.“ Fabio sprang von der Couch hoch. „Was wollen Sie? Ich habe Ihnen damals gesagt, wenn Sie meine Familie nicht in Ruhe lassen, zeige ich Sie an.“

„*Papà, calmati*! Hör dir erst mal an, was wir zu sagen haben“, versuchte Giuliana ihren Vater zu beschwichtigen. „Ich weiß nicht, was damals passiert ist, aber diese junge Frau ist Stella, unsere Stella. Sie ist nicht tot.“

„Was soll der Blödsinn? *La nostra Stellina* ist gestorben und liegt auf dem Friedhof. Ich habe sie selbst zu Grabe getragen. Hast du das vergessen? Diese Person“, er zeigte mit hochrotem Kopf auf Stella, „ist nicht meine Enkeltochter. Sie ist eine Lügnerin.“

Stella spürte, wie Giuliana beruhigend die Hand auf ihre Schulter legte.

„Aber *nonno, nonna,* schaut ihr doch ins Gesicht!“, mischte sich nun Tonina ein. „Stella sieht aus wie *mamma*, als sie noch jung war. Das muss euch doch auffallen.“ Während Fabio verständnislos den Kopf schüttelte, starrte Rosanna nur mit zusammengepressten Lippen auf ihre Hände.

„Außerdem besitzt Stella die andere Hälfte des Herzanhängers“, fuhr Tonina fort und forderte ihre Schwester mit einer Handbewegung auf, ihrem Großvater die Schmuckstücke zu zeigen. Sie zogen beide die Anhänger unter ihren T-Shirts hervor und hielten sie vor seinen Augen aneinander. „Hier, sieh! Die Ränder passen perfekt ineinander. Das sind die Anhänger, die *mamma* damals bei *signor* Moroni für uns hat anfertigen lassen. Stella hat ihren von Robert bekommen, *mammas* damaligem deutschen Freund“ – sie machte eine kurze Pause –, „unserem Vater.“

„Was redest du für einen Unsinn, Tonina? Filippo war dein Vater. Gott hab ihn selig!“

„*Papà*, ich habe den Mädchen die Wahrheit gesagt. Sie wissen, dass ich bereits schwanger war, als ich Filippo geheiratet habe.“

„Giuliana, wieso hast du das getan?“ Fabio rang nervös die Hände. „Du hast versprochen, niemals darüber zu reden. So war das Abkommen zwischen dir, mir und deiner Mutter.“

„Ich fand aber, dass es an der Zeit war, das Schweigen zu brechen und die Wahrheit zu sagen. Das verlange ich jetzt auch von dir, *papà* – die Wahrheit! Was ist damals passiert?“ Giuliana tippte mit ihrem Zeigefinger auf die Brust ihres Vaters.

„Du kennst die Wahrheit! Als du im Krankenhaus warst, ist Stella über Nacht in ihrem Bettchen verstorben. Wir konnten ihr nicht mehr helfen.“

„Wir glauben aber nicht mehr, dass es so geschehen ist“, mischte sich nun Tonina wieder ein. „Was ist damals wirklich passiert, *nonno?*“

„Warum war Stella bei Robert und Tonina bei mir? Du musst es doch wissen, *papà*“, insistierte Giuliana.

„Es war so, wie ich es gesagt habe. Wahrscheinlich hat der Deutsche diese Person angestiftet, sich als unsere Stella auszugeben, um sich ein Erbteil zu erschleichen. Das würde ihm ähnlich sehen."

„Wie kannst du es wagen, so über meinen Vater zu reden?", konnte Stella nicht mehr an sich halten. „Er war der feinste Mensch, den man sich nur vorstellen kann. Er kann mich gar nicht geschickt haben, weil er bereits im Frühjahr gestorben ist."

Fabio ließ sich zurück auf das Sofa fallen und fasste sich an seine linke Brustseite. „Genug jetzt! Schafft mir diese Betrügerin aus den Augen!", stöhnte er und verzog das Gesicht vor Schmerzen.

„Fabio, was hast du? Geht es dir nicht gut?" Rosanna beugte sich besorgt über ihren Mann, dessen Gesichtshaut ungewöhnlich blass und schweißig aussah. „Giuliana, bitte, lass doch die Vergangenheit ruhen! Siehst du nicht, wie deinen Vater das alles aufregt? Du weißt doch, dass sein Herz nicht mehr das stärkste ist. Tonina, lauf in die Küche und hol ein Glas Wasser für deinen *nonno*!"

„Lass uns gehen! Wir erreichen hier nichts mehr", flüsterte Stella Giuliana zu.

Doch diese war noch nicht bereit, das Feld zu räumen.

„*Papà,* ich flehe dich an! Sag die Wahrheit. Du und *mamma,* ihr seid die Einzigen, die wissen, was damals passiert ist. Du willst doch nicht eines Tages mit solch einer Lüge vor deinen Schöpfer treten."

„Ich habe nicht gelogen. Es ist alles so geschehen. Und wenn du mir nicht glaubst, haben wir uns nichts mehr zu sagen." Er trank einen Schluck Wasser und machte eine abweisende Handbewegung. „Und jetzt schaff mir diese Person aus den Augen!"

„Wenn das dein letztes Wort ist, dann soll es so sein." Enttäuschung klang in Giulianas Stimme. „Kommt, Mädchen, wir gehen!"

„Giuli, bleibt doch hier!", flehte Rosanna und brach in Tränen aus. „Dein Vater meint es nicht so."

„Doch, das tut er!", widersprach Giuliana ihrer Mutter. „Meinst du nicht, dass es endlich einmal an der Zeit wäre, dass du aus seinem Schatten trittst und das tust, was *du* für richtig hältst, *mamma?* All die Jahre hast du *papà* immer nur nach dem Mund geredet. Ich bin mir hundertprozentig sicher, dass du auch weißt, was sich damals abgespielt hat. Hab wenigstens du den Mut und sag die Wahrheit!"

Doch Rosanna stand nur da wie ein Häufchen Elend und schwieg, sodass Stella schon fast Mitleid für ihre Großmutter empfand. Giuliana zuckte mit den Schultern und blickte ihre Mutter traurig an. Dann legte sie die Arme um die Schultern ihrer Töchter und verließ mit ihnen die Wohnung. Gerade, als sie in den Fahrstuhl einsteigen wollten, erschien Rosanna im Flur.

„Bleibt hier! Bitte geht nicht!", rief sie ihnen schluchzend nach. „Giuli, ich muss dir etwas zeigen."

Giuliana drehte sich um und sah ihre Mutter auf dem Gang stehen. In ihrer rechten Hand hielt Rosanna einen Brief.

„Hier, der ist für dich, Giuli. Ich hätte ihn dir schon vor vielen Jahren geben sollen."

Die drei Frauen gingen zurück bis zur Wohnungstür. Gespannt betrachteten Stella und Tonina, wie ihre Mutter das Kuvert entgegennahm und ihre Hand beim Anblick des Absenders zu zittern begann.

„Er ist von Robert." Ihre Stimme zitterte. „Wo hast du ihn her, *mamma?*"

„Er hat ihn damals deinem Vater gegeben, als er noch einmal bei uns gewesen war, um die Babys zu sehen. Fabio hat ihn in den Müll geworfen, aber ich habe ihn wieder herausgeholt und aufbewahrt. Dein Vater wusste nichts davon." Sie blickte ihrer Tochter fest in die Augen. „Kommt zurück ins Wohnzimmer! Wir werden euch alles erzählen."

Doch Giuliana bewegte sich nicht von der Stelle. Sie starrte auf den vergilbten Briefumschlag, der an einer Seite aufgerissen und notdürftig mit Tesafilm wieder zugeklebt war. „Er war noch einmal hier, um die Babys zu sehen?", füsterte sie mit erstickter Stimme.

„Ja, ich …, er … Bitte kommt wieder rein!", bat Rosanna sie noch einmal. „Du kannst das später lesen, Giuli."

Giuliana runzelte die Stirn und steckte den Brief in ihre Tasche. Dann folgten sie Rosanna zurück in die Wohnung.

Kapitel 26

Alassio, Mitte April 1987

Als Giuliana erwachte, verspürte sie sofort wieder den pochenden Schmerz in ihrem Unterleib. Sie hatte einen Kaiserschnitt bekommen und die Wunde heilte nicht gut. Seit sie aus dem Krankenhaus entlassen worden war, befand sie sich mit den Babys in Alassio bei ihren Eltern. So hatte sie es mit Filippo ausgemacht, damit Rosanna ihrer Tochter in der ersten Zeit helfend zur Seite stehen konnte. Zumal Filippo auch ein paar Tage nach der Geburt zu einer Reise nach Deutschland aufgebrochen war. Er hatte dort einen wichtigen Termin mit einem neuen Abnehmer für das Olivenöl, das die Familie Rossi herstellte. Das Treffen war schon seit langer Zeit geplant, und er hatte es nicht absagen können.

Giuliana hob den Kopf an und blickte neben sich in den Stubenwagen, in dem ihre beiden kleinen Mädchen selig schlummerten. Sie hatten beide dunkle Haare, aber ansonsten sahen sie sich nicht besonders ähnlich. Giuliana war zunächst geschockt gewesen, als ihr der Arzt bei einer dieser neumodischen Ultraschalluntersuchungen gesagt hatte, dass sie Zwillinge bekäme – zwei Mädchen. Doch dann hatte die Vorfreude überwogen, und sie hatte sogleich bei einem Juwelier zwei Anhänger in Auftrag gegeben, zwei halbierte Herzen, die – hielt man sie aneinander – ein komplettes Herz ergaben und bedeuten sollten, dass die Zwillinge immer zusammengehören würden. Sie hatten sie Stella und Antonietta genannt. Den Namen Stella hatte Giuliana ausgesucht. So hatte ihre Lieblingspuppe geheißen und für Giuliana war immer klar gewesen, dass sie, wenn sie einmal eine Tochter bekommen sollte, sie Stella nennen würde. Antonietta hieß nach Filippos Großmutter, die im letzten Jahr verstorben war.

Die Geburt war kompliziert gewesen. Eines der Babys hatte falsch gelegen, und so hatten die Ärzte schließlich nach vierzehn qualvollen Stunden beschlossen, einen Kaiserschnitt durchzuführen.

Warum war ihr nur so warm? Giuliana wischte sich den Schweiß von der Stirn. Als eines der Babys zu weinen begann, rief sie nach ihrer Mutter. Rosanna kam ins Zimmer und nahm das schreiende Kind auf den Arm. Rasch gelang es ihr, die Kleine wieder zu beruhigen. Sie legte sie zurück in den Stubenwagen und erschrak, als sie ihrer Tochter ins Gesicht schaute.

„Giuliana, du bist ja nass geschwitzt und ganz rot." Sie legte ihre kühle Hand auf Giulianas Stirn. „Und du glühst! Du hast bestimmt Fieber! Lass mich mal deinen Schnitt sehen", forderte sie ihre Tochter auf.

Giuliana schlug die Bettdecke zurück und zog ihr Nachthemd hoch. Dabei verzog sie das Gesicht, da jede Bewegung schmerzte. Vorsichtig löste Rosanna den Verband und musste sich zusammenreißen, nicht laut aufzuschreien, als sie die entzündete, geschwollene Wunde sah. „Das gefällt mir gar nicht!", befand sie. „Ich verstehe das nicht. Gestern sah noch alles gut aus." Sie zuckte mit den Achseln. „Ich hole deinen Vater. Nicht, dass du mir noch eine Blutvergiftung bekommst. Wir fahren besser sofort ins Krankenhaus."

„Nein, *mamma*, ich kann doch die Babys nicht alleinlassen." Tränen schossen in Giulianas Augen.

„Ich bleibe hier mit den beiden. Dein Vater fährt dich!“, bestimmte sie, und ihr Ton duldete keinen Widerspruch. Sie lief aus dem Zimmer und rief nach ihrem Mann.

Eine halbe Stunde später waren Fabio und Giuliana auf dem Weg ins Krankenhaus und ließen eine besorgte Rosanna und die Babys in der Wohnung zurück.

Es kam Rosanna wie eine halbe Ewigkeit vor, bis Fabio endlich wieder zurückkam – allein.

„Sie hat eine starke Infektion im Unterleib. Sie müssen sie ein paar Tage im Krankenhaus behalten“, berichtete Fabio.

„Oh Gesù Cristo.“ Giuliana schlug die Hände vor den Mund. „Später versuche ich, Filippo in Deutschland zu erreichen. Ich werde ihm sagen, er soll sich keine Sorgen um die Babys machen. Sie sind bei dir in guten Händen.“

Rosanna lächelte. „Schau nur, wie süß sie aussehen, wenn sie schlafen.“ Sie zupfte die Decke im Stubenwagen zurecht, der im Wohnzimmer neben der Couch stand.

„Ja. Stella sieht aus wie Giuliana, als sie ein Baby war, findest du nicht auch?“

Rosanna nickte.

„Leg ihnen doch mal die Kettchen mit den Herzanhängern um“, schlug Fabio vor. „Das sieht bestimmt niedlich aus.

„Sie sind noch zu klein. Ich hätte Angst, dass sie sich mit ihren Händchen darin verfangen“, befürchtete Rosanna.

„Ist doch nur, um zu schauen, wie es aussieht. Nachher kannst du sie wieder abnehmen. Ich finde, da hat Giuli eine schöne Idee gehabt.“

„Also gut.“ Rosanna stand auf und holte die kleine Schmuckdose aus Giulianas Zimmer. Es gelang ihr, den Babys die Kettchen um den Hals zu legen, ohne dass diese aufwachten.“

Dann beugten sie sich beide über den Kinderwagen und blickten voller Stolz auf ihre Enkelkinder.

Die zwölf Stunden Fahrt von Köln nach Alassio waren wie im Flug vergangen, und nun hatte Robert sein Ziel fast erreicht. Eigentlich hätte er eine gewisse Müdigkeit verspüren müssen, doch wurde diese von dem Adrenalin überdeckt, das beim Gedanken an das, was er vorhatte, durch seinen Körper strömte. Er hatte alles genau geplant, sogar seine Eltern waren eingeweiht. Sie hatten anfangs skeptisch auf sein Vorhaben reagiert, doch dann hatte auch bei ihnen die Vorfreude überwogen.

Als er die letzten Kilometer auf der *autostrada dei fiori* zurücklegte, wanderten seine Gedanken zurück zum vergangenen Sommer, zu dem Zeitpunkt, als Giuliana ihm gesagt hatte, sie wäre schwanger. Nicht eine Sekunde hatte er daran gedacht, sie im Stich zu lassen. Er war bereit gewesen, für sie und sein Kind zu sorgen. Doch Giulianas Eltern hatten ihre Tochter von der Außenwelt abgeschirmt. Massimo, Giulianas Arbeitskollege, hatte Robert eine Nachricht von ihr zukommen lassen, in der sie ihn aufgefordert hatte, sich von ihrem Vater fernzuhalten und zu warten, bis es ihr gelänge, zu ihm zu kommen. Da Robert tagelang nichts von Giuliana hörte, war er schließlich doch zu Fabio Colombo gegangen. Dieser hatte ihn nicht anhören wollen und ihm gesagt, dass Giuliana ihre Jugendliebe heiraten würde und er sich von ihr fernhalten sollte. So sehr er sich auch bemüht hatte, Robert hatte es nicht mehr geschafft, mit Giuliana selbst zu sprechen, und so war er letztendlich davon ausgegangen, dass es auch ihr Wunsch gewesen war, ihren Jugendfreund zu heiraten. Schweren Herzens war er zurück nach Deutschland gefahren, zumal er dort auch seine neue Lehrerstelle antreten musste. So waren die Monate vergangen. Robert hatte Spaß an seiner neuen Arbeit, doch er vermisste Giuliana schmerzlich. Er hatte einen Italienischkurs belegt, da er sich fest vorgenommen hatte, sein Kind in Italien zu besuchen, und für eine Diskussion mit Giulianas Vater gewappnet sein wollte.

Als der vermeintliche Geburtstermin näher gerückt war, hatte er es vor Neugier nicht mehr ausgehalten, im Hotel angerufen und mit Massimo gesprochen. Der hatte ihm erzählt, das Giuliana Zwillingsmädchen bekommen hätte und normalerweise mit ihrem Mann in Arnasco lebte, jedoch im Moment wieder in Alassio bei ihren Eltern wäre, damit ihre Mutter ihr mit den Zwillingen helfen könnte. Zwei Babys – und er, Robert, war der wahre Vater. In diesem Moment war ihm zum ersten Mal der Gedanke in den Sinn gekommen, der schnell zu einem konkreten Plan herangereift war und Formen angenommen hatte. Nun war alles vorbereitet, und er würde die Heimfahrt zurück nach Köln nicht allein antreten.

Eine halbe Stunde später parkte er seinen VW-Bus vor dem Hotel Colombo an der Strandpromenade. Beim Anblick des gelblichen Gebäudes verursachte die Erinnerung ein Drücken in seiner Magengegend. Hier vor dem Hotel hatte er Giuliana das erste Mal geküsst, und sie waren gleich an ihrem ersten gemeinsamen Abend von Giulianas Vater erwischt worden. Er beschloss, den Hoteleingang zunächst einmal von außen zu beobachten. Vielleicht kam Giuliana mit den Babys heraus, um spazieren zu gehen, und er könnte sie allein abfangen. Er setzte sich auf die Terrasse des neben dem Hotel liegenden

Cafés und bestellte sich einen Espresso. Nun spürte er langsam doch die Müdigkeit der langen Fahrt in seinen Knochen. Aber er würde sich sofort wieder auf den Heimweg machen, wenn er erledigt hatte, was er sich vorgenommen hatte. Da entdeckte er die Köchin des Hotels, die schnellen Schrittes in Richtung des Eingangs lief. Er meinte, sich zu erinnern, dass Giuliana ihm damals erzählt hatte, dass die korpulente Frau über alles und jeden etwas zu erzählen wusste und klatschtechnisch immer auf dem neuesten Stand war. Er sprang auf und lief hinter ihr her.

„Signora, per favore aspetta un attimo!", rief er und erreichte, dass die Köchin stehen blieb und sich umdrehte.

„Ja? Was wollen Sie?" Sie blickte Robert neugierig an.

„Ich habe gehört, dass Giuliana Colombo Zwillinge bekommen hat. Wissen Sie, wie es ihr und den Babys geht?"

„Wer sind Sie denn?", wollte sie zunächst wissen.

„Ein Bekannter aus der Hotelfachschule", antwortete er rasch.

Die Köchin schien sich mit dieser vagen Erklärung zufriedenzugeben, denn sie begann unverzüglich zu schwatzen. „Ja, sie hat Zwillingsmädchen bekommen, ganz allerliebst, die Babys. Es war eine schwere Geburt. Am Ende mussten sie einen Kaiserschnitt machen. Die arme Giuliana. Sie ist ja noch so unerfahren und dann gleich zwei Babys." Sie holte kurz Luft. „Wissen Sie, der junge Vater musste sofort nach der Geburt auf eine Geschäftsreise. Seine Eltern haben ihn begleitet. Deshalb ist Giuliana auch erst einmal für ein paar Wochen hier bei ihren eigenen Eltern, damit ihre Mutter ihr in der Anfangszeit helfen kann. Später werden sie dann alle oben in Arnasco wohnen. Da haben die Rossis ein Landhotel und stellen ihr Olivenöl her."

„Das ist gut. Haben die Colombos noch die Wohnung oben im Hotel?“, fragte Robert.

„Ja. Aber stellen Sie sich vor, Giuliana ist seit heute morgen wieder im Krankenhaus. Der Schnitt hat sich entzündet.“

„Oh, das tut mir leid! Sind die Babys auch mit im Krankenhaus?“

„Nein, sie sind hier im Hotel bei Giulianas Eltern“, gab die Frau bereitwillig Auskunft.

Das lief besser als geplant, freute sich Robert. Nun wusste er wenigstens, an welchem Ort sich die Zwillinge befanden.

„Gott sei Dank helfen ihre Eltern ihr so viel“, plapperte die Köchin weiter. „Es ging alles so schnell. Kaum war das letzte Stück Hochzeitstorte aufgegessen, da war Giuliana auch schon schwanger.“ Sie kicherte über ihren eigenen Witz. „So, jetzt muss ich aber weiter. Meine Abendschicht fängt gleich an.“

„*Buonasera, signora. Grazie.*“ Robert winkte ihr noch einmal zufrieden zu. Obwohl die Frau sehr schnell gesprochen hatte, hatte er alles verstanden und fragen können. Die Stunden, die er über den Sprachbüchern gebrütet hatte, schienen Früchte getragen zu haben. Er war für die Konversation mit Giulianas Vater gewappnet.

Entschossen straffte er die Schultern und betrat das Hotel. Von Giuliana wusste er, dass die Wohnung der Familie in der letzten Etage lag, also nahm er den Fahrstuhl auf direktem Weg nach oben. Am Ende des Ganges befand sich eine Eingangstür. Unter dem Klingelknopf stand der Name Colombo. Auf der einen Seite war Robert froh, dass er Giuliana nicht gegenübertreten musste, doch andererseits hätte er sie auch gern wiedergesehen. Mutig drückte er auf die Klingel und vernahm kurz darauf Schritte. Als sich die

Tür öffnete, sah er sich Giulianas Vater gegenüber. Dessen Gesichtsausdruck verfinsterte sich augenblicklich, nachdem er erkannt hatte, wer dort vor ihm stand.

„Was wollen Sie hier? Verschwinden Sie!“ Fabio Colombo versuchte, die Tür wieder zuzuschlagen, doch Robert war schneller und stellte seinen Fuß dazwischen.

„*Buongiorno, signor* Colombo. Ich bin gekommen, um meine Töchter zu sehen.“

„Meine Enkelkinder sind nicht Ihre Töchter! Filippo Rossi, Giulianas Ehemann, ist ihr Vater.“ Fabio kniff die Augen zusammen.

„Das ist nicht richtig und das wissen Sie genauso gut wie ich. Wollen wir nicht reingehen und alles in Ruhe besprechen? Oder wäre es Ihnen lieber, wenn ich mich direkt an Filippo Rossi wende?“, drohte Robert.

„Der ist nicht da. Er ist auf Geschäftsreise“, gab Fabio schnippisch zurück.

„Keine Sorge! Irgendwann wird er wieder hier sein.“

„Was wollen Sie?“ Fabio rollte genervt mit den Augen.

„Als Erstes will ich die Babys sehen und dann reden wir weiter.“

„Also gut. Kommen Sie rein!“ Giulianas Vater machte einen Schritt zur Seite und ließ Robert eintreten.

Sie gingen ins Wohnzimmer, wo Giulianas Mutter auf der Couch saß. Sie lächelte freundlich und stand auf, um den Gast zu begrüßen. Da Robert ihr im letzten Sommer nie persönlich begegnet war, wusste sie anscheinend nicht, wer er war. Erst, als er seinen Namen nannte, wurde sie blass und blickte ihren Mann unsicher an.

Die Babys lagen in einem Stubenwagen, der neben dem Sofa stand. Robert hatte noch nie etwas Niedlicheres gesehen.

Vorsichtig berührte er die zarte, rosige Haut der Zwillinge. Sie schliefen fest. Eins der kleinen Mädchen nuckelte an seinem Daumen.

„Wie hat Giuliana sie genannt?“, fragte er, und seine Stimme klang heiser durch die Emotionen, die er in diesem Augenblick empfand.

„Stella Maria und Antonietta“, antwortete Fabio.

„Stella, was für ein schöner Name. Heißt das nicht Stern? Welche von den beiden ist Stella?“

„Die, die am Daumen lutscht.“

Robert streichelte vorsichtig über den dunklen Haarflaum des Babys.

„Ich denke, das reicht jetzt! Sie wollten die Zwillinge sehen und das haben Sie. Also gehen Sie jetzt!“, forderte ihn Fabio barsch auf.

„Ich werde gehen, aber Stella kommt mit mir“, bestimmte Robert. „So ist es gerecht. Ein Baby für Giuliana und eins für mich.“

Rosanna schrie auf, lief zu dem Stubenwagen und nahm Stella auf den Arm, die – so unsanft aus dem Schlaf gerissen – zu weinen anfing.

„Was reden Sie da für einen Blödsinn? Die Babys bleiben beide hier. Und jetzt verschwinden Sie!“ Fabio lief rot an vor Wut.

„Nein. Ich rede keinen Blödsinn“, wiederholte Robert ruhig Fabios Worte. „Stella wird bei mir in Deutschland leben, und wenn Sie mich jetzt nicht mit ihr gehen lassen, werde ich dafür sorgen, dass Ihr Betrug auffliegt und man in ganz Liguren wissen wird, dass Sie der Familie Rossi zwei Kuckuckseier unterjubeln wollten. Der Ruf Ihres Hotels und Ihrer Familie wird für immer zerstört sein.“

„*Cretino!* Wie können Sie es wagen!“ Fabio stürzte sich auf Robert, ergriff mit beiden Händen dessen Jackenkragen und begann, ihn zu schütteln. Dann schlug er ihm mit der Faust ins Gesicht.

„Fabio! Hör auf!“, schrie Rosanna. „Du machst dich unglücklich!“

Nun fing auch Antonietta an zu weinen. Rasch legte Rosanna Stella wieder neben sie und rollte den Stubenwagen aus dem Zimmer.

Robert schüttelte Fabios Hände ab und wischte sich mit dem Jackenärmel das Blut ab, das aus seiner Nase lief.

„Sie können von Glück sagen, dass ich so gut erzogen bin und keine alten Männer schlage“, sagte Robert. „Hören Sie, ich will Ihre Familie nicht zerstören. Geben Sie mir Stella und Sie werden nie wieder etwas von mir hören.“

„Filippo wird Ihnen nicht glauben.“ Fabio schnaubte aufgebracht die Luft durch die Nase. „Er wird Ihnen die Polizei auf den Hals hetzen und dann werden wir ja sehen, was passiert!“

„Darauf würde ich mich nicht verlassen.“ Robert verzog seine Lippen zu einem spöttischen Lächeln. „Ich werde ihm vorschlagen, einen Vaterschaftstest durchzuführen. Und glauben Sie mir, er wird ihn machen, denn der Samen des Zweifels wird bereits gesät sein. Wie das Ergebnis ausfallen wird, wissen Sie genauso gut wie ich. Der große Fabio Colombo – ein Lügner und Betrüger, und nie wieder wird ein anderer Mann Giuliana ansehen.“

Fabios Schultern sackten nach vorn. „Warten Sie hier! Ich muss mit meiner Frau reden.“

Robert blieb mitten im Raum stehen. In seiner Nase pulsierte der Schmerz, und er war mittlerweile so müde, dass er sich kaum noch auf den Beinen halten konnte. Doch er musste stark sein, für sich und seine kleine Tochter. Wie süß die Zwillinge waren und so klein und zerbrechlich. Jetzt hatte sein Leben endlich wieder einen Sinn. Aus einem anderen Raum klangen gedämpft die Stimmen von Fabio und Rosanna zu ihm herüber. Er konnte aber nicht verstehen, was sie sagten.

Nach einer Weile kamen Giulianas Eltern zurück ins Wohnzimmer. Rosanna, deren Augen rot vom Weinen waren, trug Stella auf dem Arm. Roberts Herz schlug fest gegen seine Rippen.

„Wir haben entschieden, Ihrer Forderung nachzukommen und Ihnen Stella zu überlassen." Fabio räusperte sich. „Aber ich warne Sie. Sie müssen uns garantieren, nie wieder hier aufzutauchen und unsere Familie in Ruhe zu lassen."

Erleichterung spiegelte sich für einen kurzen Moment auf Roberts Gesicht wider.

„Das werde ich. Und glauben Sie mir, Stella wird es sehr gut bei mir haben. Ihr wird es an nichts fehlen!" Er zog einen Brief aus seiner Jackentasche. „Geben Sie den bitte Giuliana, damit sie versteht, warum ich das hier tue!"

Fabio nahm den Umschlag und warf ihn auf den Esstisch. „Gehen Sie jetzt! Ich kann Ihren Anblick nicht mehr ertragen. Und, wie gesagt, keinen Kontakt mehr zu unserer Familie, sonst werden Sie es bereuen!" Dann wandte er sich an seine Frau: „Gib ihm das Baby!"

Bei Rosanna flossen erneut die Tränen. „Sie muss alle drei Stunden gefüttert werden. Ich habe Ihnen eine Flasche und eine Dose Milchpulver eingepackt, dann noch ein paar Windeln und einen frischen Strampelanzug." Sie küsste das Baby, das in eine rosafarbene Decke eingewickelt war, noch einmal auf die Stirn, bevor sie es in Roberts Arme legte und ihm die Wickeltasche reichte. „*Gesù Cristo.* Das ist zu viel für mich." Sie schluchzte laut auf und lief aus dem Raum.

„Leben Sie wohl!", verabschiedete sich Robert.

Fabio sagte keinen Ton. Seine Miene war wie versteinert.

Ohne sich noch einmal umzudrehen, verließ Robert die Wohnung. Ein unbändiges Glücksgefühl überkam ihn. Die erste Hürde hatte er genommen. Nun musste es ihm nur noch gelingen, seine Tochter unentdeckt über die Grenzen nach Deutschland zu bringen, dann stand einem glücklichen, gemeinsamen Leben nichts mehr im Weg.

Kapitel 27

Alassio, Oktober 2020

Stella, Tonina und Giuliana folgten Rosanna zurück in die Wohnung. Fabio saß im Wohnzimmer am Esstisch. Er sah blass aus, hatte die Lippen zusammengekniffen und starrte auf seine ineinander verflochtenen Finger. Rosanna forderte die drei auf, ebenfalls am Tisch Platz zu nehmen, und fragte, ob sie etwas trinken wollten. Als sie verneinten, wandte sie sich an ihren Mann.

„Die Zeit des Schweigens ist vorüber, Fabio. Jetzt erzähle, warum die Zwillinge damals getrennt wurden!"

Doch Fabio starrte weiterhin nur auf seine Finger und schwieg.

„*Per l'amore di dio*, Fabio. Wenn du nicht redest, dann rede ich."

„Ich werde kein Wort darüber verlieren. Das musst du schon selbst tun, Rosanna", gab sich Stellas Großvater unnachgiebig.

„Wie du willst." Rosanna bedachte ihren Mann mit einem verächtlichen Blick. Ihre Stimme zitterte ein wenig, als sie zu sprechen anfing.

„Es war damals, als du noch einmal ins Krankenhaus musstest, weil sich deine Kaiserschnittwunde entzündet hatte. Erinnerst du dich, Giuliana?"

„Wie sollte ich das jemals vergessen? Es war der schlimmste Tag in meinem Leben, als ihr mir gesagt habt, dass Stella tot sei." Der Schmerz der Erinnerung legte sich wie ein Schatten über Giulianas Gesicht.

„Lass *nonna* doch weitererzählen!“, bat Tonina ihre Mutter, was ihr einen dankbaren Blick von Rosanna einbrachte.

„Während du im Krankenhaus warst und die Babys hier bei uns in der Wohnung, stand auf einmal dieser Robert vor unserer Tür und wollte die Zwillinge sehen. Dein Vater hat ihn hereingelassen, und dann hat der Deutsche gesagt, dass er eines der Babys mit nach Deutschland nehmen würde.“ Sie schluckte. „Er meinte, es wäre nur gerecht, ein Kind für dich, Giuliana, und eins für ihn.“

„Das soll mein Vater gefordert haben? Das kann ich mir nicht vorstellen.“ Stella schüttelte fassungslos den Kopf.

„Er hat uns gedroht, Filippo zu erzählen, dass er nicht der Vater der Babys wäre. Er wollte ihn dazu bringen, einen Vaterschaftstest durchzuführen. Dann wäre alles aufgeflogen.“ Ihre Augen füllten sich mit Tränen. „Was hätten wir denn tun sollen? Dein Ruf, Giuliana, der unserer gesamten Familie und des Hotels stand auf dem Spiel.“

„Das glaube ich jetzt nicht. Ihr habt es zugelassen, dass Robert Stella mit nach Deutschland genommen hat, und mir habt ihr gesagt, sie wäre gestorben?“, schrie Giuliana und sprang vor Empörung von ihrem Stuhl auf. „Wie konntet ihr das nur tun? Das Hotel war euch wichtiger als meine Tochter?“ Ihre grünen Augen funkelten vor Wut.

„Sonst wäre alles, was schon mein Vater aufgebaut hat, zerstört worden. Ich hatte Filippo bereits Anteile am Hotel überschrieben, um ihm die schnelle Hochzeit schmackhafter zu machen. Wir haben es nur zu unser aller Bestem getan“, verteidigte sich Fabio. „Robert hat uns versichert, dass Stella es gut bei ihm haben würde. Wie du weißt, war Filippo zu der Zeit mit seinen Eltern auf einer Geschäftsreise in Deutschland. Als sie zurückkamen, hatte die Beerdigung bereits stattgefunden. Ich hatte einen gefälschten Totenschein besorgt und den Bestatter bestochen, damit er niemandem verriet, dass wir einen leeren Sarg beerdigten."

„Ihr hattet alles bestens organisiert. Was für gute Schauspieler ihr doch gewesen seid. All die falschen Tränen." Giuliana lachte bitter auf. „Warum habt ihr nicht wenigstens mir die Wahrheit gesagt?"

„Du hättest mit Sicherheit versucht, Robert ausfindig zu machen, um Stella zurückzuholen. Wir hielten es für besser, dich in dem Glauben zu lassen, Stella wäre tot. Und auch die anderen Leute und Filippo und seine Familie. Wie hätten wir sonst erklären sollen, dass Stella nicht mehr da war?"

„Die anderen Leute. Bei euch hat immer nur die Meinung der anderen Leute gezählt, mein ganzes Leben lang." Giulianas Stimme überschlug sich vor Wut. „Euretwegen musste Stella ohne Mutter aufwachsen und Tonina ohne ihre Schwester. Das werde ich euch nie verzeihen."

„Giuliana, bitte sei nicht so hart mit uns", schluchzte Rosanna.

„Und was hat es mit diesem Brief von Robert auf sich, *papà*?", überging Giuliana den Kommentar ihrer Mutter. „Warum hast du den in den Müll geworfen, anstelle ihn mir zu geben?"

„Ich konnte ihn dir nicht geben. Er hat gesagt, dass er dir darin erklärt, warum er eines der Babys mit nach Deutschland nehmen würde."

Giuliana zog die Stirn in Falten. „Wie habt ihr nur all die Jahre mit dieser Lüge leben können? Ich schäme mich für euch."

„Eins verstehe ich nicht", warf Tonina ein. „Hätten nicht *nonno* Alfredo und *nonna* Carmela misstrauisch werden müssen? Wollten sie nicht das tote Baby noch einmal sehen?

„Die Frage kann ich dir beantworten“, sagte Giuliana. „Die Beerdigung fand damals auf dem Friedhof von Alassio statt, da Alfredo und Carmela zusammen mit Filippo in Deutschland waren, weil sie sich dort mit einem wichtigen Ölabnehmer getroffen haben. Deshalb war ich auch mit euch bei den Großeltern in Alassio. Erst später haben die Rossis darauf bestanden, dass der Sarg auf den Friedhof von Arnasco in das Familienmausoleum der Rossis verlegt wurde. Da hat man den Sarg natürlich nicht mehr geöffnet, und so ist es nie aufgefallen, dass es gar kein totes Baby gab.“ Sie schüttelte missbilligend den Kopf. „Ein ausgeklügelter Plan, *papà.*“

Stella war die ganze Zeit über ruhig geblieben, doch nun konnte sie nicht mehr an sich halten. „Und mir dann auch noch mit der Polizei und einer Anzeige drohen. Was seid ihr nur für Menschen? Weißt du eigentlich, wie sehr ich all die Jahre über meine Mutter vermisst habe, *nonno*?“ Sie schluchzte auf. Tonina legte den Arm um ihre Zwillingsschwester und zog sie an sich. „Und wie ich herausgefunden habe, dass sie gar nicht tot war, habt ihr mich wie eine Betrügerin behandelt. Dabei warst du derjenige, *nonno*, der gelogen und betrogen hat, ohne Rücksicht auf die Gefühle der anderen zu nehmen. Eigentlich solltest du dafür ins Gefängnis gehen.“

„Ich habe das getan, was ich für richtig hielt, um meine Familie zu schützen“, beharrte Fabio mit eiserner Miene.

„Aber dann sag doch wenigstens, dass es dir leidtut“, forderte Stella ihren Großvater auf. „Schließlich war ich durch dein Handeln jahrelang von meiner Mutter und meiner Schwester getrennt.“

Doch Fabio presste die Lippen zusammen und schwieg.

Stella schüttelte nur fassungslos den Kopf. „Sorry, aber ich muss weg von hier. Ich krieg keine Luft mehr."

Sie löste sich aus Toninas Umarmung. Dann lief sie aus der Wohnung, fuhr im Fahrstuhl wieder nach unten und durchquerte die Hotelhalle. Draußen lehnte sie sich an die Hauswand und beugte den Kopf nach unten. Sie atmete tief durch. Dort oben in der Wohnung war es ihr vorgekommen, als hätte ihr jemand die Luft abgedrückt. Sie ließ das soeben Gehörte noch einmal in ihren Gedanken Revue passieren. Im Grunde genommen war ihr Vater keinen Deut besser gewesen, als ihr Großvater. Er hatte sie von ihrer Mutter und ihrer Schwester getrennt und sein ganzes Leben lang belogen. Wie wäre ihr Leben wohl verlaufen, wenn Robert nicht sie, sondern Tonina mit nach Deutschland genommen hätte? Ob Tonina auch nach ihrer Mutter gesucht hätte?

Wie hatte Oma Lehmann immer gesagt? „*Hätte, hätte – Fahrradkette.*" Zu viele Möglichkeitsformen. Sie musste sich damit abfinden, was geschehen war und das Beste aus dem Hier und Jetzt machen. Sie freute sich auf die Eröffnung des Café Arte di Alassio und war sicher, dass die Idee, Kunst, Literatur und Gastronomie miteinander zu verbinden, erfolgversprechend sein würde. Jetzt fehlte ihr zu ihrem Glück nur noch der richtige Mann. So jemand wie Matteo – spätere Heirat nicht ausgeschlossen. Der Gedanke an den Italiener verursachte ihr ein Ziehen in der Herzgegend. Bei ihm hatte sie sich wohlgefühlt, und sie hatten viel miteinander gelacht. Aber letztendlich hatte auch er nur das Klischee des italienischen Machos und Herzensbrechers bedient.

„Stella, geht es dir gut?", riss sie Toninas Stimme aus ihren Gedanken. Ihre Schwester kam auf sie zugelaufen und schloss sie in die Arme.

„Ja. Aber ich musste weg von *nonno.* Ich konnte sein Gerede nicht mehr mit anhören."

„Ich habe *mamma* noch niemals so wütend erlebt. *Nonna* sitzt da und heult und *nonno* starrt stumm vor sich hin. *Mamma* hat gesagt, sie will sie erst mal nicht mehr sehen. Ich auch nicht."

„Und ich erst recht nicht. Jetzt können sie selbst sehen, wie es ist, seine Familie zu verlieren."

Tonina nickte. „Aber *nonna* tut mir doch irgendwie leid. Ich glaube, im Grunde ihres Herzens hat sie all die Jahre gewusst, dass es falsch war. Sie hat nur immer das getan, was *nonno* wollte, und hatte keine eigene Meinung."

„Dann war das gerade aber sehr mutig von ihr", befand Stella. „Wenn sie damals nicht diesen Brief aufgehoben hätte und sich vorhin entschlossen hätte, ihn *mamma* zu geben, wäre die Wahrheit nie ans Licht gekommen."

Da kam Giuliana aus dem Hotel. Sie umarmte ihre Töchter und zog sie fest an sich.

„Von nun an wird uns niemand mehr trennen", flüsterte sie unter Tränen. „Und jetzt feiern wir unsere Wiedervereinigung. Ich lade euch zum Essen ein."

Die Tränen wichen einem glücklichen Lachen, als sich die drei an den Händen fassten und das Hotel hinter sich ließen.

Kapitel 28

Alassio, Oktober 2020

Die nächsten Tage verbrachten sie damit, die letzten Vorbereitungen zur Eröffnung des Cafés zu treffen. Stella hatte veranlasst, dass ihre in Deutschland eingelagerten Bücherkisten und das Inventar des Schmökercafés mit einer Spedition nach Italien geliefert wurden. Die Sachen würden zwar mit großer Wahrscheinlichkeit nicht mehr bis zum Eröffnungstag eintreffen, aber das machte nichts. Stella hatte bereits auf Flohmärkten und im Internet jede Menge italienische Bücher aufgekauft, die sie in zwei Regalen im Café platziert hatte. Sie würde das Angebot mit der Zeit erweitern und bald durch ihre deutschsprachigen Bücher ergänzen. Im ersten Stock über dem Café gab es noch einige leerstehende Zimmer. Da war Stella die Idee gekommen, die Räume zu renovieren, jeweils mit einem kleinen Bad zu versehen und an Touristen zu vermieten, als Bed & Breakfast. Unten im Café konnten die Gäste dann das Frühstück einnehmen. Tonina war begeistert von der Idee. Sie wollten das Projekt sofort nach der Eröffnung des Cafés in Angriff nehmen.

Zwischen all der Arbeit und dem ganzen Stress war es Stella trotzdem gelungen, regelmäßig mit Francesca zu telefonieren. Die Freundin hatte versprochen, sie so bald es ging in Italien zu besuchen, um Giuliana und Tonina persönlich kennenzulernen.

Obwohl Stella das Zusammensein mit ihrer Familie genoss

und sich auf die Eröffnung des Cafés freute, musste sie immer öfter an Matteo und dessen bevorstehende Hochzeit denken. Anscheinend waren ihre Gefühle für ihn doch stärker gewesen, als sie es sich hatte eingestehen wollen. Sogar Tonina war aufgefallen, dass sich ab und zu ein dunkler Schatten über ihr Gesicht legte. Als die Schwester nicht aufgab, Stella nach dem Grund für ihre immer wiederkehrende Traurigkeit zu fragen, verriet sie ihr den Grund. Es tat ihr gut, sich von Tonina trösten zu lassen.

Am Tag vor der Eröffnung klingelte es morgens früh an Stellas Wohnungstür. Da sie noch im Schlafanzug war, öffnete sie die Tür nur einen Spalt und erblickte ihre Schwester.

„Hey, was machst du schon so früh hier? Komm rein!“ Erfreut ließ sie Tonina herein und umarmte sie.

„Ich bin hier, um dich zu einem kleinen Ausflug abzuholen“, erklärte Tonina lächelnd. „Wir haben so hart gearbeitet, alles ist fertig, und wir müssen morgen nur noch aufschließen und auf Gäste warten. Da habe ich mir gedacht, wir machen uns heute mal einen schönen Tag und fahren nach Bussana Vecchia. Das wird dir gefallen!“

„Wo ist das?“, fragte Stella neugierig. „Von dem Ort habe ich noch nie gehört.“

„In den Bergen, oberhalb von San Remo. Mach dich fertig, dann fahren wir los. Ich erzähle dir auf der Fahrt dorthin, was es mit dem Dorf auf sich hat.“

Als Stella kurz darauf aus dem Bad zurück ins Wohnzimmer kam, hatte sie wie ihre Schwester eine Jeans, ein weißes T-Shirt und Chucks an. Sie trug ebenfalls ein Bandana in den Haaren und hatte die Locken im Nacken zusammengebunden.

„Jetzt sehen wir wirklich wie Zwillinge aus", rief Tonina lachend. „Ich bin so froh, dass du hier bist."

„Und ich erst", erwiderte Stella und umarmte ihre Schwester.

Wenig später fuhren sie auf der Küstenstraße in Richtung San Remo. Aus dem Radio ertönte die Musik von Laura Pausini und zu ihrer Linken glitzerte das Meer türkisfarben im Sonnenlicht. Obwohl es schon Oktober war, hatte die Sonne immer noch Kraft. In Köln war bereits herbstliches Nieselwetter angesagt, wie Stella am Morgen im Internet gelesen hatte.

„So, jetzt erzähl mal, was es in dem Ort zu sehen gibt", forderte Stella ihre Schwester auf.

„Bussana Vecchia – das alte Bussana – ist ein Künstlerdorf, dort leben seit den Sechzigerjahren Kunsthandwerker, Maler und Aussteiger. Stell dir vor, das ursprüngliche Dorf wurde 1887 von einem Erdbeben fast vollständig zerstört. Die Überlebenden haben unten an der Küste einen neuen Ort gegründet. Der heißt Bussana Nuova – das neue Bussana. Das alte Dorf war jahrelang ein Geisterort, bis sich in den Sechzigern irgendein Keramikkünstler dort umgeschaut hat. Er fand die zugewachsenen Ruinen so toll, dass er eine Künstlergemeinschaft gegründet hat. Es kamen immer mehr Künstler aus Italien und ganz Europa, die die Ruinen wieder bewohnbar gemacht haben."

„Wow, das hört sich interessant an", staunte Stella.

„Am Anfang gab es weder Strom, Wasser noch Kanalisation. Der Ort ist erst Ende der Siebziger wieder an die städtischen Netze von San Remo angeschlossen worden. Und heutzutage werden die Bewohner von den Behörden als illegale Hausbesetzer bezeichnet und sollen hohe Geldstrafen zahlen“, empörte sich Tonina.

„Die sollen doch froh sein, wenn die Künstler die Häuser wieder bewohnbar gemacht und einen Anziehungspunkt für Touristen geschaffen haben“, fand Stella.

„Genau. Das Schöne ist, dass sie die Häuser genauso, wie sie im Mittelalter waren, wieder aufgebaut haben mit den Materialien, die sie zwischen den Trümmern gefunden haben. Der Ort hat einen unglaublichen Charme. Man fühlt sich wie im Märchen. Du wirst es gleich selbst sehen.“

Sie hatten mittlerweile San Remo erreicht, von wo aus es hinauf in die Berge nach Bussana Vecchia ging. Stella war sofort begeistert, als sie den Ort mit dem herausragenden alten Glockenturm zum ersten Mal erblickte.

„Ich freue mich. Was für eine tolle Idee, Tonina“, jauchzte Stella und klatschte in die Hände.

„Warte erst ab, bis du die kleinen Ateliers siehst. Vielleicht finden wir noch ein paar schöne Dekosachen für das Café.“

„Oh ja. Für den Innenhof könnten wir noch etwas gebrauchen.“

Da man den Ort nicht befahren durfte, parkte Tonina das Auto am Seitenrand der engen Zugangsstraße, und sie machten sich zu Fuß auf den Weg.

Gleich am Anfang des Ortes gab es eine kleine Osteria. Aus der offenstehenden Tür wehte der Duft frisch gemahlenen Kaffees zu ihnen heraus.

„Im Sommer parken hier Hunderte von Touristen und du musst, wenn du Pech hast, von hier aus einen Kilometer bis zum Ortsbeginn laufen“, erklärte Tonina.

„Dann kann man sofort hier die erste Pause einlegen.

Sollen wir auch? Es riecht so verführerisch nach Kaffee.“ Stella blickte sehnsüchtig in Richtung des Lokals.

„Es gibt noch mehr kleine Cafés. Lass uns erst mal ein Stück in den Ort hineinlaufen!“, schlug Tonina vor.

„Okay“, stimmte Stella zu.

Ihre Schwester hatte ihr nicht zu viel versprochen. Augenblicklich war auch Stella von dem Anblick der mit Efeuranken bewachsenen Natursteinhäuser, den mit Flusssteinen gepflasterten Gassen, den üppigen Bougainvilleapflanzen, süsslich duftenden Jasminranken und riesigen Farnen verzaubert. Als sie die ersten fünfzig Meter zurückgelegt hatten, blieb Tonina plötzlich stehen.

„Mist, jetzt habe ich mein Handy im Auto liegen gelassen. Warte hier! Ich laufe schnell zurück und hole es.“

„Brauchst du doch nicht. Wir können mit meinem Fotos machen“, sagte Stella.

„Ja. Aber ich hole es trotzdem. Der Kaffeelieferant wollte sich heute Morgen noch mal melden. Bin gleich zurück.“ Sie drehte sich um und ging wieder Richtung Auto. „Wenn du willst, lauf weiter“, rief sie ihr zu. „Ich hole dich schon wieder ein.“

Stella zuckte mit den Achseln und blieb unschlüssig stehen. Schließlich holte sie ihr Handy aus der Tasche, machte ein paar Fotos und betrat danach ein kleines Schmuckatelier. Gerade, als sie sich eine Kette, die aus Silberdraht und Muscheln gefertigt war, anschaute, ertönte hinter ihr eine Stimme.

„Die würde dir fantastisch stehen.“

Abrupt hielt Stella inne und ließ das Schmuckstück zurück auf das Samtbett sinken. Das konnte doch nicht möglich sein. Wie sollte ausgerechnet er hierher kommen? Langsam drehte sie sich um.

„Hallo Stella." Matteo lächelte sie an.

„Matteo, was machst du hier?", fragte sie erstaunt. „Hast du nicht genug mit deinen Hochzeitsvorbereitungen zu tun? Oder willst du noch schnell die Eheringe kaufen?" Ihre Stimme troff vor Sarkasmus.

„Weder das eine noch das andere." Matteos Miene blieb unverändert. „Die Hochzeit ist abgesagt."

Die Hochzeit würde nicht stattfinden? Ein Adrenalinstoß fuhr durch Stellas Körper.

„Ach ja? Will deine Braut nicht mehr? Oder hat sie dich vielleicht erwischt, wie du eine andere geküsst hast?", stichelte Stella weiter.

„Können wir ein Stück gehen und ich erkläre dir alles?", überging er ihren bissigen Kommentar. „Bitte!"

Stella zögerte einen Moment lang. Sollte sie nicht besser warten, bis Tonina zurückkam? Doch mit einem Mal durchfuhr sie die Erkenntnis, dass ihre Schwester mit größter Wahrscheinlichkeit nicht zurückkäme und dass dieses zufällig scheinende Treffen mit Matteo gar kein Zufall war.

„Okay, gehen wir ein Stück!", stimmte sie zu.

Sie verließen das Atelier und folgten der engen Gasse den Berg hinauf.

„Ich habe dich damals nicht angelogen, als ich sagte, ich wäre gerade in der Off-Phase meiner On-off-Beziehung, begann Matteo. „Mit Rosa war ich seit unserer Schulzeit immer mal wieder zusammen. Unsere Eltern sind gut befreundet. Sie fanden es natürlich toll, dass ihre Kinder ein Paar waren. Irgendwann wurde es zwischen uns aber zur Routine und wir trennten uns. Nur hat Rosa das irgendwie nicht richtig verstanden." Er schluckte. „Als du mich mit ihr in der Sprachschule gesehen hast, hatte sie gerade den Master zu ihrem zweiten Studium bestanden und wollte es mir gleich erzählen. Sie sagte mir, dass sie mich vermisst hätte und mich nie wieder so lange allein lassen würde. Wärst du ein bisschen länger stehen geblieben, Stella, dann hättest du gehört, was ich daraufhin geantwortet habe, nämlich, dass ich jemanden kennengelernt und mich in diejenige verliebt hätte. Und damit warst du gemeint."

„Leider habe ich aber nur den ersten Teil gehört", bedauerte Stella. „Deshalb fühlte ich mich von dir hintergangen."

„Das kann ich verstehen. Mir ging es nicht anders, als du einfach so abgereist bist, ohne dich zu verabschieden, und nicht auf meine Anrufe und Nachrichten reagiert hast. Irgendwann habe ich aufgegeben und Rosas Drängen nachgegeben, es noch einmal miteinander zu versuchen."

Matteo blieb stehen. „Wollen wir uns einen Moment setzen?" Er wies auf ein paar Treppenstufen, die zu einer der nicht wieder aufgebauten Häuserruinen gehörten. Das Haus hatte kein Dach mehr, und es war vollkommen von Kletterranken überwuchert. Nur an einigen Stellen blitzten die verwitterten Natursteine der Hauswand hervor.

„Gute Idee", stimmte Stella zu und sie ließen sich auf den Stufen nieder.

„Tja, und dann stand mit einem Mal auch das Thema Hochzeit im Raum, und plötzlich war es beschlossene Sache, dass Rosa und ich heiraten würden", nahm Matteo den Faden wieder auf. „Als *zia* Ilaria mir sagte, dass sie dich in der Kirche getroffen hätte und du jetzt für immer in Alassio wohnen würdest, da konnte ich nicht anders, als sofort zu dir zu gehen. Leider warst du nicht besonders freundlich zu mir." Lächelnd blickte er auf.

„Wieso sollte ich das auch sein? Ilaria hat mir von deiner bevorstehenden Hochzeit erzählt. Da kam bei mir wieder alles hoch.“ Stella riss ein Blatt von einer der Ranken ab und fuhr mit dem Zeigefinger die Blattadern nach. „Und warum habt ihr eure Hochzeit abgesagt?“

„Weil mir klar geworden ist, dass ich Rosa nicht so liebe, wie sie es verdient hätte. Es hat sich nicht mehr richtig angefühlt. Als dann vor zwei Tagen deine Schwester zu mir in die Sprachschule kam und mir sagte, dass du immer noch etwas für mich empfinden würdest, es aber nicht zugeben wolltest, und mir vorschlug, dich hier hoch nach Bussana Vecchia zu locken, damit wir miteinander reden könnten, da wurde mir mit einem Mal klar, was ich will.“ Er nahm ihre Hand und blickte ihr fest in die Augen. „Ich will mit dir zusammen sein, Stella! Lass uns vergessen, was geschehen ist, und von vorn anfangen!“

„Aber woher soll ich wissen, dass du wirklich nichts mehr mit Rosa zu tun haben willst?“ Stella blickte Matteo skeptisch an. „Vielleicht hat sie dich noch nicht aufgegeben und versucht, dich umzustimmen, sie doch noch zu heiraten.“

„Selbst wenn es so wäre. Ich liebe sie nicht mehr. Ich liebe dich!“ Er umfasste ihre Schultern und schaute ihr fest in die Augen. „Ich hoffe, dass ich dir auch nicht gleichgültig bin.“

„Nein, das bist du nicht!“ Stella erwiderte seinen Blick. „Aber bevor wir von vorn anfangen, sollst du wissen, dass ich dir damals etwas verschwiegen habe.“ Wenn sie schon einen Neuanfang wagen würden, dann wollte auch sie mit offenen Karten spielen, und so erzählte sie ihm von ihrer Beziehung zu Jonas und wie sie sich schließlich von ihm gelöst hatte.

„Danke, dass du so offen warst.“ Matteo umarmte Stella.

„Das bedeutet mir viel." Er strich ihr eine Locke aus dem Gesicht und küsste sie zärtlich auf den Mund.

„Warst du eigentlich schon oben bei der Kirchenruine?", fragte er. Als Stella verneinte, stand er auf und zog sie an den Händen hoch. „Dann gehen wir jetzt dorthin", bestimmte er.

Hand in Hand legten sie die letzten Meter zurück und standen bald darauf vor den Resten von Sant'Egidio. Durch ein schmiedeeisernes Tor konnte man in den Innenraum des ehemaligen Kirchenschiffes schauen, von dem nur noch die Außenwände standen. Der Boden war von Grünpflanzen überwuchert. Am hinteren Ende ragte der Glockenturm in die Höhe, der auf wundersame Weise dem Erdbeben getrotzt hatte. Stella kam sich vor wie in einem verwunschenen Garten. Sanft umfasste Matteo ihr Gesicht. „Ich liebe dich!", flüsterte er erneut und berührte ihre Lippen mit den seinen.

Der Kuss schien ewig zu dauern. Erst als ein kleiner Junge rief: „Iihh, die küssen sich aber lange", lösten sie sich lachend voneinander. Arm in Arm liefen sie zurück in Richtung Ortsausgang. Im Café Piazzetta Golosa legten sie eine kurze Pause ein und stießen mit einem Prosecco auf die Zukunft an. Als sie wenig später wieder an dem kleinen Schmuckatelier vorbeikamen, bat Matteo Stella, kurz zu warten. Er ging hinein und kam kurz darauf mit der Muschelkette wieder heraus.

„Damit du dich immer an diesen Tag erinnern wirst", sagte er und legte ihr die Kette um den Hals. Erneut küssten sie sich. Ein unbeschreibliches Glücksgefühl überkam Stella und sie wusste, dass sie dies nur ihrer Schwester zu verdanken hatte, die das Treffen zwischen ihr und Matteo eingefädelt hatte. Nun war alles, was sie sich immer gewünscht hatte, in Erfüllung gegangen: Sie war mit einem tollen Mann zusammen und besaß eine Familie, auf die sie sich verlassen konnte. Die getrennten Herzen waren endlich wieder vereint.

Epilog

Stella stand vor dem Kirchenportal von Sant'Ambrogio und lauschte dem Glockenspiel. Sie trug ein weißes Seidenkleid, so wie sie es sich immer gewünscht hatte. In ihren dunklen Locken war ein bodenlangen Spitzenschleier befestigt, den bereits Rosanna und Giuliana bei ihrer Hochzeit getragen hatten. Das einzige Schmuckstück, das sie angelegt hatte, war die goldene Kette mit dem halben Herzanhänger. Ein Lächeln breitete sich auf Stellas Gesicht aus. In wenigen Minuten würde sie Matteos Frau werden. Neben ihr stand Fabio. Er hatte einen dunkelblauen Anzug an und war genauso nervös wie sie selbst. Vor einigen Wochen war es noch einmal zu einer bewegenden Aussprache mit Fabio und Rosanna gekommen, bei der sich ihr Großvater endlich für das, was er seiner Familie angetan hatte, entschuldigt und sie alle unter Tränen angefleht hatte, ihm zu verzeihen. Was sie auch getan hatten. Stella war auch Robert nicht mehr böse, hatte in ihrem Herzen mit ihm Frieden geschlossen. Sicherlich hatte ihr Vater Fehler begangen, aber er hatte sie immer geliebt und beschützt.

Nun war Stella stolz darauf, gleich von Fabio zum Altar geführt zu werden. Am Morgen waren sie bereits beim Standesamt gewesen und hatten sich gegenseitig die goldenen Eheringe angesteckt, die sie bei Giovanni Moroni gekauft hatten. Nach der kirchlichen Zeremonie würde es einen kleinen Umtrunk im Café Arte geben, danach war ein Festessen in einem Restaurant in den Bergen bestellt. Die Hochzeitsreise hatten sie erst einmal verschoben. In ein paar

Tagen würden sie das Bed & Breakfast eröffnen. Matteo hatte die geniale Idee gehabt, die Zimmer in Verbindung mit einem Sprachkurs in seiner Sprachschule anzubieten. Die Verträge mit deutschen und englischen Reiseveranstaltern waren bereits unter Dach und Fach.

Als das Glockengeläut verstummte und aus dem offenen Kirchenportal die Klänge des Hochzeitsmarsches zu ihnen nach draußen drangen, beschleunigte sich Stellas Herzschlag. Der Moment, in die Kirche hineinzugehen, war gekommen. Sie hakte sich bei Fabio unter, der ihr noch einmal ermutigend zunickte. Dann schritten sie langsam zwischen den mit Blumen geschmückten Kirchenbänken in Richtung Altar. Links neben dem Pfarrer standen in türkisfarbenen, langen Kleidern eine zu Tränen gerührte Tonina und Luna, die extra mit Francesca aus Köln angereist war. Beide hielten kleine weiße Blumengebinde in den Händen. Francesca saß in der ersten Reihe neben Giuliana. Die beiden Frauen hatten sich auf Anhieb gut verstanden.

Als Stellas Blick schließlich auf Matteo fiel, quoll ihr Herz über vor Liebe. Er sah fantastisch aus in dem hellgrauen Anzug, dessen Jacke wie ein Frack geschnitten war. Sie konnte sehen, dass auch er nervös war, da er sich immer wieder die Lippen befeuchtete. Dann stand sie vor ihm und Fabio legte ihre Hand in Matteos Hand. „Pass gut auf die Kleine auf!“, mahnte ihr Großvater und hob den Zeigefinger. „Meine Augen werden überall sein!“ Dann klopfte er seinem Schwiegerenkel lächelnd auf die Schultern und setzte sich in die erste Reihe neben Rosanna.

„Du siehst wunderschön aus“, flüsterte Matteo Stella zu und streichelte ihre Finger.

„Du auch!“, gab sie das Kompliment zurück. Sie blickten

sich lächelnd in die Augen, bevor sie gemeinsam vor den Altar traten und auf den Samthockern niederknieten. Alles war perfekt, sie waren bereit für den letzten Schritt in ein gemeinsames Leben. Ergriffen berührte Stella für einen kurzen Moment den Herzanhänger. *Danke, Papa, dass du ihn für mich aufbewahrt hast,* flüsterte sie in Gedanken. Sie fühlte, dass ihr Vater in diesem Augenblick ganz nah bei ihr war.

Glossar der italienischen Begriffe

avanti	los, voran, herein
alla nonna	nach Großmutters Art
a domani	bis morgen
a dopo	bis später
antipasti misti, gli	gemischte Vorspeisen
arrivederci	Auf Wiedersehen
affittasi	zu vermieten
andiamo	wir gehen
l'angioletta	Engelchen
Avete bisogno di qualcos’altro?	Braucht ihr etwas anderes?
l’autostrada dei Fiori	Autobahn der Blumen
bambola, la	Puppe
bambolina, la	Püppchen
bagni, i	Strandbäder
baci, i	Küsse
bambino, il	Kind
bellissima	wunderschön
buongiorno	Guten Tag
buonasera	Guten Abend
buon appetito	guten Appetit
bruschetta, la	getoastete Ciabatta-Brotscheibe
caffè doppio, il	doppelter Espresso
calmati	beruhige dich
cazzo, il	männliches Glied, aber auch als Schimpfwort gebraucht
carabinieri, i	Ortspolizei

cappelletta, la	kleine Kapelle
capisci	du verstehst/ verstehst du?
cara mia	meine Liebe
La canzone del sole	das Lied der Sonne (Liedtitel von Lucio Battisti)
cento parole	hundert Worte
Ci serve ancora un momento	Wir brauchen noch einen Moment
Ci vediamo doppo	Wir sehen uns später
ciao	Begrüssungsformel: Hallo/ Tschüss
Ciao a tutti	Hallo alle zusammen
Che vergogna	Was für eine Schande
come	wie
Colonia	Köln
coniglio, il	Kaninchen
corriere dello sport, il	bekannteste Sportzeitung Italiens
colpa, la	Schuld
cornetto, il	Croissant, Hörnchen
crucco, il	Schimpfwort für einen Deutschen
Dio mio	mein Gott
nell'estate	im Sommer
Ferragosto	italienischer Feiertag, 15. August
figlio, il	Sohn
figlia, la	Tochter
funghi, i	Pilze
gente, la	Leute, Menschen
Gesù Cristo	Jesus Christus
gioielleria, la	Juwelierladen

Germania, la	Deutschland
l'isola	Insel
il tuo caffè	dein Kaffee
l'insalata mista	gemischter Salat
l'italiano	Italiener
La posso aiutare?	Kann ich Ihnen helfen?
lei	sie
libero	frei
mamma, la	Mama
mammina, la	Mamilein
il mare nero	das schwarze Meer
Mangiate il coniglio, vero?	Ihr esst Kaninchen, nicht wahr?
ma	aber
mille grazie	tausend Dank
mio	mein
mi dispiace	tut mir leid
motorino, il	Mofa
muretto, il	Mäuerchen
nostro/ a	unser/ unsere
nonna/ nonno	Oma/ Opa
ogni volta	jedes Mal
l'olivo	Olivenbaum
l'olio d'oliva extravergine	extra natives Olivenöl

pagine bianche, le	weiße Seiten (Telefonbuch)
panetteria, la	Bäckerei
panino, il	Brötchen
passeggiata, la	Spaziergang/ Spazierweg
parcheggio pubblico, il	öffentlicher Parkplatz/Parkgarage
pasta, la più fresca del mondo	Nudeln, die frischesten auf der Welt
Lei è pazza	Sie sind verrückt
papà, il	Papa
Palazzo comunale, il	Rathaus
Per l'amor di Dio	um Gottes willen
Perché non guarda dove cammina	Warum schauen Sie nicht, wo sie hinlaufen
per favore	bitte
prego	bitte
piazza, la	Platz
poverino/a	arm/ Armer/ Arme
porca miseria	elender Mist
porca puttana	verdammte Scheiße
polenta, la	Maisbrei
pronto	hallo (am Telefon), fertig
prosciutto, il	Schinken
ragazza, la	Mädchen
ristorante, il	Restaurant
santo cielo	heiliger Himmel
santa Maria del cielo	Heilige Maria im Himmel
salute!	Prost!
stagioni, gli	Jahreszeiten

spiaggia, la	Strand
scuola di lingue, la	Sprachschule
scusa	entschuldige
scusi	entschuldigen Sie
sei	du bist
signora	Anrede, Frau
signore	Anrede, Herr
signorina	Anrede, Fräulein
si	ja
Siamo solo noi	Wir sind es nur
Siete stati fantastici	Ihr seid fantastisch gewesen
sono	ich bin / sie sind
stronzo, il	Spinner
sugo, il	Soße
tesoro, il	Schatz
tedesco, il	Deutscher
tonno, il	Thunfisch
tutto va bene	alles geht gut
l'ufficio	Büro
l'ufficio dello stato civile	Standesamt
l'ufficiale	Beamter
Via, la	Straße
Ci vediamo presto	Wir sehen uns bald
vieni	komm/ du kommst
vi faccio	ich mache euch
vivere	leben
vongole, le	Venusmuscheln

zio, lo	Onkel
zia, la	Tante

Sylvia Klinzmann

© Foto: Sergio Redondo

Sylvia Klinzmann wuchs in Ruppichteroth auf, einem kleinen Ort in der Nähe von Bonn. Schon als Kind entdeckte sie ihre Leidenschaft für Bücher und fing an, selbst kleine Geschichten zu verfassen. Früh erwachte auch ihre Liebe zu Ligurien, wo sie viele Sommersonnenferientage verbrachte und nach und nach die italienische Sprache lernte. Nach dem Abitur entschied sie sich für eine Ausbildung zur Reisebürokauffrau und heiratete bald ihre Jugendliebe, einen Halbitaliener mit Wurzeln in Andora an der ligurischen Küste.

Mit ihrer Familie wanderte sie nach Spanien aus, an die Costa Blanca, wo sie seither mit ihrem Mann und den beiden Kindern lebt. Sie selbst sagt:

„Wir haben uns damals entschieden, Spanien eine Chance zu geben, was wir bis heute nicht bereut haben, obwohl Ligurien immer ein wichtiger Teil unseres Lebens sein wird."

Sie interessieren die Geschichten der Menschen, liebt es, mit dem Motorrad die Landschaft zu erkunden und reist gerne zu historischen Stätten. Ihr Schreiben ist inspiriert von Sonne und Meer, ihrer Liebe zu Zeitreisen, Mittelalterromanen und ihrer Freude an Liebesgeschichten mit Happy End. Sie hat bisher Kurzgeschichten, zwei historische Romane, einen Roman für Frauen und einen Liebesroman veröffentlicht.

Zehn Fragen an … Sylvia Klinzmann

1. Was inspiriert Sie als Autor im Alltag am meisten?

Die Geschichten, die hinter den Fassaden der Menschen stecken.
Reisen und historische Stätten besuchen und dabei die Fantasie spielen lassen.
Mit dem Motorrad (als Beifahrer) durch unsere tolle, abwechsungsreiche Landschaft fahren. Dabei sind mir schon viele gute Ideen gekommen.

2. Welches Genre lesen Sie am liebsten und warum?

Ich lese am liebsten...
- historische Mittelalterromane, weil ich es sehr spannend finde, wie die Menschen damals gelebt haben. (Ich mag auch Zeitreiseromane, die in zwei verschiedenen Zeitebenen spielen)
- Liebesromane, weil ich Geschichten mit Happyend Liebe
- Krimis und Thriller, weil ich es toll finde, wenn man erst auf der vorletzten Seite erfährt, wer denn nun der Mörder war

3. Mit welcher Figur aus Ihrem Roman/Ihren Romanen würden Sie am liebsten tauschen und wieso?

Eigentlich bin ich mit meinem eigenen Leben zufrieden, aber wenn ich müsste, dann würde ich mit Stella aus meinem aktuellen Roman „Parted hearts“ tauschen, weil sie das große Glück hat, nach dreißig Jahren ihre Zwillingsschwester zu finden (ich selbst habe leider keine Geschwister) und weil sie in meinem Lieblingsland Italien lebt.

4. Wenn Sie in einer beliebigen Zeit leben könnten (egal ob Zukunft oder Vergangenheit), wann wäre dies?

Manchmal wünsche ich mir die Zeit zurück, als sich die Menschen noch Briefe geschrieben haben und am Tisch in Restaurants unterhalten haben und nicht ständig in ihre Handys starren, und wo die Kinder beim Spielen noch ihre Fantasie benutzten und nicht nur vor Spielkonsolen sitzen.

5. Wer sind Ihre drei liebsten Autoren und warum?

- Catherine Shepherd (ich liebe ihre Romanreihe, die in Zons spielt und jeweils einen Handlungsstrang im Mittelalter und einen in der Jetztzeit vereint

- Claudia Winter, ich mag ihren bildreichen Schreibstil

- Ellin Carsta, ich mag die Romane um die heimliche Heilerin und natürlich die Hansen- Familiensaga. Da freue ich mich schon auf den siebten Teil

6. Mit welcher Romanfigur, die nicht aus Ihren Büchern stammt, würden Sie am liebsten zu Abend essen und warum?

Mit Claire Randall aus den Zeitreiseromanen von Diana Gabaldon. Ich würde unheimlich gerne wissen, wie es wäre, durch die Zeit zu reisen und auf einmal mit dem Wissen von heute mit den Hindernissen des Mittelalters klarkommen zu müssen.

7. Was ist Ihr Lieblingsbuch und warum?

Ich habe kein bestimmtes Lieblingsbuch. Dafür gibt es viel zu viele Bücher, die ich klasse fand. Eine Buchreihe, die ich auch toll finde, und wo ich jedes einzelne Buch gelesen habe, sind die Schwedenromane von Camilla Läckberg. Ich finde das kleine schwedische Küstenörtchen toll – obwohl ich noch nie in Schweden war – und mag den schwedischen Kommissar und seine Schriftsteller Ehefrau.

8. Was ist Ihre liebste Buchverfilmung und warum?

Ich liebe die Verfilmung des Hitchcock Klassikers Rebecca, die Gruselstimmung auf Manderley und die fiese Mrs. Danvers – das ist einfach klasse.

9. Was ist für Sie die optimale Ausgangslage zum Schreiben?

Ich schreibe am Esstisch im Wohnzimmer. Ein Glas eisgekühlte Cola Zero, etwas zu knabbern, leichte Hintergrundberieselung vom Fernsehen, und es kann losgehen.

10. Wer oder was hat Sie zum Schreiben bewegt?

Die ersten kleinen Geschichten habe ich mir schon in der Grundschule ausgedacht. Ich habe schon immer sehr viel gelesen. Irgendwann bin ich dann mal im Internet auf einen Seite gestoßen, wo man Kurzgeschichten veröffentlichen konnte. So hat es dann angefangen, ich habe die ersten Kurzgeschichten im Internet veröffentlicht, in Zeitungen, in zwei Büchern mit Kurzgeschichtensammlungen, bis ich mir schließlich gesagte habe, eigentlich könnte ich mich doch auch mal an einem Roman versuchen. Da ich zu der Zeit bereits in Spanien lebte und dieses Land eine unglaublich interessante und vielseitige Geschichte sein Eigen nennt, wurde mein erster Roman ein historischer Roman – Die Stickerin von Sevilla.

Weitere Liebesromane im Verlag

Kathrin Langer
Lieben ist.. eine Mottoparty
ISBN 978-3-948346-04-1
Preis Taschenbuch: 9,99 €

Fünfundzwanzig Jahre ist es schon her, dass Sophie sich im Streit von ihrem ersten „richtigen" Freund getrennt hat. Dabei war Michael, den alle nur „Helli" nannten, doch ihre ganz große Liebe. Mittlerweile ist Sophie eine verheiratete Frau, hat zwei erwachsene Kinder und einen Nachzügler. Aber um ihre Ehe steht es nicht zum Besten. Also trifft Sophie einen Entschluss: Sie will sich von ihrem Ehemann trennen. Dumm nur, dass dieser ihren Wunsch vollkommen ignoriert und überhaupt nicht daran denkt, aus dem gemeinsamen Haus auszuziehen. Egal was Sophie auch sagt und tut – Julians Ohren sind auf Durchzug geschaltet. Warum kann sie nicht ein bisschen mehr wie ihre Freundin Karla sein, die lieber solo durchs Leben geht und sich aus der Männerwelt nur die Rosinen herauspickt?

Sophies Welt gerät noch mehr ins Wanken, als Karla ihr von dem neuen Mitarbeiter der Werbeagentur erzählt und ihr ein Bild zeigt: Das ist doch Helli, Sophies erste große Liebe! Und dann erreicht sie auch noch eine Nachricht über Facebook, die Sophie komplett den Boden unter den Füßen wegzieht …

Weitere Bücher der Autorin

Historische Romane

Sylvia Klinzmann
Im Schatten des roten Stieres

ISBN 978-3-948346-26-3

Preis E-Book: 4,99 €

Liebe, skrupellose Machtgier und Angst –
Willkommen in der Familie Borgia

Rom, 1497. Die schöne, wohlbehütete 15-jährige Alessia Bertorelli de Salvatierra verliebt sich unsterblich in den begabten Maler Giacomo, dem sie Modell sitzt. Die beiden wollen heiraten. Alessias Vater Alvaro ist ein bekannter Anwalt, der sich mit der Familie – nach der Flucht vor der Inquisition aus Spanien – in Rom ein neues Zuhause aufgebaut hat.

Doch die Vergangenheit holt ihn ein. Er ist der uneheliche Sohn des machtgierigen und vor nichts zurückschreckenden Rodrigo Borgia, der vor fünf Jahren zum Papst Alexander VI. gewählt wurde.

Und plötzlich erleben die Bertorellis hautnah, allen voran Alessia, was es bedeutet, Mitglied dieser skrupellosen Renaissancefamilie zu sein. Der Schatten des roten Stieres, das Wappenzeichens der Borgia, ist einfach überall.

Alessia muss um ihre Liebe kämpfen, sich gegen Intrigen, Unterdrückung und den brutalen Willen ihrer Verwandten wehren und wird trotzdem zum Spielball im politischen Machtgefüge der Borgia. Wem kann sie überhaupt noch vertrauen?

Das Buch ist eine Reise nach Italien Ende des 15. Jahrhunderts: Das Zeitalter von Da Vinci und Michelangelo – und Rodrigo Borgia und seiner machtgierigen Familie. Sein Regiment als Papst Alexander VI ging als das denkwürdigste Kapitel der katholischen Kirche in die Geschichte ein.

Ein ergreifender Roman voller Leidenschaft, Blut und Tränen und den Kampf um die große Liebe.

„Parted Hearts“
Das Hörbuch

Sylvia Klinzmann
Parted Hearts

ISBN 978-3-948346-46-1
Preis Hörbuch: 9,95 €